페미니즘으로
다시 쓰는
옛이야기

Four Korean Old Stories
Retold in Women's Voices

페미니즘으로
다시 쓰는
옛이야기

Four Korean Old Stories
Retold in Women's Voices

if
BOOKS

차례

우리는 의심하기 시작했다

우리는 어린 시절 엄마 또는 할머니가 해주는 옛이야 기를 들으며 자랐다. 「심청전」을 들으며 장님 아버지의 눈을 뜨이게 만드는 효녀가 되라는 메시지를 받았고, 「춘향전」을 들으며 한 남자에게 정절을 지키라는 교육도 받았다. 또 「콩쥐팥쥐」 이야기를 들으며 착한 딸이 보상을 받는다는 압력을 받기도 했고, 「선녀와 나무꾼」 이야기를 들으면서 여자가 옷을 벗으면 본래의 자기로 돌아가지 못하고 그 남자의 세상에 갇혀, 그의 자식을 낳으며 살게 되고 그것이 해피엔딩이라고 믿으며 살았다.

이제 우리는 의심하기 시작했다. 왜 옛이야기에 나오는 남자들은 모두 도움이 필요한 불쌍한 존재인가? 왜 그들은 한결같이 무능하거나 불구이거나 (강간) 범죄자일까?

왜 계모는 모두 나쁜 여자일까? 왜 딸들은 버림을 받고도 아버지를 구하거나 살리기 위해 죽음의 시련을 견뎌야만 하는 것일까?

권선징악의 결말로 끝나는 그 모든 옛이야기에서 '선'은 과연 누구를 위한 '선'이며 '악'은 누구를 말하는 것인가? '선'과 '악'은 누구의 관점 혹은 입장에서 기술되는가?

반만년 뿌리 깊은 여성차별과 비하, 혐오의 역사에 눈뜬 우리는 기존의 옛이야기들을 새로운 눈으로 보기 시작했고 모두 새롭게 다시 써야 한다는 것을 깨달았다. 그렇게 여성의 시각으로 다시 보자 많은 것이 달라졌다. 그래서 페미니즘의 눈으로 다시 쓴 우리의 옛이야기에서는 묵살되고 지워진 여성들의 목소리가 부활한다.

페미니스트 가수이면서 교육가인 필자 지현은 기존의 「콩쥐팥쥐」 설정에 의문을 던지고 남편이 없었던 팥쥐엄마 배 씨와 아비가 없었던 팥쥐의 삶을 상상한다. 지현이 쓴 「신콩쥐팥쥐」에서는 선함의 상징인 콩쥐가 나약하고 의존적인 존재로, 나쁜 여자의 상징인 팥쥐와 그 어머니는 적극적이고 자립적인 여자들로 탈바꿈된다. 선악의 대립으로 갈등했던 기존의 콩쥐, 팥쥐와 달리 서로 아끼고 자매애를 나누며 사랑하는 사이로 바뀌는 것이다.

심리치료사이자 작가인 백윤영미는 심리치료 현장에서 만났던 수많은 여성을 대변하는 인물로 선녀의 딸 마야를 만들어낸다. 끝이 열린 재판 극 형태로 쓰인 현대판 「선녀와 나무꾼」에서 나무꾼은 아내가 자식들을 데리고 하늘로 돌아갈 수밖에 없도록 만드는 가정폭력범죄자이고 선녀는 폭력의 현장에서 탈출하는 용감한 가정폭력 생존자로 변신한다.

작가 조이스 박은 「꼬리가 아홉인 이야기」에서 우리 민담의 '구미호 이야기'를 중세 마녀사냥과 연결 지어 해석하면서 '왜 구미호는 수컷이 없고 모두 암컷일까?'라는 질문을 던신다. 그녀는 구미호로 불리며 동네 남성들에게 강간당하는 성폭력 피해 장애 여성 명희를 그려내며 "구미호는 없다. 구미호라는 고약한 이름으로 불리던 목소리 없는 여성들만 있었을 뿐."이라고 자매들의 연대를 아름답게 형상화한다.

어릴 때부터 전래동화 마니아였다는 조박선영은 지역 민담 수집하는 일을 하다가 「홍길동전」의 원전인 「아기장수」 민담에서 파생된 「오누이 힘겨루기」 이야기를 발견한다. 그녀는 지역주민들에게 '홍길동성'으로 불리는 충남 '무성산성'에 얽힌 이 전설에 착안, 「홍길영전」을 쓴다.

영국의 작가 버지니아 울프는 셰익스피어에게 그와 똑같은 재능을 가진 누이가 있었다면 그녀는 어떤 인생을 살았을까, 하는 상상으로 페미니즘의 고전이 된 『자기만의 방』을 썼다. 여성들에 대한 버지니아 울프의 처방은 '돈'과 '자기만의 방'을 가지라는 것이었는데 홍길동의 누나 이야기에서 21세기에 사는 우리가 얻어야 하는 교훈은 무엇일까?

2005년에 출판된 시집 『외로워서』에 실린 「딸들의 복수혈전-인당수를 위한 세레나데」로 말미를 대신한다.

딸들의 복수혈전(復讐血戰)

– 인당수를 위한 세레나데 3

유숙열

심청전은 해피엔딩일까?
청이는 황후가 되고
심봉사는 눈을 떴으니
해피엔딩이겠지?

그런데 청이 엄마는
어디로 사라져 버린 걸까?
장님 남편에게 어린 딸을 맡겨 놓고
떠돌이 소금장사와 눈이 맞아 도망가 버린 걸까?

책에서는
청이 어머니 곽씨 부인이
청이를 낳은 지 7일 만에
산후조리를 잘 못해 죽은 걸로 나오지.

앞 못 보는 남편이
산후조리를 제대로 해줬겠어?
더구나 청이 아버지 심봉사는
행실이 훌륭한 양반의 후예라는데.

청이가 몸을 팔아 얻은
공양미 삼백 석은 어디로 갔을까?
심봉사에게 사기를 친
몽은사 화주승이 입 싹 씻었을까?
그 중은 약속도 못 지켰잖아?

심봉사는 청이가 인당수에 빠진 후
뺑덕어멈이라는 음란하고
간교한 여자와 살며
세속적인 인간으로 변했대.

그녀가 심봉사 집에 드나들며
엿도 바꿔 먹고
수발도 들어 주고 한 이유는 뭘까?
청이에게 젖동냥을 해주다가
그 남자가 불쌍해졌던 걸까?

청이가 진작에
뺑덕어멈과 한편이 됐더라면
인당수에 빠지지 않아도 됐을 텐데…

청이가 인당수에 빠진 이유가
아버지의 눈을
뜨게 하기 위해서라고?
에이, 설마, 그럴 리가!
사실은 장님 아버지 수발에
인생을 저당 잡힌 딸이
자살을 해버린 거 아닐까?

피로 맺어진 부녀(父女)간의
계약을 피로 물려버린,
아버지와의 계약 해지라고나 할까?

어쩌면 그건
딸들의 사랑을 불가능하게 하는
원천적 장애아버지들에 대한
딸들의 복수일지도 몰라.

니체는 인간이 예술과 같은
'거짓 숭배'를 고안해 내지 않았다면
삶을 견디기 어려웠을 거라고
말했다더군.

그러니까 심청전의 해피엔딩은
산 자들이 삶을 계속하기 위해
만들어낸 '거짓 숭배'인 셈이지.

그런데 니체는 또
그런 '거짓 숭배'가 없다면
'과학의 솔직함 때문에 역겨워
자살하게 되었을 것'이라고 말했어.

그래서 청이가
인당수에 빠졌나 봐!
인생이 역겨워서!

난 장님아버지가 만들어 놓은
'거짓 숭배'에 더 이상 속고 싶지 않아.

청이가 인당수에 빠진 이유는
아버지로 인해 불가능해진
사랑을 찾기 위해서야.

청이는 물에 빠져서
어머니도 만나고 용왕도 만나잖아.
임도 보고 뽕도 따고 그런 거지.
하지만 청이가 만난 용왕은
어쩌면 달이 잠시 물에 빠져서
만들어낸 환영에 불과할지도 몰라.

난 인당수에 빠져서야
만날 수 있는 용왕이나
연꽃으로 환생해서 만나는
황제 따위는 필요없어.

난 인당수에 자맥질해 들어가
연꽃 대신, 피로 쓰인
붉은 피켓을 따서 나올 거야.

그런 다음
눈먼 아버지를 팔아
어머니를 살리는
딸의 얘기나 써볼까?

어짜피 인간은
'거짓 숭배' 없이는 못 산다며?

딸들도 살아야지!

"

응 괜찮아.
나도 더는 당하지 않을 거야.
씩씩해질 거야.
싸울 거야.

"

신콩쥐팥쥐

신콩쥐팥쥐

나를 낳은 어머니는 내가 만 두 살이 되었을 때 시름시름
앓다가 세상을 떠났다. 어머니와 정이 깊었던 아버지는 나를 보면
어머니 생각이 난다며 고개를 돌렸다. 아버지의 냉랭한 태도가 너
무 마음 아팠다. 아버지는 선한 사람이었지만 무능했다. 양반의 핏
줄이라고는 하나 돈벌이는 없고, 자존심에 동네 훈장질도 못 하는
서생으로 일상을 전부 어머니에게 의존하며 살아왔다. 어머니의
병은 산후조리도 제대로 못 하고 논밭일에, 바느질, 남의 집 잔치
일을 도우면서 죽어라 일하다 얻은 병이었다.

어머니는 삼칠일을 지내자마자 갓 낳은 나를 들쳐업고[1] 옆집 할

---

1) '둘러업고'의 비표준어. 작품의 분위기를 살리기 위해 이 글에서는 다수의 비표준어, 서울 방언과 구어적
표현을 사용했다.

멈에게 가 일거리를 구했다. 할멈은 아직은 무리라며 어머니를 말렸지만, 어머니는 한사코 따라나섰다. 어머니의 일은 끝이 없었다. 아이 하나를 돌보는 것도 벅찬데, 아버지까지 돌보며 바깥일을 해야 하다니. 선하고 선한 아버지는 어머니가 밥상을 차리느라 방 안에 나를 뉘어놓고 "잠깐 애기[2] 좀 봐주세요." 하면 넋을 놓고 말 그대로 보고만 있었다. 기저귀가 젖어 까무러치게 울기라도 하면 아버지는 화들짝 놀라 다급한 목소리로 "이보게 아이가 우네."라며 어머니를 방으로 불러들였다. 어머니는 비위가 약한 아버지가 입맛 떨어질까 기저귀도 마루에 나가 갈았다. 선하디선한 아버지는 불편하고 불쾌한 기색을 감추지 않고 어머니가 나를 안고 방문을 나설 때까지 미간의 주름을 펴지 않았다.

어머니가 돌아가시자 아버지는 옆집 할멈에게 나를 맡겨버렸다. 어머니를 측은해하던 옆집 할멈은 불평을 해댔지만 그래도 투박한 손으로 나를 안아주었다. 돌이 지나 걷기 시작한 아이를 늙은 할멈이 돌보는 것은 쉬운 일이 아니었다.

할멈이 지치면 동네 이 집 저 집에 나를 맡겼다. 나는 이 집 저 집을 전전하며 눈칫밥을 먹었다. 눈칫밥이라는 것이 그런 건지 겨우 좋다 싫다는 말이나 하는 어린애였는데도 늘 화가 나 있는 상태

---

2) '아기'의 방언.

였다. 나를 대하는 동네 어른들의 측은해하는 눈빛도 싫었다. "에유, 저런 불쌍한 거." 하며 혀를 끌끌 찼다. 그 말 뒤에 숨겨진 자신의 아이를 보며 안도하는 마음이 고스란히 전해졌다. 내 속은 뒤틀리고 있었다.

놀이에 끼워주지 않는 여자애들이나 나를 놀려먹는 남자애들 가리지 않고 내 성질을 건드리면 주변에 있는 것들을 던져댔다. 용케도 어른들이 볼 때는 그러면 안 된다는 것을 알았는지, 애들끼리 있을 때만 행패를 부렸다. 애들을 울리고 난장판을 만들어도 어른들 눈에 띄지 않았고, 나는 점점 능숙하게 두 얼굴을 유지할 수 있었다. 나는 그저 불쌍하고 눈치 보는 애로만 여겨졌다.

나는 살기 싫었다. 매일매일이 서러운 날이었다. 아버지는 해가 지고도 한참이나 지나서야 나를 집에 데리고 돌아왔다. 종일 밖에서 두 얼굴을 유지하느라 잔뜩 신경을 곤두세우던 나는 아버지를 보면 울음을 터뜨렸다. 그런 나를 보며 아버지는 당혹스러워했고, 한숨을 내쉬며 미간을 찡그리면서 고개를 돌렸다. 아버지의 품은 따뜻해 보였지만 안길 수 없었고, 아버지의 두 팔은 든든해 보였지만 나를 감싸주지 못했다. 나는 외롭고 또 외로웠다. 세상에서 유일하게 나에게 따뜻함을 줄 수 있는 사람이라고 기대했던 아버지였는데, 아버지는 그렇지 못했다.

할멈이 애써 나를 돌보던 어느 날, 잔칫집에 일을 나갔다 혼자 아이를 키우는 어린 아낙을 만나게 되었다. 말이 많지 않은 그 아낙은 아이를 업고 묵묵히 일을 척척 해냈다. 할멈은 아낙에게 살살 말을 걸었다.

"아유, 갓난 걸 업고 일을 나왔네. 자네 이름이 뭔가?"

"… 개똥이에요."

"애기 아범은 뭘 하는가?"

할멈은 나를 끌어다 아낙에게 들이밀며 말을 이었다.

"이 어린것 에미[3]가 자네처럼 그렇게 산후조리도 제대로 못 하다가 저세상으로 갔는데, 쯧쯧."

"아…."

아낙은 아련한 눈빛으로 나를 쳐다보았다.

아낙의 처지는 딱했다. 혼인을 약속했던 이가 알고 보니 이미 처자식이 있는 놈팽이[4]였고, 이미 애는 들어서 있었다. 애를 지우려고 산에서 구르고, 간장을 마시고, 물속에 뛰어들었지만 생명력이 강한 아이였는지 끝내 살아남았다고 했다. 살던 마을에서는 도저히 아이를 낳고 키울 수 없어 이 산 너머로 오게 되었고, 지금은 산속 움막에서 살고 있다고 했다. 얘기를 들은 할멈의 눈이 빛났다.

---

3) '어미'의 방언.
4) '놈팡이'의 방언.

"이 아이 애비[5]되는 사람이 상처하고 혼자 지내는데 내 그 댁에 자네 얘기를 좀 전해도 되겠는가?"

아낙은 말없이 고개를 끄덕였다.

"이름을 귀생이라 하면 어떻겠나? 개똥이보다 팔자가 좀 나아지지 않겠나."

새어머니가 된 아낙은 몸이 다부지고 튼튼했다. 자기 딸인 팥쥐를 업고, 한 손으로 나를 안고도 씩씩하게 다녔다. 손이 커다랗고 팔이 긴 데다, 근육이 탄탄해서 나는 그 팔에 안겨 있으면 그렇게 편안하고 안심이 될 수가 없었다. 새어머니는 할멈에게 귀생이라는 이름을 얻어서인지 얼굴도 귀태가 나고 복스러워졌다. 그렇지만 여전히 말이 없고, 뚝뚝했다.

새어머니는 뭐든 잘 살려내는 사람 같았다. 매의 공격에 에미 애비를 잃고 둥지에서 떨어진 까치 새끼들을 거둬 복스럽게 살을 찌워 하늘로 날려 보내기도 하고, 어머니가 돌아가시고 황폐해진 집 마당을 사철 꽃들이 가득 피도록 가꾸기도 하고, 다리가 부러진 고라니며, 눈이 먼 새끼 괭이, 날개 부러진 잠자리, 절룩거리며 땅바닥을 기어 다니는 벌까지 천지의 모든 생명을 잘 키워내고 회복시키는 신기한 힘을 갖고 있었다.

---

5) '아비'의 방언.

그렇게 남편인 나의 아버지도 극진히 돌봤다. 그런데 새 아내에게 마음을 열지 않은 탓인지, 아내를 잃은 슬픔을 제대로 흘려보내지 못해서인지 아버지만은 뽀얗게 살아나지 못했다. 정성스럽게 차려낸 밥상은 물리기 일쑤였다. 그래도 새어머니는 묵묵히 남은 밥으로 어린 나와 팥쥐가 좋아할 만한 누룽지 같은 것을 만들어냈다.

　나는 슬픔에 빠져 허우적거리는 무능한 아버지가 너무 미웠다. 너무 사랑받고 싶었는데 사랑받지 못한 것에 대한 원망도 컸다. 아버지 때문에 새어머니 마음이 상할까 걱정되었고, 그러다가 나도 미움 받게 될까 봐, 새어머니가 나와 아버지 곁을 떠날까 봐 겁났다. 나는 새어머니가 참 좋았다. 손도, 품도 다 따뜻했다. 하루에 두세 번은 꼭 말없이 따뜻하게 안아주었다. 자고 일어나 기분이 나른할 때 품에 꼭 안아 정신이 들게 해주었고, 낮잠을 자다 깨어 기분이 좋지 않아 울음을 터뜨릴 때도 말없이 큰 품으로 안아 주었다. 긴 하루가 지나고 잠자리에 들기 전에도 하루를 잘 살아내느라 애쓴 나와 팥쥐를 오래오래 안고 자장가를 흥얼댔다.

　그런 새어머니가 혹시라도 나를 버릴까 봐 눈치 봤다가, 어떤 때는 두려움 때문에 심술을 부렸다가 했다. 변덕이 죽 끓듯 하는 어린 나 때문에 짜증이 날 법도 했지만, 새어머니는 큰 나무같이, 큰 산같이 미동도 하지 않았다. 상처 입은 내 마음은 차차 회복되기 시작했다. 새어머니의 품은 있는 그대로 치유와 회복의 기운으로 가득했다.

새어머니는 나와 팥쥐에게 생활의 기술을 가르치고자 했다. 팥쥐와 내가 들 수 있는 작은 물통을 만들어 새어머니와 함께 물독에 물을 채우게 하고, 내가 대여섯 살, 팥쥐가 서너 살이 되었을 때부터 산과 들에 데리고 다니며 먹을 수 있는 식물, 약으로 쓸 식물을 알아볼 수 있게 하고 채집한 식물들을 모을 작은 바구니를 만들어 주었다. 새어머니와 다니면서 알게 되는 식물들의 이름과 쓰임, 그리고 다양한 맛과 향이 그렇게 신기하고 즐거웠다.

아버지는 가만히 앉아 책과 글로 세상을 본다면 새어머니는 온몸으로 세상을 알아가고 그것을 고스란히 팥쥐와 나에게 전해 주었다. 곤충들과 동물들을 관찰해 날씨며 환경의 변화를 예측할 수 있도록 했고, 밭을 갈면서 흙과 교감하게 하고, 흙 속에 사는 지렁이 한 마리의 생명도 귀하게 여겨야 한다고 했다. 어린 우리 손에 맞는 작은 호미며 작은 빨랫방망이를 만들어주었고, 우리는 마치 소꿉놀이하듯 새어머니를 따라다니며 작은 손으로 조물락조물락 뭐든 했다. 새어머니와 하는 모든 것이 놀이이자 배움이었다.

팥쥐를 처음 만났을 때 나는 두 돌이 지나 세 살이 되었을 때였고, 팥쥐는 이제 겨우 돌이 지난 아기였다. 팥쥐는 처음부터 나를 좋아했다. 나를 보기만 하면 함박꽃처럼 활짝 웃으며 반가워서 "엉아, 엉아." 알아들을 수도 없는 어눌한 말로 나를 부르며 뒤뚱뒤뚱 달려왔다. 남의 집에 맡겨져 그 애들과 놀 때는 알 수 없었던 가슴 한쪽이 간질간질해지는 기분이 들었다. 그렇지만 그간 내 마음을 비뚤게 했던 불안과 두려움은 팥쥐를 대하면서도 불쑥불쑥 올라왔다. 팥쥐가 귀여웠지만 귀찮기도 했고, 새어머니의 혈육이라는 사실이 화가 나기도 했다.

'왜 너만 친딸인 건데.'

팥쥐가 어찌할 수 없는 이유로 순간순간 팥쥐를 미워했다. 어른들이 보지 않을 때는 놀자며 나를 껴안는 팥쥐를 떠밀어 뒤로 나뒹굴게도 하고, 같이 재미있게 놀다가도 문득 부아가 나 머리통을 때리기도 했다. 팥쥐는 큰소리로 울음을 터뜨렸지만 일하다가 달려온 새어머니는 내가 팥쥐를 못살게 군 것을 아는지 모르는지 아무 말도 하지 않았다. 말 없는 새어머니를 보고 더 불안해진 나는 따라 울었고, 새어머니는 울고불고하는 우리 둘을 한 품에 안아 조용히 토닥였다. 무슨 일이 있었는지 묻거나 잘잘못을 따지지 않았다. 어쩌면 새어머니는 나의 두 얼굴을 다 알고 있었을 텐데 말이다.

그렇게 말이 없던 새어머니가 불같이 화를 내며 엄하게 꾸짖는 것을 본 것은 딱 세 번이었다. 한여름 동네 아이들이 잠자리의 날개를 떼어내고 싸움을 시키겠다고 잡았을 때였고, 또 한 번은 숲에 따라나섰던 팥쥐가 손에 잡히는 풀들을 다 쥐어뜯으면서 한참을 걸어온 것을 발견했을 때였고, 마지막 한 번은 빨래하는 데 따라나섰던 내가 시냇물에 커다란 돌을 장난삼아 집어 던졌을 때였다.

새어머니는 동네 아이들을 모두 세워놓고 얼른 그 잠자리들을 놓아주라고 했다.

"그 한 마리가 생명을 얻고 성장하기까지 온 우주가 얼마나 애를 썼는지 아느냐!"면서 아이들 하나하나의 눈을 맞추며 엄하게 꾸짖었다. 평소 말없이 묵묵한 동네 아주머니로만 알던 아이들은 모두 놀라 바짝 얼었다. 무심코 풀을 뜯어 버렸던 팥쥐가 "그거 그냥 잡초인데 뭘 그렇게 잘못했다고 그러십니까?"라며 투덜거리자, "그 풀들이 그 자리에 있는 것도 다 이유가 있는 것이야. 숲에 흔한 풀이라고 천한 것이 아니다. 생명은 모두 귀한 것이고, 귀하고 천한 구분 같은 것은 세상에 없다. 모든 생명을 귀하게 여길 줄 아는 것이 가장 중요한 것이야."라고 했다.

내가 시냇가에서 돌을 던졌을 때, 나는 혼나지 않을 거라 생각했다. 그렇지만 새어머니는 처음 보는 무서운 표정으로 나에게 "왜 돌을 던졌느냐?"고 물었다. 나는 울먹이며 "그냥요. 그렇게 하면 물속에 있는 것들이 깜짝 놀라 도망가니까… 재미있어요." 새어머니는 "그런 짓은 하면 안 된다."고 했다.

"우리 눈에 보이지 않는 수많은 존재가 저 시냇물 속 작은 바위 사이사이에 살고 있는데, 사람이 장난으로 하는 짓에 작은 곤충들이나 물속 생명들은 다칠 수도 있고 죽을 수도 있지 않느냐. 누군가 힘 있는 사람이 힘이 없고, 가난하고, 보이시 않는다고 해서 우리를 괴롭히고 죽인다면 어떻겠느냐?"

그 말을 듣고 나는 내가 얼마나 큰 잘못을 했는지 겁이 덜컥 났고, 더 큰 소리로 엉엉 울었다.

"그럼 어떡해요, 어머니. 흑흑. 물속에 있는 애들 불쌍해서 어떡해요."

그러자 새어머니는 "마음속 깊이 잘못했다고, 다시는 그러지 않겠다는 다짐을 하고, 눈을 감고 그 마음이 물속 생명들에게 전해지도록 간절하게 기도하려무나."라고 했다.

나는 진지하게 경건한 마음으로 새어머니가 이야기한 대로 했다. 그러는 동안 나는 물속 생명의 용서하는 말을 들은 것도 같았다. 그렇게 나와 팥쥐, 동네 아이들은 모두 눈물이 쏙 빠지게 혼이 났다. 그날들 이후 나도 팥쥐도 동네 아이들도 다시는 그런 짓은 하지 않았다.

내 마음도 차차 회복되고, 새어머니와 팥쥐와 함께하는 생활도 안정이 되니 더는 팥쥐에게 심술을 부리지 않았다. 내가 그렇게 못되게 굴었는데도 팥쥐는 나를 좋아했다. 한 살 남짓 차이가 나는 우리는 좋은 소꿉동무가 되었다. 새어머니가 시키지 않아도 집안

일은 제법 척척 해냈다. 동네 솜씨 좋은 아주머니를 찾아가 우리 몸에 딱 맞는 지게를 만들려고 하니 좀 알려달라고 했다. 아주머니는 며칠을 우리를 데리고 지게에 필요한 나무를 구하는 것부터 재료를 다듬고 엮어 짐을 질 수 있는 지게로 만드는 과정을 가르치며 함께 해주었다. 우리는 그 어설프고 장난감 같은 지게를 지고 함께 산으로 땔감을 구하러 다녔다.

아버지는 그렇게 들로 산으로 쏘다니는 우리를 못마땅해했다. 슬픔이 병이 된 듯한 아버지는 기침이 낫지를 않았다. 기침을 콜록콜록해대며 "계집년들이 얌전히 집안일이나 배우다가 시집이나 갈 것이지 저리 쏘다니다 큰일을 당할 것이야."라며 걱정 같은 저주를 퍼부어댔다.

그런 아버지를 향해 나는 "아버지 기침 낫게 하는 약초를 구해올 것입니다. 걱정일랑 마셔요."라고 소리치며 팥쥐와 손을 잡고 뛰어나갔다.

아버지가 말하는 큰일이 뭔지 알 것도 같았다. 동네에 계집애들 몇이 벌써 산에서 겁탈을 당했다는 소문이 파다했다.

동네 사람들은 "이제 걔들 인생은 다 망쳤네. 겁탈당해 더러워진 여자를 누가 데려가겠냐." 하며 혀를 끌끌 차댔다.

동네 남자애들은 그 계집애들 얘기를 하며 낄낄거리기도 했다. 나는 화가 났다. 착한 콩쥐로 보이는 게 중요했던 나는 낄낄거리는 남자애들에게 한마디 말도 못 했다. 그저 분해서 씩씩대고만 있었다. 그러면 천성이 정의로운 팥쥐는 나서서 소리를 질러댔다.

"이놈 새끼들아, 그게 낄낄거릴 일이냐? 네놈들이 그런 못된 일을 당하고 동네에 돌아왔을 때 동네 사람들이 다 그렇게 놀려대면 기분이 어떻겠냐!"

그러다 주먹다짐을 하기도 했다.

"아이고, 팥쥐 저 계집애는 저렇게 성질머리가 드러워 어디로 시집을 보내나."

동네 아주머니들은 사내아이들과 한 덩어리로 엉켜 흙바닥을 뒹굴며 주먹질을 하는 팥쥐를 향해 한심하다는 듯이 한마디씩 했다.

팥쥐는 싸움을 잘했다. 타고난 체격과 맷집으로 사내애들한테 좀 맞아도 지는 법이 없었다. 몸싸움에 있어서는 유난히 똑똑했다. 싸움에서 이기기도 하고 지기도 하면서 기술을 익혔다. 팥쥐는 날로 싸움 잘하는 계집애가 되어갔다.

그날도 팥쥐에게 흠씬 얻어터진 놈들은 창피해서인지 줄행랑을 쳤다. 나는 사내 녀석들이 팥쥐에게 앙심이라도 품으면 어쩌나 걱정을 했지만, 팥쥐는 특유의 쾌활함과 친근함으로 다음 날이면 또 그 녀석들과 어울려 놀았다.

동네에 도는 흉흉한 소문이 걱정되지 않는 건 아니었다. 어린 여자애들을 겁탈하는 그놈을 잡아 가두면 될 것인데, 누구도 그놈을 잡겠다는 생각을 안 했다. 겁탈을 당한 애들한테 몇 마디만 물어보면 그놈 잡는 것은 일도 아닐 텐데.

"성[6], 우리 산에 갈 때 사내 복장을 하고 가면 어떨까? 치마는 불편하기도 하고, 싸우기도 불편해서."

팥쥐의 이유를 들으니 웃음이 피식 나왔다. 그러나 곧 그 제안에 동의했다.

"그래 그러자. 사내 복색을 하고 지게를 지고 나서면 아무도 우리가 계집인 줄 모를 거야."

우리 둘은 팥쥐의 영특한 생각에 기분이 한껏 좋아졌다.

바지와 저고리를 만들어 입고 다음 날 지게를 지고 산으로 나섰다. 지나는 길에 핀 풀들과 꽃들의 이름을 맞추고, 그 효능을 얘기하면서 우리 둘은 신이 나서 가벼운 걸음으로 춤추듯이 산으로 갔다. 산에 들어서면 마음이 편안해졌다. 가까이서, 멀리서 들리는 새소리가 흥겨웠고, 계절마다 달라지는 나무, 풀, 꽃들의 향기가 싱그러웠다. 비가 오면 젖은 흙냄새가 좋았고, 낙엽이 수북할 때 나는 구수한 냄새도 좋았다. 시냇물 졸졸 흐르는 소리에는 복잡하고 슬픈 마음이 안정되었다. 살고 싶지 않을 때 숲에 들어와 한참

---

6) '형(兄)'의 방언. 자매간에도 형이라는 호칭을 썼다.

눈물을 흘리면 숲의 영령이 등을 토닥이며 어루만져 주는 것 같았다. 산은, 숲은, 나에게 그런 공간이었다.

팥쥐와 제법 깊은 숲속까지 들어왔을 때 멀리서 부르는 소리가 들렸다.

"사람 살려요. 사람 좀 살려요."

우리는 깜짝 놀라 소리가 들리는 곳으로 달려갔다.

한 노인이 지게를 진 채 쓰러져 있었다.

"아니 사내 녀석들이 목소리는 꼭 계집애 같네…."

노인은 말을 멈췄다가 다시 이어갔다.

"내가 며칠을 굶었더니 기운이 없어 쓰러져버렸다네. 자네 한 명만 나를 좀 부축해서 움막으로 옮겨 주겠나?"

팥쥐는 귓속말로 속삭였다.

"성, 왜 한 명만 부축하라는 거야? 뭔가 좀 이상해. 그냥 가자."

나도 좀 이상하긴 했지만 기운 없는 노인인데, 불쌍한 사람은 당연히 도와야 하는데, 착한 애라면 도움을 청한 어른을 외면하면 안 된다고 생각하며 팥쥐의 말을 무시했다.

"네, 제가 도와드릴게요. 그리고 저희 계집애들이에요. 요즘 산속에서 흉흉한 일이 일어난대서 사내 옷을 입었어요."

나는 내 지게를 벗고 노인을 부축했다.

"팥쥐야, 너는 여기서 기다려. 금방 다녀올게."

"움막이 멀지 않아. 거기까지만 나를 도와주고 돌아가려무나."

"네."

팥쥐의 얼굴이 심각해졌지만 나는 모른 척하고 걸음을 옮겼다. '백주 대낮에 무슨 일이 있으려고, 이렇게 선하게 생긴 노인이 나쁜 짓을 할 리 없어.'

나는 머릿속에 떠오르는 모든 의심과 불편한 생각들을 지워버리려고 했다. 그저 나는 누군가에게 도움이 된다는 생각에 흐뭇했다. 조금은 우쭐하기도 했다. 나는 착한 아이니까. 다 허물어져 가는 움막의 문을 열고 노인을 부축해 방 안으로 옮겼다.

"저 구석 이불을 들추면 미음이 있는데, 그 사발을 좀 갖다주겠니? 목이 타서 그거라도 좀 마셔야겠다."

노인은 다 죽어가는 목소리로 말했다. 사발을 찾으려고 방바닥에 엎드려 구석을 더듬거리고 있는데, 죽어가는 줄 알았던 노인이 몸을 벌떡 세워 나를 덮쳤다. 나는 비명도 지르지 못하고 버둥거렸다.

"조용히 하면 금방 끝날 것이야."

노인은 나지막하게 말하면서 내 바지춤을 더듬거렸다. 나는 공포로 온몸을 부들부들 떨면서 아랫입술을 꽉 깨물었다. 나는 힘겹게 버둥거렸고 눈물이 하염없이 흘렀다.

"성~, 성~!"

팥쥐가 나를 부르는 소리가 났다. 나는 죽을힘으로 소리를 질렸다.

"팥쥐야, 나 좀 살려줘!"

움막의 문이 벌컥 열리더니 퍽 하는 소리와 함께 노인의 버둥거림이 끝났다.

"성, 괜찮아?"

나는 말을 못 하고 울기만 했다.

"자, 내가 일으켜줄게. 얼른 가자. 이놈을 죽여버리고 싶지만, 살인자가 될 수는 없으니까."

팥쥐는 나를 일으켜 움막을 빠져나갔다. 나는 집에 어떻게 왔는지 기억이 나질 않았다. 뛰었던 것도 같고, 넘어졌던 것도 같고, 팥쥐가 나에게 끊임없이 이제 괜찮다고 내가 있으니까 괜찮다고 말했던 것도 같았다. 집에 도착한 나는 그대로 쓰러지듯 잠이 들었다. 악몽으로 몇 번이나 비명을 지르면서 잠에서 깼다. 그때마다 새어머니는 나를 안아주었고, 나는 울다가 또 잠이 들었다. 그 일이 있은 후 팥쥐는 어서 관가에 그 일을 알려야 한다고 새어머니와 아버지에게 말했다. 말없이 아버지만 쳐다보던 새어머니는 아버지의 불편한 기색을 살피며 고개를 가로로 저었다.

한동안 나는 집 밖으로 나가지 않았다. 며칠을 앓느라 꼬박 누워만 있었다. 자다가 소리를 지르며 몸부림을 치면서 깨는 내 옆에서 팥쥐는 미음을 먹여주고, 땀을 닦아주며 나를 보살폈다. 뒷간에 갈 수도 없어 요강에 앉아 겨우 대소변을 보면 그걸 다 치워주었다.

"팥쥐야 고마워. 내가 니 말을 들었으면 이렇게 너 고생시키지 않는 건데. 미안해."

"성, 아니야. 성의 착한 마음을 이용한 그놈이 나쁜 놈이지. 나쁜 놈의 나쁜 마음을 당할 재간이 어디 있어. 지금은 아무 생각 말고 푹 쉬어. 집안일은 내가 다 하면 되니까."

팥쥐가 처음 집에 왔을 때 남들 몰래 괴롭히던 생각이 떠올라 더없이 미안해졌다.

"팥쥐야, 내가 너 어렸을 때 어머니 몰래 때리고 꼬집고 그랬어. 너무너무 미안해, 흑흑."

"성, 나는 아무것도 기억나지 않아. 나는 그저 성이 나를 데리고 여기도 가고, 저기도 가고, 이렇게도 놀아주고, 저렇게도 놀아준 생각밖에 안 나는걸? 성은 나에게 그저 고맙고, 고운 사람이야."

"팥쥐야."

팥쥐의 함박꽃 같은 얼굴 위로 번지는 따뜻한 미소에 가슴이 저릿했다.

열흘을 앓고는 팥쥐와 사내 옷을 입고 길을 나섰다. 그날 이후로 나는 치마를 입을 수가 없었다. 누군가가 나를 계집으로 보고 또 해코지할까 봐 두려워졌다. 우리의 사내 복색에 동네 사람들은 수

군거렸다. 동네 사내애들도 길킬거렸다. 그때마다 불끈하며 화를 내는 팥쥐를 달래야 했다.

어느 날 팥쥐가 싸우고 울면서 돌아왔다.

"왜 싸웠어?"

내가 물었다.

"애들이 놀리잖아."

"뭐라는데?"

"…"

"응? 뭐랬어? 성한테 말해봐."

"우리보고 밴대질[7]이나 할 것들이라잖아."

"… 그래서 때렸어?"

"나한테는 몰라도 성한테 뭐라는데 내가 어떻게 참아."

팥쥐는 주먹으로 눈물을 닦으며 주저앉았다.

내가 할 수 있는 일은 팥쥐의 어깨를 토닥여 주는 것뿐이었다. 팥쥐는 밴대질이 뭔지 알까. 알고 서러워하는 걸까.

"팥쥐야 성이 밴대질하는 계집일까 봐 걱정돼? 그게 뭔지 알아?"

팥쥐는 고개를 가로저었다.

"성은 나한테 너무 소중한 사람인데 지깟 것들이 뭐라고 함부로

---

7) 여자끼리 성교(性交)를 흉내 내는 일을 낮잡아 이르는 말. 비슷한 말로는 대식(對食)이 있다.

입에 올려. 성한테 뭐라 하는 놈들 있으면 다 패주고 다닐 거야!"

팥쥐는 눈물로 얼룩진 얼굴을 잔뜩 찡그리며 말했다.

"나는 참 든든하다. 팥쥐가 내 생각을 이렇게 해주니까. 고마워 팥쥐야. 그런데 성은 니가 다치거나 위험해지는 게 싫다. 무서워. 앞으로 그런 애들은 내가 직접 상대할게. 넌 얼른 성한테 와서 이르렴. 알겠어?"

팥쥐는 가만히 고개를 숙이고 생각하는 듯했다. 그리고 고개를 들며 말했다.

"왜? 나는 성을 지켜줄 건데? 평생!"

"그렇구나. 우리 팥쥐가 성을 그렇게 아끼는구나? 그 마음 참말 고맙다. 근데 성 지켜주는 건 니가 좀 더 큰 나중, 나중에 부탁해도 될까? 내가 힘이 없어져서 정말 나 자신을 지킬 수 없을 때 말야. 그때 부탁해. 그렇게 해줄 거지?"

"알았어. 그럼 내가 키가 팔 척이 넘고 절구도 번쩍번쩍 들어 올리게 되면 그때 꼭 나한테 얘기해야 해! 알았지?"

"그럼! 꼭 그럴게."

마음 한편이 따뜻해졌다. 상처 입고 두려움으로 가득한, 차가운 바람만 불던 가슴속이 이렇게 팥쥐의 사랑으로 따뜻해지다니.

"그럼 성, 내가 성한테 싸우는 걸 가르쳐줄게. 계집이라도 싸움의 기술은 좀 있어야겠어."

그날부터 니는 팥쥐에게 주먹질하는 법, 몽둥이 휘두르는 법, 그리고 가장 중요한 소리 지르는 법과 도망치는 법을 배웠다.

"성, 그리고 그때 그 일 말야. 산속에서 있었던 일 말하고 싶으면 언제든지 나한테 말해. 성이 괜찮아질 때까지 내가 들어줄 테니까."

말 못 하고 속앓이할 내가 걱정이었는지 팥쥐는 먼저 그렇게 말해주었다. 나를 진심으로 생각하고 아끼는 팥쥐와 그런 시간을 보내면서 내 마음은 점점 건강해졌다. 아직 산속을 걷는 것이 쉽지 않았지만, 그전처럼 숲을 생각하며 얼어붙지는 않게 되었다.

천방지축으로 지내는 우리를 아버지는 못마땅해했다. 어느 날 아버지는 집으로 매파를 불렀다. 내년이면 내가 열넷, 혼기가 꽉 차니 이제 슬슬 보내야겠다고. 매파는 나를 쓱 훑어보며 말했다.

"엉덩이가 큼직한 데다 팔뚝이 굵으니 애도 잘 낳고, 일도 잘하겠네. 내 비슷한 집안으로 알아보겠어요. 근데 인물이…."

그때 팥쥐가 소리를 지르며 뛰어 들어왔다.

"성 인물이 왜! 당신 누구야! 왜 이쁜 우리 성한테 뭐라 그래!"

팥쥐 기세에 모두가 당황해 어쩔 줄 모르고 있을 때 매파가 한마디했다.

"아이고, 이 녀석 어느 집에 시집갈라고 이 모냥이냐! 내 니 중신은 안 선다!"

"안 가! 난 시집 안 가고 성이랑 죽을 때까지 살 거야! 싫어! 성 가지 마! 가지 마!"

팥쥐는 바닥에 주저앉아 다리를 휘저으며 대성통곡을 했다.

마당 한편에 앉아 있던 아버지는 "다 큰 계집애가 저게 뭔가. 에미가 애를 어떻게 키운 건지." 혀를 끌끌하더니 매파에게 잘 좀 부탁한다고 한마디 하고는 방으로 들어갔다.

"팥쥐야, 나 아직 아무 데도 안 가. 걱정하지 마."

"성 가지 마."

팥쥐는 엉엉 울면서 눈물 콧물로 엉망이 된 얼굴로 말했다.

"성 없으면 나는 못 살아."

'나도 그래 팥쥐야. 너 없으면 나는 어떻게 살까.'

배 속에서 뜨거운 게 울컥울컥 올라오려고 했다. 눈물을 흘리지 않으려고 어금니를 꽉 깨물었다.

새어머니는 혼수며 이런저런 살림을 마련해주었다. 보퉁이 하나를 특별히 챙겨주며 말했다.

"이게 요긴하게 쓰일 게다."

펼쳐보니 손바닥만 한 기저귀가 여러 개 있었다.

"이거 기저귀 아니에요? 아직 애도 없는데 제가 차차 준비해도 되는데요."

"그건 개짐[8]이란다. 이제 곧 네 몸이 애기를 가질 준비가 되면 아래에서 피가 비칠 게야. 달마다 한 번 해서 달거리라 하지. 달거리가 시작되면 그 개짐이 요긴하게 쓰일 게다. 잘 보관했다가 피가 비치면 다리속곳[9] 속에 개짐을 받치도록 하렴. 진작 알려줬어야 하는 건데."

"아, 어머니! 고맙습니다. 잘 보관하고 있다가 그때가 되면 쓸게요."

"빨 때는 찬물에 빨아야 핏물이 잘 빠진단다. 달거리할 때 아랫배가 아플 수도 있어. 그럴 때는 마른 팥을 한 줌 빈 솥에 달궈서 주머니에 채워 넣어 배를 따뜻하게 하렴. 그리고 쑥이 좋단다. 챙겨 먹어둬. 그럼 좀 나아질 게야."

새어머니는 행여 내가 잊을까 손을 꼭 잡고 당부했다.

혼인식 전날 아침부터 팥쥐는 소리를 지르고 대성통곡을 했다. 새어머니는 그런 팥쥐를 데리고 산 넘어 마을에 며칠 일하러 갔다. 나는 팥쥐 없는 집에서 초야를 치르고 시집으로 떠났다.

내가 시집간 후 아버지는 병이 더 깊어졌다. 한 번도 나에게 따뜻한 말 한마디, 다정한 눈빛 준 적이 없었지만 아버지에게 나는

---

8) 여성이 월경할 때 샅에 차는 물건. 주로 헝겊 따위로 만든다.
9) 조선 시대에, 치마의 가장 안쪽에 받쳐 입던 작은 속옷.

사별한 아내, 내 어머니를 떠오르게 해 위로가 되었던가 보다. 바지런한 새어머니 덕에 집안 살림은 윤택해졌고, 새어머니는 끊임없이 아버지 병에 좋다는 약초로 음식을 하고, 약방에서 맞춰온 약재를 달여 먹이고 돌봤지만 아버지는 끝내 살고자 하지 않았고, 새어머니에게 마음을 열지 않았다. 아버지에게 새어머니는 어떤 존재였을까?

아버지는 몰락한 양반가의, 벼슬도 못하고 낙향해 마을에 은거해 사는 집안의 막내아들이었다. 위로 형이 둘 있었는데, 그 둘은 초시에 합격해 그나마 양반 행세는 할 수 있었다. 그렇지만 노래하고, 그림 그리기 좋아했던 아버지는 글공부에 영 재주가 없었는지 그나마 양반 소리 들을 수 있는 초시에조차 낙방해 집안의 수치로 여겨졌다. 그러다 양반 행세가 하고 싶었던 상인 집안에서 혼담이 들어왔다.

그 시절 다들 그랬듯 아버지는 혼삿날 처음 어머니를 만났다. 혼사가 늦었던 스무 살의 아버지보다 네 살이 어린 어머니는 아버지 눈에 하늘에서 내려온 선녀 같았다. 아버지는 어머니의 집에서 치르는 초야가 너무나 어색하고 긴장되어 난데없이 목소리를 가다듬어 노래를 부르기 시작했다.

"혹시 그림 그릴 지필묵이 있느냐?"

노래를 마치고 아버지는 어머니에게 물었다. 어머니는 대답 대신 고개를 가로저었다.

"그럼 내가 너에게 옛날이야기를 들려주마."

마음에 쏙 드는 새색시와 어색한 분위기를 어떻게든 풀어보고자 아버지는 밤이 새도록 어머니에게 지어낸 이야기를 들려주었다. 초야를 치르는 방에서는 이따금씩 웃음소리가 들렸고, 그렇게 첫 밤을 보냈다. 아마도 어머니는 엉뚱한 짓을 해대는 아버지가 어지간히 좋았던 모양이다.

모아놓은 돈이 없어 다 쓰러져가는 초가집을 신혼집으로 구해 들어가게 되었을 때도 어머니는 한마디 불평 없이 집 안을 쓸고 닦고, 돈이 될 만한 일은 닥치는 대로 해가며 살기 위해 애썼다. 녹초가 되도록 돈 되는 일을 하는 어머니에게 위로가 되는 것은 아버지가 베갯머리 맡에서 들려주는 이야기들이었다. 아버지는 이야기를 지어내는 데 재주가 있었다. 상인의 딸인 어머니는 이야기를 잘 지어내는 아버지에게 그 이야기를 책으로 만들어 팔면 좋겠다고, 돈을 벌 수도 있겠다고 했다.

그 얘기에 아버지는 환하게 웃으며 "그래 내 언젠가는 꼭 책을 쓰겠네."라고 시원하게 대답했다.

어머니가 나를 임신했을 때만 해도 두 사람은 정이 좋았다. 입덧이 심한 어머니가 산딸기가 먹고 싶다고 하면 추운 겨울에도 눈 속을 헤치고 구해다 주었다. 내가 태어나고 어머니의 신경이 온통 나를 향했다. 어머니의 젖은 내 차지가 되었고, 어머니의 품도 내 차지였다.

아버지는 자식이 태어나니 애비가 되어 돈을 벌어 처자식을 먹여 살려야 한다는 부담감에 시달렸다. 어머니는 괜찮다며 돈은 내가 벌면 되니 그저 재미난 얘깃거리만 만들어내라고 했지만, 그때부터 아버지는 달라지기 시작했다. 별일도 아닌 것에 트집을 잡고 화를 냈다.

아버지는 애가 이렇게 울어대니 책을 쓸 수가 있겠냐며 어머니와 나를 타박하며 돈을 챙겨 집을 나서기 일쑤였다. 나가봐야 동네장터나 기웃거리며 국밥이나 먹고는 어둑해져야 집에 들어왔다.

어머니는 혼자 모든 것을 감당하는 것이 힘들었다. 그러나 그전처럼 위로가 되는 재미난 이야기를 들을 수가 없었다. 아버지는 아이가 시도 때도 없이 울어대서 도무지 잠을 잘 수가 없다며 이부자리를 챙겨 방을 나가버렸다. 어머니는 하염없이 눈물을 흘렸다.

어머니가 병이 들어 자리에 누웠을 때 아버지는 눈물을 흘리며 미안하다고, 자기가 잘못했다고, 부디 다시 일어나기만 해달라고 애원을 했다. 어머니가 모아놓은 돈과 곡식을 탈탈 털어 지나가는 탁발승에게 시주하며 제발 내 처를 좀 살려달라고 옷자락을 잡고 쓰러지며 통곡을 했다. 아버지의 그런 애타는 마음에도 어미니는 결국 세상을 떠났다. 어머니는 철 모르고 이부자리 주변을 뛰어다니던 나를 애달픈 눈으로 쳐다보다 숨을 멈췄다. 아버지는 초상을 치르러 친척들이 모여들기 전까지 통곡을 멈추지 않았다. 어쩌면 아버지는 더 길게 울고, 더 충분히 슬퍼해야 했다. 사내대장부는 눈물을 보이면 안 된다는 그 말 때문에 슬퍼하고 울 수 없었던 아버지는 흘려보내지 못한 슬픔으로 병 들었던 것이다.

내 남편의 집안은 찢어지게 가난했다. 아버지 집안처럼 낙향해서 과거에 낙방한 가난한 양반의 집안이었다. 남편은 말수가 없고 무뚝뚝하긴 했지만 나쁜 사람은 아니었다. 일찍 혼자가 된 시어머니의 외아들로 평생 고생을 하며 자신을 키운 어머니를 극진하게 모시는 소문난 효자였다. 나와 혼담이 오가던 중 시어머니는 개천 돌다리에서 넘어져 다리를 다쳤다. 내가 시집에 갔을 때는 상처가 낫지 않아 몸져누워 있었고, 혼인한 지 두 달 만에 시어머니 상을 치르게 되었다. 가난한 살림이라 돈이 없어 초라한 상여로 대접할 음식도 없이 그렇게 장사를 지냈다. 효자인 남편은 삼년상을 치르겠다며 시어머니 무덤 앞에 움막을 치고 기거했다.

초야는 치렀으나 아직 달거리가 없어 혼인 후 1년이 지나서야 첫아이를 임신했다.

처음 달거리를 하던 날 나는 밭에서 풀을 뽑고 있었다. 한참을 쪼그려 앉아 풀을 뽑다 일어나니 어지럽고 아랫배가 당기듯 아팠다. 며칠 변을 못 봐 그런가 싶어 풀숲으로 달려가 속곳을 내리고 앉았다. 나오라는 변은 나오지 않고, 뭔가 물컹, 왈칵 하며 몸속에서 빠져나왔다. 덜컥 겁이 나서는 고쟁이를 추스르지도 못하고 벌떡 일어났다. 속곳에는 거뭇한 핏자국이 묻어 있었고, 앉았던 자리에는 피 흘린 자국이 남았다. 이것인가, 새어머니가 개짐을 챙겨주며 일렀던 달거리가 이것인가 싶었다. 밭에서 하던 일을 멈추고 호미며 소쿠리를 챙겨 집으로 달려갔다. 문갑을 뒤져 곱게 싸놓은 개짐을 꺼냈다. 한 장 한 장 바느질하며 챙겼을 새어머니의 정성이 느껴졌다. 손바닥만 한 개짐을 잘 접어 새로 꺼낸 다리속곳 안에 끈을 걸어 받쳤다. 피 묻은 속곳은 찬물에 담갔다.

아랫배가 싸르르 하니 아파왔다. 아궁이에 불을 때고, 솥을 걸고, 마른 팥을 찾아 한 줌 부어 볶았다. 타지 않을 정도로 볶아 바가지로 퍼내어 면포에 쌌다. 달궈진 팥이 담긴 면포가 뜨끈했다. 방으로 들어가 자리를 펴고 누웠다. 남편이 삼년상을 치르는 것이 다행인가. 불 때느라 따끈해진 아랫목이 포근했다. 주머니를 배 위에 얹고 설핏 잠이 들었다.

그날 밤 물빨래한 속곳과 개짐을 챙겨 남들 볼 새라 빨래터로 향했다. 빨래터에는 동네 아낙들 몇이 벌써 빨래를 하고 있었다.

"아이고 새색시가 서답[10]을 빨러 왔구만. 이제 달거리를 시작한 건가? 이제 애 엄마 되겠네."

아낙들도 핏물 빠진 개짐이며 속곳을 빨고 있었다. 나는 왠지 부끄러워 말없이 웃었다.

"그래도 친정어머니가 미리 개짐을 잘 준비해주신 모양이야. 나는 시집올 때 아무것도 모르고 와서는 처음 달거리할 때 아래에서 피가 비치니 죽을병에 걸린 줄 알고 혼자 울고불고했지 뭐야. 나중에 시어머니가 아시게 되어서 부랴부랴 개짐도 준비해주시고 그랬지. 색시 친정어머니가 참 사려 깊으신 분이네그려."

아낙들의 말에 새어머니의 정이 더 깊이 느껴졌다. 집으로 돌아와 깨끗하게 빤 서답은 아무도 볼 수 없는 곳에 널었다.

달거리 소식을 들은 남편은 집에 들를 때마다 잠자리를 원했다. 하룻밤에도 여러 번. 남편과의 잠자리는 고통스러웠다. 어릴 적 산속에서 겁탈당할 뻔한 순간이 떠올라 온몸이 뻣뻣하게 굳었다. 시체처럼 누워 있는 내 위로 헐떡대던 남편이 과정을 마치고 쓰러지면 그 순간이 그렇게 기쁠 수가 없었다. 아녀자의 도리라고 하니 할 수 없이 응하긴 했으나 매번 잠자리를 하고 나면 피가 비쳤고, 살이 쓰리고 아팠다. 매번 덧나지 않게 하려고 끓였다 식힌 소금물

---

10) '개짐', '속곳' 등의 빨랫감을 일컫는 방언.

로 아래를 씻는 게 일이었다. 나는 점점 더 남편의 손길이 두려워졌다. 어느 순간부터 달거리는 멈췄고, 입덧이 시작되었다. 임신은 남편과의 잠자리를 피할 수 있는 좋은 핑곗거리였다.

어머니와 새어머니가 그랬듯 나는 억척스럽게 일을 해가며 돈을 모았다. 내 아이에게 좋은 것을 먹이고 좋은 옷을 입히고 싶었다. 아이가 태어나기 전에 눈코 뜰 새 없이 일을 했다. 집도 넓히고, 산과 논밭도 사고 싶었다. 동네 일거리 받아오는 인심 좋은 할멈을 알게 되어 할멈을 따라 남의 잔칫집 일을 도우러 가고, 바느질거리도 받아오고, 논밭일도 하러 나가고, 나중에는 길쌈을 해 삼베며 모시, 면을 짜 장에 내다 팔기도 했다. 새어머니를 따라다니며 배운 지식으로 산에 들어가 약초를 캐고, 그걸 찌고 말려 약방에 팔았다.

삼년상으로 보름에 한 번씩 집에 들른 남편은 돈 버느라 온 집안을 일터로 만들어 놓은 나를 멸시하는 눈으로 보곤 했다. 그래도 나는 배 속의 아이를 생각하며 마음을 다잡았다. 새어머니, 팥쥐와 함께 걷던 숲속 오솔길, 그때의 냄새, 부드러운 바람, 눈을 감고 그때를 떠올리며 마음을 평온한 기운으로 채웠다. 그러면 남편의 눈길에 꼿꼿하게 긴장했던 배가 스르르 풀렸다.

첫아이 출산을 한 달여 남기고 있던 어느 날 팥쥐가 헐레벌떡 삼십 리 길을 달려왔다. 아버지가 위독하시다는 소식을 전하기 위해서였다. 먼 길을 달려온 팥쥐가 고마웠다. 팥쥐가 제일 좋아하는 흰쌀밥을 짓고, 감잣국을 끓이고, 나물 몇 가지를 무쳐 배불리 먹였다. 친정에 가 있는 동안 남편이 먹을 며칠간의 밥과 찬을 마련해 움막에 들여놓고, 친정까지 걸어갈 때 먹을 찐 감자와 주먹밥, 마실 숭늉을 준비해 다음 날 일찍 팥쥐와 함께 길을 나섰다. 만삭의 몸이니 걸어서 삼십 리 길을 움직이는 것이 쉽지 않았다. 더위가 한풀 꺾였지만 낮에는 햇살이 따끈했다. 팥쥐는 힘들어하는 나를 부축하기도 하고, 번쩍 업기도 했다. 팥쥐는 웬만한 사내아이 몸집과 비슷했다. 또래 사내애들보다는 조금 커 보이기도 했다.

동틀 때 길을 나섰는데 어둑해져서야 친정에 도착했다. 아버지는 나를 보고 눈물을 흘렸다. 내 손을 잡고, "콩쥐야 미안하다. 내너를 그리 대하면 아니 되었는데. 내 고통이 너무 깊어 너를 살피고 보듬지 못했구나. 네 어머니가 좋아하던 이야기를 너에게도 들려주었으면 좋았을걸. 내가 너무 무심하고 무능한 애비였구나. 참으로 미안하다. 애가 곧 태어날 텐데 내 손주를 못 보고 가 아쉽구나" 하며, 힘겹게 말을 이었다.

"네 새어머니를 잘 모셔라. 나 같은 남자한테 시집와 평생 고생만 하는구나. 귀생이 자네 덕에 내 딸 콩쥐를 번듯하게 키웠네. 고맙네."

아버지는 고개를 돌려 팥쥐를 찾았다. 팥쥐 손을 찾아 잡으며 말했다.

"팥쥐야, 내 네가 있어 마음 놓고 떠난다. 네 어머니와 네 형을 잘 돌봐다오. 우리 집에 사내아이 하나 없었지만 네가 있어 든든했단다."

아버지는 그렇게 마지막 순간이 되어서야 우리 셋에게 따뜻하게 말을 걸고는 눈을 감았다. 새어머니와 팥쥐가 모아놓은 돈과 내 쌈짓돈이 있어 아버지의 장사를 성대하게 잘 치를 수 있었다. 양지바른 산도 사놓아 그곳에 아버지의 묘를 쓸 수 있었다. 상을 치르고 집으로 돌아왔다.

아버지의 마지막을 지키러 친정에 다녀온 것이 무리였는지 돌아오자마자 이슬이 비치고 진통이 시작되었다. 몸을 움직일 수 있을 때 동네 할멈에게 찾아가 미리 수소문해놓은 산파를 불러달라 부탁했다. 그리고 친정에 소식을 전해달라고도 했다. 할멈은 알았다고 대답하고, 아궁이에 불을 때고 솥에 물을 끓여 놓고, 깨끗한 면 보자기를 대여섯 장 마련해놓으라 했다. 그리고 몸을 움직일 수 있을 때까지 충분히 움직여야 출산이 수월하다는 당부도 했다.

나는 집으로 돌아와 할멈이 당부한 대로 솥을 걸고 불을 지피고 물을 끓였다. 얼마 전 친정에 다녀올 때 새어머니가 챙겨주신 애기에게 입힐 배냇저고리와 면포, 기저귀를 반닫이에서 꺼냈다. 남쪽 바다 어딘가에서 온 실한 미역도 다락에서 꺼내고, 새로 바느질해 만들어 놓은 애기 이부자리도 꺼내놓았다. 바지런한 애비 같았으면 미리 마련했을 새끼줄과 숯, 마른 고추도 내가 준비해두었다.

진통 간격이 짧아질 때까지 마당을 걸으며 애기에게 말을 걸었다. 지금 눈에 보이는 풍경, 이 계절에 피는 꽃, 우리 집 마당을 찾는 새들과 동물들의 이야기. 새 식구가 될 애기가 낯설지 않도록 알려주었다.

산파가 도착했다. 동네 할멈도 함께 왔다. 마냥 누워만 있어도 애가 잘 나오지 못한다면서 천장에 묶어놓은 긴 천을 잡고 힘을 주라고 했다. 첫아이는 문열이라 나오는 시간이 길 줄 알았는데 열심히 움직인 덕분인지 멀리 들리는 닭 울음소리에 이어 아이의 첫울음이 들렸다.

"첫딸이구먼. 살림 밑천이라니 아쉬워 마시게."

"살림 밑천이라니요."

세상에서 가장 귀한 내 딸, 존재 자체로 귀한 내 딸이 태어났다. 새어머니가 나를 기르신 대로 그렇게 사랑으로 든든한 버팀목 같은 존재로 아이를 보듬어야겠다 생각했다.

아이 우는 소리에 잠이 깨보니 밥하는 냄새, 미역국 끓이는 냄새가 났다. 문을 벌컥 열고 들어오는 팥쥐가 그리 반가울 수가 없었다.

"성 일어났어? 지금 어머니가 밥하고 계셔. 미역국도 푹 끓였으니 이따 상 들여올게. 애기한테 젖 좀 물려볼래?"

내 몸이 내 몸 같지 않았다. 퉁퉁 불은 젖을 애기에게 물렸지만 애기는 울면서 도리질만 할 뿐 좀체 빨지를 못했다. 애기는 너무 작았다. 태어난 지 몇 시간 되지 않은 갓난애기는 사람의 새끼로 보이기보다는 털 없는 짐승 새끼처럼 보였다. 머리로는 귀한 내 새끼다, 라는 생각이 떠나질 않았지만 조금만 잘못하면 바스라질 것 같은 이 작은 존재가 무섭기만 했다. 내가 한 생명을 온전히 책임져야 한다니. 젖을 앞에 놓고 빨지 못해 자지러지게 울어대는 애기를 보며 나는 한없는 무력감을 느꼈다.

"성, 처음엔 잘 못 빤다네. 어머니가 그러셨어. 자꾸 물려보래. 걔도 적응할라믄 시간이 필요한가 보네."

팥쥐의 말에 정신을 차렸다. 다시 손으로 젖을 잡아 애기 입에 욱여넣었다. 제발 빨아라, 제발. 내 마음속 말을 들었는지 애기는 젖을 빨기 시작했다. 힘들게 몇 번을 빨더니 마침내 젖이 나오는 듯 표정이 편안해졌다. 신기하다. 이 작은 것이 표정이 있다니.

팥쥐와 새어머니는 내 산후조리를 위해 삼칠일을 꼬박 우리 집에서 지냈다. 딸이라는 소식을 들어서였는지 남편은 보름이 되어도 집에 오지를 않았다. 끼니는 잘 해결하고 지내는 건지. 팥쥐에게 움막에 들러주기를 부탁했다. 귀찮을 법한 부탁인데도 팥쥐는 거절하지 않고 하루에 한 번은 먹을거리를 챙겨 움막에 갔다.

"팥쥐야, 너도 이제 혼처를 알아봐야 하지 않겠니?"

나는 마음에도 없는 말, 동네 할멈들이나 할 법한 말을 팥쥐에게
했다.

"성, 내가 혼자 외롭게 늙어가게 될까 봐 걱정돼? 시집가서 남편
이랑 애 낳고 그렇게 오순도순 살믄 좋겠어?"

"아무래도 그렇지. 어머니가 언제까지 살아 계실지도 모르고…."

"성, 나는 아무래도 시집은 못 가겠어. 남정네들은 생각만 해도
화가 나. 성한테 그 짓거리할라던 못된 놈도 그냥 보기엔 멀쩡해
보였잖어. 나는 그냥 지금이 좋아. 성이 좀 가까운데 살믄 더 좋겠
지만, 나중에 어머니 세상 떠나시면 내가 성 근처로 오지 뭐. 성한
테 의지하고 살 거야."

나는 안심했다. 어쩌면 나는 살짝 웃었는지도 모르겠다. 팥쥐가
없는 내 삶은 생각하기 싫지. 지금처럼 우리 셋, 그리고 애기까지
이렇게 살 수 있으면 좋을 텐데, 왜 안 되는 걸까? 왜….

낯설고 무섭기까지 했던 애기는 젖을 물리고, 기저귀를 갈아주
고, 씻기고, 재우고, 그리고 자면서 짓는 뽀얀 미소를 보며 차차 사
랑스러운 존재로 보이게 되었다. 낳은 정보다 기른 정이라더니, 하
루하루 뽀얘지고, 토실하게 변해가는 애기를 보면서, 이유를 모르
게 자지러지게 우는 아이를 달래면서, 새콤한 냄새가 나는 누런색
똥을 들여다보며 속이 편한지 어떤지 고민하면서 그렇게 애기는

나에게 둘도 없는 존재가 되어갔다. 새어머니가 나를 돌볼 때 이런 마음이었을까 싶었다.

"이제 애 이름을 지어야지 않겠니. 아범은 언제 온다니?"

"아범은 아마 말일쯤에나 올 거예요. 이름은 생각해둔 게 있어요. 요 녀석 복덩이라 복동이라 부르고 싶어요."

새어머니와 나는 복동이라는 이름이 마음에 들었다. 귀한 자식 이름 천하게 짓는다 해도 귀한 딸애의 이름을 개똥이라 하고 싶지는 않았다. 내 이름 콩쥐도, 팥쥐도 마찬가지였다. 콩도 팥도 모두 귀하지만 내 이름으로 삼고 싶지는 않았다.

복동이, 복스러운 내 인생의 복덩이 복동이. 삼칠일이 지나고 새어머니와 팥쥐가 떠나갔다. 새어머니는 두고두고 먹을 수 있게, 곶감이 될 감을 엮어 주렁주렁 매달아놓고, 버섯과 각종 산나물을 잔뜩 말려 쌓아놓고, 팥쥐는 곧 추워진다며 산에서 나무를 잔뜩 해왔다. 보기만 해도 배가 부르고 등이 따뜻해졌다. 그렇게 편안하고 행복했던 시간을 보내고 아쉬운 이별을 맞았다.

"성, 내가 자주 올게. 애 보는 것도 도와주고, 밥하고 일하는 것도 도와줄게. 형부 삼년상은 아직도 멀었으니까."

"팥쥐야 고마워. 어머니 모시고 조심해서 가."

두 사람이 떠나고 나니 집 안이 텅 빈 것 같았다.

할머니, 이모와의 이별이 슬펐는지 복동이도 한참을 울었다. 남편은 보류도 아닌데 집에 돌아왔다. 돌아오자마자 애 얼굴도 제대로 보지 않고, 한구석에 밀어두더니 내 허리를 끌어안았다. 남편의 몸이 말하는 것을 알았다.

"아직 내 몸이 성치가 않아요. 다 회복되고 나면 그때…."

내 말이 끝나기도 전에 남편은 버럭 성을 냈다.

"빨리 아들을 낳아야 대를 이을 것이 아니야. 몸은 뻣뻣해가지고…. 그러니 아들이 안 들어서지!"

남편은 머릿장을 뒤져 돈을 챙겨 문을 닫고 나갔다. 큰소리에 놀란 복동이는 울기 시작했다. 아들을 낳아 대를 이으라니.

복동이가 태어나고도 한참 남편은 집으로 돌아오지 않았다. 돌잔치도 새어머니가 해온 떡과 잔치 음식을 놓고 팥쥐와 주인공인 복동이까지 넷이 단출하게 했다. 수수경단과 백설기, 흰쌀밥, 국수에 과일까지 둥근 상에 붉은 보자기 깔고 차린 돌상이 그야말로 상다리가 휘어질 듯했다. 복동이는 돌잡이로 지필묵을 잡았다. 어떤 아이로 자라게 될지. 복동이가 태어나게 도와준 산파와 동네 할멈, 이웃들에게 떡을 돌리며 복동이에게 축복을 부탁했다. 잔치 음식을 챙겨 아이를 업고 남편이 지내는 움막으로 갔다. 남편은 없었다. 소쿠리에 담아 온 음식을 그대로 움막에 남겨두고 집으로 돌아왔다.

돌아오는 길 동네 아낙이 나를 붙잡고 걱정스럽게 한마디 했다.

"애기 엄마, 그 집 바깥양반이 요즘 주막에 드나드는 모양이야. 거기 투전판이 벌어진다는데… 우리 집 남정네도 거기 드나들다가 나한테 딱 들켜서 아주 혼구녕[11]을 내줬는데 말이야. 애기 엄마도 단속 잘해."

투전판이라니, 상중인 효자가 투전판이라니. 이웃 아낙의 걱정을 들은 며칠 후 남편은 집으로 왔다.

"애 돌도 지났으니 인제 괜찮은 거 아닌가? 아들은 언제 낳을 거냐고."

큰소리를 내면 잠든 복동이가 깰까 나는 조용히 누웠다.

"애 깨지 않게 조심하시오."

남편은 몇 번 몸을 움직여대더니 쓰러져 코를 골며 잠이 들었다.

남편의 삼년상이 끝나고 마침내 집으로 돌아왔다. 돌아오기는 하였으나 외박이 잦았다. 투전판이겠지. 돈이 조금씩 조금씩 없어지고 있었다. 복동이 돌 선물이라고 팥쥐가 해온 은수저 한 벌도 반달이 안에 있었는데 어느새 없어졌다.

나는 둘째를 가졌다. 점점 불러오는 배를 보며 동네 아낙들은 배 모양이 딱 아들 배라며 자기들 일처럼 좋아했다.

"애가 배 속에서 다 들어요. 나는 애가 딸이든 아들이든 상관없어요."

---

11) '혼쭐'의 방언.

나는 아낙들의 그 말이 그렇게 듣기가 싫어 딱 잘라 말했다. 복동이를 낳아 기르고 둘째를 임신한 동인 나는 그럴듯한 기와집도 짓고, 농사를 지을 땅도 샀다. 따로 지은 곳간에는 농사지은 쌀이며 곡식들이 풍족했고, 집 앞뜰과 뒤뜰에는 사철 꽃이 피었다.

복동이는 마당에서 그림 그리기를 좋아했다. 날아다니는 나비를 자세히 들여다보고 돌멩이로 흙바닥에 쓱쓱 그려냈고, 나뭇가지에 앉은 새를 잠깐 보고 또 흙바닥을 종이 삼아 돌멩이를 붓 삼아 그렸다. 안락하고 평화로운 날들이었다. 대청마루에 앉아 혼자 놀고 있는 복동이를 바라보는 게 큰 기쁨이었다. 내 일상이 그렇게 평화로울수록 남편은 점점 엇나가기만 했다. 배가 불러오는 나를 보고도 잠자리를 하자고 덮치기 일쑤였다. 밀어내는 나에게 손찌검을 하기 시작한 것은 그즈음부터였다.

둘째도 딸이었다. 조리하느라 자리를 보전하고 누웠는데, 술에 잔뜩 취한 남편이 소리를 치며 방문을 열어제꼈다.

"언제까지 자빠져 있을 거야! 빨리 돈 내놓으라고!"

이제 세 살이 된 큰애는 놀라서 울음을 터뜨렸다.

"돈은 왜 필요한 거요? 어디에 쓰려고!"

물으나 마나였다. 얼마 전부터 재미를 붙인 노름 때문이었다.

"이 여편네가 어디 하늘 같은 서방님 말씀하시는데 토를 달아!

니가 돈 좀 벌었다고 유세를 떠는 거냐? 투전판에서 남자가 돈이 있어야 기가 살지! 빨리 돈이나 내놔! 기집 구실도 못하는 게 어디서! 기집애들만 줄줄이 낳은 주제에!"

덮고 있던 이불을 벗겨 던지더니 발길질을 시작했다. 행여나 갓난 둘째가 다칠세라 부둥켜안고 온몸으로 그 발길질을 당했다. 아, 내일이면 팥쥐가 올 텐데. 팥쥐가 내가 다친 걸 보면 안 되는데. 남편은 발길질로 성이 차지 않았는지 내 머리채를 잡고 질질 끌어 마당으로 내동댕이쳤다. 안고 있던 아이는 저기 마당 한구석에 떨어져 자지러지게 울었다. 남편의 매질은 계속되었다. 나는 그대로 정신을 잃었다.

"아이고, 이것 봐, 애기 엄마 정신 좀 차려봐. 이게 무슨 일이야."

동네 할멈이 나를 흔들어 깨웠다.

"살림살이 부수는 소리, 애 우는 소리에 잠을 못 자겠어서 와봤더니 이 사단이 났네."

할멈은 내가 정신을 차리는 것을 확인하더니 마당 구석에 나동그라진 갓난애를 추슬렀다.

"에고고. 애가 무슨 죄라고, 쯧쯧. 그렇게 돈 버는 것도 좋지만 서방 기죽이면 안 된다고. 내가 이런 일이 있을 줄 알았지 뭐야. 여자가 기가 세면 안 돼! 남편한테 지고 살아야지. 자 일어나 봐. 방으로 들어가야지."

할멈은 나를 일으켜 부축해 방으로 옮겼다.

"애기는요?"

"이마에 멍이 좀 든 것 같은데 멀쩡해 보이네."

"엄마아…."

방구석에서 오들오들 떨고 있던 복동이가 울면서 다가왔다.

"엄마 괜찮아. 울지 마. 걱정했구나."

"복동 어멈, 내가 보리죽 좀 쒀왔으니 그거 좀 먹고 기운 채려. 우리 집엔 보리밖에 없네."

"네, 고맙습니다. 잘 먹을게요."

할멈이 쥐어주는 숟가락으로 보리죽을 떠 입에 넣었다. 입속이 찢어졌는지 쓰라렸다.

"성~ 나왔어~ 팥쥐 왔어~!"

"응, 왔어?"

나는 일어나지도 못하고 누워서 문을 열었다.

"성 얼굴이 왜 그래!"

"아냐 넘어져서 그래. 뒷간 가려다가 문턱에 걸려서."

"에이 씨. 거짓말하지 마! 아니지! 그놈이 때린 거지? 이제는 손찌검까지 한대? 몸푼12) 지 며칠이나 되었다고!"

팥쥐가 소리를 지르자 애들이 울기 시작했다.

---

12) 몸풀다. '해산하다'의 방언.

"팥쥐야 애들 좀 달래줄래? 내가 기운이 좀 없어서."

"아… 성 미안해. 성 힘들 텐데. 애들도 그렇고. 얘들아, 이모가 미안해. 이리 와."

"이모~!"

복동이가 팥쥐에게 달려가 와락 안겼다. 큰애는 유독 팥쥐를 좋아했다. 산으로 들로 신나게 달리면서 놀아주는 이모가 최고라며 늘 팥쥐 오는 날만 기다렸다. 그렇게 기다리던 이모가 오자마자 소리를 질러 얼마나 속상했을까.

"아가, 이모가 미안해. 무서웠지 우리 애기. 이모가 뭐해줄까?"

"이모, 나 목말 태워줘~!"

진짜로 키가 팔 척이나 커버린 팥쥐가 목말을 태워주면 저기 강 건너 마을까지 보일 것 같았다.

"그럴까? 이모가 목말 태워줄게. 나가자! 성, 나 애 데리고 놀아주다 올 테니까 거기 싸온 음식 좀 먹어. 어머니가 성 먹인다고 뭘 잔뜩 했어."

아, 새어머니. 고마운 분. 모래를 잔뜩 채워놓은 것 같은 입속에 침이 고였다. 풍족하지 않은 살림일 텐데 어떻게 이렇게 해서 보내셨을까. 젓가락으로 잡채를 집어 입안으로 집어넣는데 눈물이 또르르 흘렀다. 어머니가 돌아가시고 얼마 되지 않아 우리 집에는 아버지가 동네에서 얻어온 찬밥이 그나마 성찬이었다. 그러다 새어머니가 들어오시고는 달라졌다. 넉넉지 않은 살림 때문에 늘 일을 다녀야 했지만 그렇게 벌어온 돈으로 어린 팥쥐와 나를 살뜰히 챙겨 먹였다. 밥상에 나랑 팥쥐를 나란히 앉혀놓고 새 새끼 모이 먹이듯이 이 입 저 입에 한 젓가락씩 공평하게 먹여 주었다. 고마운 사람. 우리가 제법 자라 스스로 젓가락질을 하게 되었을 때부터는 뭐든 각자의 그릇에 똑같이 나눠주었다. 나는 한 번도 새어머니가 나를 차별한다고 느낀 적이 없었다. 어쩌다 우리가 아옹다옹해도 둘 다 똑같이 엄하게 혼났고, 누군가 칭찬받을 일을 했어도 똑같이 상을 받았다. 새어머니는 늘 한결같았고, 튼튼하고 큰 나무 같았다. 친어머니보다 더 그리운 사람. 허깨비 같은 남편이었지만 아버지가 돌아가시고 얼마나 적적하실까 싶었다. 문득 살아야겠다는 생각이 들었다. 밥과 반찬을 욱여넣었다.

"이보시게, 나를 한 번만 용서하시게. 내가 술이 과해 그런 것이 아니오."

남편은 며칠 후 집에 돌아와서는 변명을 해대며 용서를 구했다. 그런데 그날 내 머릿속에서는 뭔가가 끊어져버렸다. 나는 너무도 냉랭해져버렸다.

나는 눈을 부릅뜨고 남편을 똑바로 쳐다보며 낮은 목소리로 말했다.

"아니, 그럴 수 없소. 용서할 수 없소. 당신은 내 소중한 두 딸을 모욕했고, 그리고 지금까지 아등바등 애쓰며 살아온 내 삶을 모욕했소. 나는 내 재산을 정리하고 당신과의 혼인도 정리하겠소. 알겠소?"

"뭐라고? 이년아? 이년이 돌았나! 어디 뚫린 입이라고 씨부려대. 니가 가긴 어딜 가! 그리고 니 재산이라고? 뚱뚱하고 못생긴 걸 데리고 살아줬더니!"

남편이 윽박지르며 주먹을 휘두르려는 순간 문이 벌컥 열리며 팔 척의 팥쥐가 커다란 절구를 번쩍 들고 들어왔다.

"야 이놈 버러지만도 못한 놈아. 콩쥐 성을 또 때리려는 것이냐? 네 이놈 이 절구통을 내리쳐 니 대가리가 부서져 봐야 정신을 차릴 것이냐?"

남편은 팔 척의 거구가 휘둘러대는 절구가 행여 자기 머리통을 내려칠새라 젖 먹던 힘을 다해 줄행랑을 쳤다.

"내 눈앞에 다시 나타나면 죽을 줄 알아!"

번개처럼 사라지는 남편 뒤통수에 대고 팥쥐가 소리를 질러댔다. 나는 분노로 꽉 쥔 주먹을 풀고 흐느끼며 팥쥐를 끌어안았다. 팥쥐는 절구통을 내려놓고 나를 감싸 안았다.

"성, 이제 괜찮아."

따뜻해. 내가 평생 기다려온 따뜻한 품이 팥쥐의 품이었던가.

"응 괜찮아. 나도 더는 당하지 않을 거야. 씩씩해질 거야. 싸울 거야."

남편이 줄행랑을 친 집에 새어머니와 팥쥐가 이사를 왔다. 친정 식구들이 먼저 살던 작은 집은 뒷집 할멈에게 맡겨 그 옛날 새어머니와 팥쥐처럼 오갈 데 없이 딱한 처지에 놓인 애어멈들과 애들을 위한 집으로 쓰기로 했다. 여럿이 모여 함께 아이들을 키우고, 일을 해 스스로 삶을 꾸려갈 수 있게 힘을 기르는 집이 되었다.

나는 새어머니와 머리를 모아 시장에 상점을 냈다. 약초를 채취하고 말리고 덖었다. 몇 가지 약초들은 재배하기도 했다. 그렇게 만들어낸 약초들을 팔고, 약재 대신 달여 차로 마실 수 있게 파는 약차다방.

약차다방은 소문이 나 멀리서도 찾아오는 단골들이 생겼다. 약차다방에서 벌어들인 돈은 친정집에 기거하는 아낙들과 아이들을 위해 쓰고, 아이를 어느 정도 키워낸 아낙들은 약차다방에서 일할 수 있도록 약초에 대한 상식을 공부하고, 차로 만들어내는 법을 배우고, 약초끼리 서로 섞는 방법들을 배웠다.

팥쥐는 소녀들을 모아 몸 쓰는 훈련을 했다. 달리기, 지게 지고 짐 옮기기, 도끼질하기, 자신을 지키는 싸움의 기술 등등 아낙들끼리 모여 살아도 스스로 삶을 꾸려갈 수 있도록 몸과 마음을 만들어갔다. 나의 두 딸들이 살아갈 세상을 위해 나와 팥쥐, 새어머니 그리고 동네의 할멈들과 아낙들이 모두 힘을 모았다. 우리의 날들은 그렇게 계속되었다.

지
현

글 작가

한밤중 소띠로 태어나 일평생 느릿느릿 하고 싶은 것은 거의 다 하고 사는 페미니스트 여성.
재미있는 이야기를 좋아하고, 만들어낸 이야기를 들려주는 것도 좋아한다.
페미니즘교육 개발을 위해 청년과 청소년 문화를 연구하고, 대안학교에서 청소년들을 만나
멋진 소녀, 소년 페미니스트들을 양성하고 있다. 페미니스트 가수로 노래하고,
여성의당 초대사무총장으로 일했다.

페미니스트 가수·페미니즘교육 연구 개발자·중재전문가

2018 양성평등문화상 여성문화인상 수상

현 페미니즘교육연구소 연지원 대표

현 여성문화생산자협동조합 무지개공방 이사장

현 한국양성평등교육진흥원 위촉 강사

현 한국NVC중재협회 회원

콩쥐와 팥쥐
그리고 나

콩쥐는 원전에서 이렇게 묘사된다

"아름다운 미모에 아버지를 극진히 공경하고, 자질이 뛰어나서
행함과 판단에 어긋남이 없으며 근면한 성격이다."[13]

신데렐라도 그렇고, 백설공주도 그렇고, 심청이도 그렇다. 일단
아름답고, 심성이 곱고, 아버지를 사랑한다. 그러나 불행하게도 일
찍 어머니를 잃는다. 인생 최대의 비극은 아버지가 새 부인을 만나
결혼해 만들어진 새 가족 안에서 고난을 겪는 것이다. 주로는 새어
머니와 새 자매가 콩쥐를 괴롭히기 위해 만든 각종 어려움을 겪지

---

13) 작자 미상, 『콩쥐팥쥐전』, 푸른생각, 2006.

만 스스로 해결하는 것은 하나도 없다. 울고 있으면 누군가 와서 도와준다. 소, 두꺼비, 참새, 직녀 등.

어머니가 없었던 콩쥐는 일찍 아내를 잃고 슬퍼하는 불쌍한 홀아비를 동정하는 동네 아낙들의 젖도 얻어먹고, 십몇 세가 되어 스스로 집안일을 돌볼 수 있을 때까지는 살림 못하는 아버지를 대신해 콩쥐를 돌보던 마을의 지원과 돌봄도 받았을 것이다. 그야말로 마을의 환대를 경험하며 선하게 성장한 아이가 콩쥐였으리라. 그렇게 사랑만 받던 콩쥐가 계모와 의붓자매에게 태어나 처음 미움을 받는다. 재수 없게도 어찌어찌 어렵사리 가게 된 남의 잔치 가는 길에 꽃신을 잃어버리고, 천운처럼 그 신을 찾아 헤맨 페티시의 소유자 김 감사의 두 번째 부인이 되지만 그 행운조차 오래가지 못한다. 팥쥐에게 살해당하고 영혼 혹은 귀신이 된다. 기왕 귀신이 될 거면 스스로 문제를 해결하는 울트라 파워 원귀가 되지 자기를 해친 당사자에게는 전혀 영향을 끼치지 안/못하고, 귀신이 되어서도 울고만 있다. 다른 사람을 비난하고 원망하면서.

팥쥐는 어떻게 그려졌을까

"마음이 곱지 못하고 얼굴조차 못생겼으며 인물이 요사스럽고 악독하기가 이루 말할 수 없다."

마음도 외모도 다 곱지 못하다. 곱지 못한 수준이 아니라 요사스럽고 악독하기까지 하단다. 팥쥐의 악함은 타고닌 유전인가? 그 어미의 천성이 그러하니 그 품성이 유전된 것으로 봐야 할까? 대체 얼마나 악하면 의붓자매를 물에 빠뜨려 살해하고 그의 자리(김 감사 부인의 자리)를 꿰차는 것일까.

남편이 없었던 배 씨와 아비가 없었던 팥쥐의 삶을 상상해본다. 마을 사람들은 팥쥐 어미 배 씨를 고운 시선으로 보지 않았을 것이다. 남편이 있는 아낙에게는 자기 남편을 빼앗아 갈지도 모르는 악녀였고, 동네 남정네들에게는 호시탐탐 기회를 엿봐 자신의 손길로 쓰다듬어줘야 할, 누군가의 손길을 기다리며 대기 중인 '색녀'였을 것이다. 제대로 돈을 버는 일을 할 수도 없는 배 씨는 자신과 딸을 지키기 위해 다시 가부장제에 편입하려 애를 쓴다.

팥쥐 역시 마찬가지이다. 과부의 딸로 아비 없이 자라 동네의 손가락질과 수군거림을 경험했으니 이제라도 스스로 할 수 있는 최선의 전략을 구사해 자신의 취약한 위치를 보완하고 자신과 어미의 생존을 보장하려 한다. 그런데 불행히도 팥쥐의 그 전략은 다른 여성의 자리를 뺏는 것이었고, 그 여성이 콩쥐였던 것이다. 당시 여성들의 삶이란 어땠나. 남자의 그늘이 아니면 생존 자체가 어려웠을 것이다. 그렇게 생각해보면 팥쥐는 자신의 위치에서 할 수 있는 일을 적극적으로 하며 최선을 다한, 자신의 운명을 거스르는 사람이었다.

그런 팥쥐는 결국 어떤 마지막을 맞는가. 의붓자매를 살해하고 가짜 부인 노릇을 하며 콩쥐의 남편인 김 감사를 속였다는 이유로 가장 참혹한 형벌인 천참만륙^{千斬萬戮}14)으로 죽임을 당한다.

전래동화나 설화에서 여성을 강간, 살해한 남성이 이렇게 처형되는 경우는 보지 못했다. 왜 여성에게 더 가혹한가! 이런 이중잣대라니.

신에게는 딸이 없다[15]

오비디우스의 『변신 이야기』에 등장하는 고대 아테네의 두 자매 이야기가 있다. 프로크네와 필로멜라다. 필로멜라는 언니 프로크네의 남편 고대 트리키아의 왕 테레우스에게 납치되어 강간을 당하고, 혀가 잘린 뒤 산속 움막에 감금을 당한다. 혀가 잘린 필로멜라는 자신의 처지를 언니에게 알리기 위해 자줏빛 실로 그의 이야기를 수놓는다. 동생의 끔찍한 이야기가 수놓인 천을 받아 든 프로크네는 테레우스의 아들, 바로 자기 아들을 죽여 요리해 테레우스에게 먹인다.

내가 바랐던 결말은 프로크네와 필로멜라가 테레우스를 죽이는

---

14) 천만 동강으로 쳐서 죽이다. 수없이 여러 동강을 쳐서 참혹하게 죽인다는 뜻.
15) 안드레아 드워킨, 『신에게는 딸이 없다』, 고려원. 1993.

것이었지만, 이야기 속 결론은 이랬다. 사실을 알게 된 테레우스는 격노해 자기 아들을 죽인 두 여자를 죽이기 위해 쫓아가고, 자매를 가엾게 여긴 신은 두 자매를 제비와 나이팅게일로, 테레우스는 매로 변신시켰다. 결국 신도 테레우스의 편이었다. 강간범이자, 납치범이고, 여성의 신체를 훼손한 놈을 맹금류 포식자로 만들다니 말이다. 테레우스야말로 천참만륙 당해야 할 놈이 아닌가 말이다. 페미니스트 작가인 안드레아 드워킨의 책 제목처럼 '신에게는 딸이 없다'는 게 맞다.

팥쥐는 콩쥐가 받았던 마을의 돌봄과는 상반되는 아비 없는 자식이라는 낙인 때문에 마을과 사회로부터 배제당하고 사사건건 차별을 경험하다 비뚤어졌을 것이다. 혹은 마을 사람들은 팥쥐를 못생겼다는 이유로 박대했을 것이다. 어쩌면 팥쥐는 천성이 쾌활하고 호탕한 톰보이였을지도 모르겠다.

콩쥐와는 상반되게도 소녀들의 미덕으로 꼽히는 요소를 하나도 갖지 못한 가부장제 바깥에 존재하는 그런 비⁕소녀 팥쥐. 남성 중심적 질서에 순응하지 못하고 천덕꾸러기 취급만 받다가 사랑도 받을 줄 모르는 사람이 되어버린 그런 안타까운 존재. 팥쥐의 이야기를 써 내려가다 보니 마치 내 처지인 듯 눈물이 난다. 왜 선하고 예쁜 콩쥐의 대척점에 못생기고 심성이 악한, 같은 성별의 팥쥐를 두었을까? 얼마나 많은 어린이가 이런 구도를 익숙하게 생각하고 이분법적인 세계관으로 세상을 보게 될까 생각하니 앞이 깜깜해진다.

계모 배 씨는, "천성이 간사하고 악독하여 온갖 수단과 방법을 가리지 않고 콩쥐를 못살게 구는." 사람이다. 천성이 간사하고 악독한 여성이 계모가 되는 것은 그저 우연의 일치일까? 일찍 세상을 떠난 친모들은 대개는 아름답고, 선한 천상의 선녀 같지만 아이를 낳기만 하고는 양육도 않고 일찍 사망하고, 실제로 양육을 담당하고 아이의 생을 담당해야 하는 새엄마는 이렇게 '우연히' 악독하다니. 어쩌면 그렇게도 전 세계적으로 모든 계모는 하나같이 악할까? 혹시 나쁜 계모 양성 학교가 있나? 계모 지침서라도 있나? 이거 참 답답할 노릇이다. 나는 어릴 적 계모繼母의 한자가 간계姦計 같은 부정적인 의미의 '계'인 줄 알았다. 한마디로 나쁜 엄마. 그래서 안심하기도 했다. 적어도 나에게는 친엄마가 있었으니까.

콩쥐의 유일한 뒷배 최만춘

"배 씨라는 과부를 얻어 집안의 크고 작은 일을 모두 맡기고 자신은 집안일이 어찌 되어 가는지도 모르고 지낸다."

아내가 죽자 동네 아낙들을 찾아다니며 젖먹이 아이에게 동냥

젖을 먹였다고 한다. 한 살이면 이유식을 시작할 때인데, 젖동냥을 2년이나 하다니. 아이를 제대로 돌보지 못하는 아버지의 허점이 드러난다. 콩쥐가 열넷이 되었을 때 배 씨와 재혼을 한다. 왜? 애는 이제 다 자라서 시집갈 때가 되었는데, 어린 콩쥐를 돌볼 사람이 필요한 것도 아닌데 왜 새삼스럽게 새장가를 가야 한단 말인가? 딸이 시집을 가고 나면 자신의 옷을 기워주고 밥상을 차려줄 사람이 없으니까 그래서 배 씨가 필요했던 것 아닌가? 콩쥐의 아버지 만춘은 재혼하고는 행복에 겨워 집안 살림을 모두 배 씨에게 맡겼다고 한다. 그 행복은 어떤 행복이었을까? 잠자리의 행복? 맛있는 밥상을 받는 행복? 금지옥엽이라는 콩쥐가 남몰래 마음고생을 하든 말든 몸 즐겁고, 입 즐거우면 이 아버지는 만족이었던 것인가. 의붓어미에 의한 정서적·신체적 학대가 자신의 딸에게 행해지고 있는데도 아비는 손 놓고 아무 대응도 하지 않았다. 그저 자신의 입에 들어올 먹거리가 떨어질까 봐.

만춘에 대해 곰곰이 생각할수록 화가 난다. 그런데 왜 누구도 콩쥐가 당한 학대에 대해서는 만춘에게 책임을 묻지 않는가? 현재 벌어지는 가정폭력의 모든 책임을 친모나 계모에게 묻는 것은 이런 지고한 역사가 있기 때문일 것이다. 심지어 만춘은 콩쥐가 시집간 후 배 씨에게 버림받고 '불쌍한 처지'가 된다. 죽었다 살아 돌아온 콩쥐와 감사 부부는 그런 만춘에 덕스러운 새 부인을 얻어주고 그 커플은 또 애들을 낳고 백년해로했다고 한다. 아! 독자들은 '만춘'에 감정 이입하는 거겠구나! 아, 그러면 이 이야기가 불편할 이유가 없겠지.

설화였던 「콩쥐팥쥐」가 소설로 쓰인 이유를 '민중은 자신들의 삶이 고단하고 어렵기 때문에, 콩쥐라는 이야기 속 인물을 실제 현실과 관련지어 대리만족을 얻으려고 한 것이다. 그러므로 이 소설은 당시 서민들이 지닌 권선징악에 대한 강한 욕구와 행복한 삶에 대한 순수한 소망을 담고 있다'[16]고 분석하고 있다. 이 이야기를 통해 선함은 권장되고 악함은 벌을 받게 된다는 것을 안다 치자.

무엇이 선함이고 무엇이 악함인가?

분명한 것은 원전에서는 '만춘에게 선한 것'만 명확하게 볼 수 있다는 것이다. 선함의 상징인 콩쥐는 나약하고 의존적이며, 악함의 상징인 팥쥐와 그 어미는 적극적이고 자립적이다. 배 씨와 팥쥐는 모녀간, 여성 간의 연대도 해낸다. 누구에게 '선'하고 누구에게 '악'한가? 2020년의 페미니스트인 나는 독자로서 「콩쥐팥쥐」를 이렇게 보고 싶다. 악한 것은 가부장제와 그에 공모해 그 구조와 질서를 유지하려 애쓴 남성 혹은 여성 연대와 성별에 따라 다르게 적용되는 이중 잣대이고, 선한 것은… 글쎄… 없다.

찾아낸다면 나에게도 좀 알려주기를 부탁한다.

---

16) 작자 미상, 『콩쥐팥쥐전』, 푸른생각, 2006.

나의 할머니들이 들려준 옛날이야기에 등장하는 소녀들과 여성들, 딸들은 다 위험에 노출되어 있었다. 들을 때마다 다른 버전의 이야기가 되었던 '아랑'의 이야기는 또 어떤가. 「아랑 설화」는 경남 밀양의 전설로 밀양 현감의 딸 아랑이 평소 그녀를 흠모하던 신분이 낮은 남성—혹시 스토커?—의 꼬임에 넘어가 대나무 숲에서 성폭력당할 뻔한 순간, 저항하다 살해당하고, 죽은 아랑이 원한 맺힌 귀신이 되어 현감이 새로 부임할 때마다 나타나 원수를 갚아달라고 한다는 이야기이다. 한 맺힌 귀신인데 아랑 역시 무력하기가 이루 말할 수가 없다. 하는 일이라고는 현감 앞에 나타나서 흐느끼며 울어대는 것이다.

　콩쥐와 똑같다. 원귀가 되어도 참 무해하다. 왜 강간 미수, 살해범 목 하나를 못 따나. 그런데 담이 약한 현감들은 울기만 하는 귀신 아랑을 보거나, 곡소리를 듣기만 하면 놀라서 죽어버리는 것이다. (왜 범인한테는 나타나지를 않고, 꼭 사회적 지위와 권력이 있는 남성 앞에 나타나 정의를 실현해 주기를 바랐던 것일까.) 현감이 죽어 나가니 밀양에 가겠다는 사람이 없었겠지. 그래 용감한 사람을 모집하기에 이른다. (지방의 관리를 선발하는 데 적절한 기준은 있었겠지?) 한 용감한 남정네가 현감으로 선발되어 부임하고, 곡하는 아랑을 독대하고도 살아남아 범인도 잡고, 원혼을 달래는 굿을 해서 아랑의 한을 풀어준다는 이야기다. 그래

도 그놈을 천참만륙해서 젓갈을 담가 그의 친모에게 보내지는 않는다.[17]

어릴 때부터 이 이야기를 듣고 자란 탓인지 이미 나에게는 강간 공포가 있었다. 버전에 따라 다른데, 어떤 이야기에서 아랑은 강간을 피하려고 자살을 한다. 그런 이야기를 들으면 '아 강간보다 죽는 게 나은 거구나' 싶었다. 그리고 「전설의 고향」에 자주 등장하는 은장도는 '저렇게 짧아서 과연 자살이 될까?' 싶었다. 그러니 어떻게 자살하면 효과적으로 죽을 수 있는지 궁리할 수밖에. 전래동화에 등장하는 여자들의 삶이 거의 다 비루하고 위태로운데, 가해자도 구원자도 모두 남자들이라 어린 소녀였던 나는 '아… 내 목숨은 나 스스로는 지킬 수 없는 것이구나' 싶어 절망에 빠지고 말았다. 현실이 그랬다. 여성이 사는 현실은 그렇게 위험하고 위태로웠고 나 자신을 구원할 수 없었다.

선과 악 저 너머의 자매애 이야기

새로운 콩쥐와 팥쥐에서 기본적인 설정은 그대로 두었다. 엄마 잃은 콩쥐와 새엄마와 팥쥐. 집안일에 무신경한 아버지. 그렇지만

---

17) 「콩쥐팥쥐」 설화의 결말은 그랬다. 팥쥐는 천참만륙당해서 그 어머니에게 전달된다.

선악의 대립으로 놓였던 콩쥐와 팥쥐를 서로 아끼고 사랑하는 사이로 만들고, 선한 친엄마와 악한 새엄마의 구도 역시 바꿔버렸다. 여성들이 서로를 돕는 것을 많이, 자세히 보여주고 싶었다. 이분법적인 선과 악의 대립 구도 밖에서 이야기는 진행된다.

'국민학교'를 다니던 시절이 있었다. 그때는 초등학교가 아직 '국민학교'였던 때였다. 학교는 집에서 걸어서 1킬로미터 거리에 있었다. 지금이야 한눈팔지 않고 걸어서 15분이면 충분한 거리지만, 여덟 살 아이에게는 멀고 먼 길이었다. 입학할 때 학생 수는 많고 학교는 작아서 우리는 한 반에 평균 65명의 학생, 총 12개 반을 오전 오후로 나눠 수업했다. 코흘리개 1학년 학생들이 긴 통학 길을 오가는 게 걱정되었는지 학교에서는 6학년 학생과 1학년 학생을 짝지어 주었다. 수업이 끝나면 내 짝꿍인 6학년 언니가 교실로 찾아와 나를 기다려주었다. 지금 생각해보면 어떻게 그게 가능했는지 모르겠다. 내가 오전 수업만 마칠 때는 6학년의 수업이 아직 끝나지 않아 불가능했을 것이고, 오후 수업이 끝날 때는 너무 늦은 시간이었을 텐데 말이다. 형제자매 아무도 없는 외톨이 외동인 나에게 그 6학년 언니와의 만남, 함께하는 등하굣길은 선물 같았다.

여덟 살짜리가 뭐 그리 조잘대며 말을 했을까 싶지만 혼자 자라 조숙했던지라 언니와 나는 제법 말이 통했던 것 같다. 1학년이었던 한 해가 지나고 언니는 중학교로 진학을 했다. 나를 꽤 아꼈던지 학교에 다니던 동생을 통해 편지를 전하기도 하고, 중학교 교복을 입고 우리 집에 찾아오기도 했다. 이름조차 기억나지 않는 그 언니가 나는 참 좋았다. 옛날이나 지금이나 그렇지만, 그때 내가 받은 사랑을 잘 갚았는지, 그 사랑에 호응을 잘했는지 모르겠다. 콩쥐와 팥쥐를 쓸 때 그 언니와의 추억, 지금은 희미해진 그 추억을 떠올렸다.

작품 속 콩쥐와 팥쥐는 한 살 몇 개월 차이 나는 의붓자매이다. 콩쥐가 만 두 돌이 되고, 팥쥐는 겨우 돌이나 지났을 때 새어머니는 아버지에게 시집을 온다. 당시 새어머니인 귀생의 나이는 몇 살이었을까? 혼기가 꽉 찬 나이라 봐야 열다섯 정도일 것이고, 그보다 늦었다고 해도 스물은 되지 않았을 것이다.

개똥이라는 이름을 가졌던 귀생은 그렇게 어린 나이에 두 아이를 기르는 엄마가 된다. 집도 절도 없이 아비 없는 자식을 키울 뻔했던 상황에서는 많이 나아졌지만, 여전히 외롭다. 정 없는 남편과 엄마 없이 무신경한 아버지 밑에 자라 눈치꾸러기가 된 의붓딸 콩쥐. 짠한 마음이 들지만 동시에 얄밉기도 하다.

귀생의 캐릭터를 상상하며 나는 외할머니를 떠올렸다. 내가 태어난 지 11개월이 되었을 때 아버지는 교통사고로 세상을 떠났다. 내가 여섯 살이 되었을 때부터 외가에서 지냈는데, 나의 주 양육자였던 외할머니는 나를 동정하거나, 불쌍하게 여기지 않았다. 누군가의 눈에는 그것이 냉정한 모습으로 보일 수 있었겠지만, 나에게는 문제가 되지 않았다. 할머니는 나를 다른 손자들과 똑같이 공평하게 대했다. 내가 잘못하면 '발가벗겨서 내쫓아버릴 테니 그리 알라'고 호통쳤고, 요리 뺀질 조리 뺀질 말대꾸하며 빠져나가면 '저 기름집 뒷박 같으니'라 했다.

할머니의 그런 '공평한' 대우가 오히려 나를 당당하게 만들었다. 쫓겨나지 않을 만큼 말썽을 부리고, 여전히 기름집 뒷박처럼 뺀질거렸다. 밥투정이 심했던 나는 뭔가 요구사항이 있을 때나 관심을 끌고 싶을 때는 종종 온 가족이 식사하는 자리에서 밥을 먹지 않겠다고 떼를 썼다. 그러면 할머니는 '먹기 싫으면 먹지 마라'며 밥과 국, 수저를 치워버렸다. 그때는 그게 무척이나 서러웠다. 그런데 결국 할머니의 그 한마디가 나의 밥투정을 사라지게 했다. 요즘 아이를 양육하는 것을 조언하는 방송이나 반려견, 반려묘를 훈련하는 방송을 보다 보면 비슷한 사례가 자주 등장한다. 우리 할머니는 이미 해오던 그 훈육 방법 말이다.

나는 할머니의 사랑을 의심한 적이 없었다. 할머니의 마지막 일터였던 미장원을 정리한 오십 대까지 평생 미용사로 살았던 할머니는 특별한 날에 내 머리를 예쁘게 매만져 일류 미용사 할머니와 함께 사는 손녀로서의 특권을 누리게 해주었다. 가스 불에 고데기를 달궈 고데를 말아주곤 했는데, 머리를 만 첫날은 〈들장미 소녀 캔디〉의 '이라이자'같이 꼬불거리는 꽈배기 머리가 되었고, 그 이튿날은 안으로 말리는 '우찌마끼', 또 그다음 날은 밖으로 말리는 '소도마끼', 그다음 날은 끝이 예쁘게 꼬부라진 포니테일 머리를 해주었다. 손자들 중에 나 혼자만 누린 특별한 혜택이었다. 할머니는 당신께서 훌륭한 미용 기술자이며 경영인이었다는 데 자부심이 있었다.

할머니는 소학교 중간에 집안 사정으로 학업을 중단해야 했음에도 명문 학교를 졸업한 가방끈 긴 자식들 앞에서 주눅 들거나 한순간도 스스로를 부끄러워한 적이 없다. 학교가 주지 못한 지식을 할머니는 책과 신문, 그리고 영화를 통해 얻었다. 그러나 무엇보다 할머니를 훌륭하게 만든 것은 지혜로움과 신문물을 향해 언제나 열려 있는 태도였다. 자신감으로 가득 찬 할머니의 모습에서 나는 건강한 여성성을 발견하고 닮으려고 노력했다. 자연스럽게 내 안에 녹아들었다.

소풍 때면 싸주었던 유부초밥도 할머니 사랑의 증표였다. 마트에 파는 유부초밥 세트 따위는 없던 시절이라 유부초밥은 만들기 제법 번거로운 요리였다. 유부를 데쳐 기름을 빼고, 조림 간장에 조리고, 모양대로 잘라 찢어지지 않게 새콤달콤하게 간을 한 밥을 잘 채워 넣어야 하는 복잡한 일이었다. 할머니의 수고와 사랑이 고스란히 들어간 소풍 특별식이었다. 다른 아이들의 도시락엔 김밥이, 내 도시락엔 유부초밥이 있었지만 나는 할머니표 유부초밥이 그렇게나 좋았다. 전업주부로 '살림하는 엄마'로 살았던 적은 없었지만 어찌된 일인지 할머니의 요리는 맛있었다. 내가 할머니의 요리를 맛있게 먹으면 '머리가 좋으면 요리도 잘하지'라고 하셨다.

할머니의 진두지휘 아래 차려진 우리 집 대식구의 밥상은 그야말로 민주적이었다. 성차별도 없었다. 생선 반찬이 나오는 날이면 각자 앞 접시에 생선 한 토막씩을 받았고, 고기반찬이 나오는 특별한 날이면 공평하게 나눠 먹을 수 있도록 서너 명 앞에 한 접시씩 그렇게 골고루 주어졌다. 수저를 드는 순서는 있었지만, 생선의 몸통을 먹는 사람과 머리, 꼬리를 먹는 사람이 정해져 있지는 않았다. 가장 큰 어른인 할아버지부터 가장 꼬마였던 나까지 모두 공평하게 먹을 권리를 누렸다. 그런 밥상 앞에서 우리는 저녁 시간 내내 대화를 나누고 웃고 떠들었다. 말할 자격도 모두에게 주어졌다. 말을 독점하는 사람은 없었다. 할머니가 주관한 이런 밥상은 나에게 민주주의와 인권, 페미니즘을 가르쳐주었다.

지금도 너무 그리운 장면은 학교를 마치고 집에 돌아와 증조할머니 댁에서 할머니와 함께 보냈던 점심 풍경이다. 증조할머니는 지금은 번화해진 성산동 찻길가에 있던 작은 연립주택에 혼자 사셨다. 독립적인 증조할머니는 얼마간 아들 집에 살아 보시더니 못 살겠다며 혼자 살 수 있는 집을 큰딸 사는 동네에 마련하시게 되었다. 나는 거의 매일 할머니를 따라 그 집에 갔다. 주로 명란이나 새우젓이 들어간 계란찜이나 호박 새우젓국으로 점심을 해 먹고 나서 증조할머니와 할머니는 사이좋게 소화제를 나눠 드시고는 나란히 누워 도란도란 이야기를 나누셨다. 나는 그 사이에서 두 분의 서울 사투리를 들으며 잠이 들었다. 날이 저물 무렵 잠에서 깬 나는 기분이 좋지 않아 서럽게 울곤 했는데 누구도 나에게 울지 말라고 하지도, 응석을 받아주며 오냐오냐하지도 않았다. 그저 잠이 깨 기분이 나쁘겠거니 담담히 토닥여주셨다.

두 분은 전형적인 서울깍쟁이 또순이들이었다. 독립적인 여성들이었다. 참기름 공장을 운영하며 가족을 부양하면서 '여자는 기술이 있어야 한다'라고 어린 할머니를 미용기술 견습생으로 보냈던 증조할머니, '여자도 자기가 먹고살 수 있으면 된다. 꼭 결혼해야 하는 거 아니다'시며 스스로 벌어 자신의 삶을 스스로 책임지는 존재가 되어야 한다고 강조하시던 신여성, 그 딸인 나의 할머니. 귀생의 모습에, 콩쥐 친모의 모습에 가족을 부양하기 위해 장사를 하고 기술을 익혀 일하는 여성으로 살아오신 할머니들의 모습을 담고자 했다. 그리고 그 여성들의 계보와 연대를 보여주고 싶었다.

콩쥐의 아버지 캐릭터에도 애정을 가지려고 노력했다. 그의 아내는 왜 병들어 일찍 죽을 수밖에 없었는지 상상했다. 예술가적 감성이 풍부하고 낭만적이지만 일상을 꾸려나가는 데는 무능력한, 그래서 아내의 돈벌이에 의존할 수밖에 없었던 사람. 가부장제가 강요하는 맨박스에 꼭 맞는 사람은 아니지만 그래도 그 안에서 태어나고 자라 맨박스 밖으로 나올 수 없는 사람. 아내를 잃고 너무 슬펐지만, 남성에게 허용되시 않은 감정의 슬픔 때문에 속병이 들어 누구에게도 마음을 열지 못하고 외롭게 살다가 외롭게 죽어간 사람. 홀아비가 되어 콩쥐를 혼자 보살펴야 했을 때도 '쯧쯧 남자가 혼자 뭘 하겠어' 하며 동네의 할멈들과 아낙들이 나서서 함께 돌봐주던 사람. 숨을 거두던 마지막 순간에라도 새 부인인 귀생, 콩쥐, 팥쥐와 화해하기를 바랐다. 모두에게 사과하고 따뜻한 미래를 빌어주기를 바랐다.

콩쥐의 남편 역시 아버지와 비슷한 무능하고 일그러진 캐릭터이다. 효자라는 이름 때문에 스스로 자신을 억압하고, 가부장제의 외동아들로 껍데기만 남은 '뼈대 있는 가문'의 효자 노릇을 하기 위해 진짜 돌봐야 할 가족들은 팽개치고 현실을 피해 은둔한다. 충분히 슬퍼할 수 있도록 삼년상을 치렀건만, 슬퍼하는 방법을 배우지 못한 이 남자는 흘려보내지 못한 슬픔을 술과 도박으로 해소하려고 한다.

이 두 남자 안에는 슬픔을 흘려보내지 못한 내 가족들이 있다. 엄마가 유학하던 몇 년 동안 나는 친가에 맡겨졌다. 장남을 잃은 나의 친가에는 늘 슬픔의 기운이 있었다. 별일 없이 일상이 돌아가는 듯했지만, 밤이 되면 슬픔을 해소하고 싶은 할아버지는 소주와 맥주를 섞어 마시고는 울며 화를 내기 시작했다. 어쩌면 화를 내면서 울었던 것인지 모르겠다. 나를 보면 아들 생각이 난다며 울었다. 취해서 우는 건지, 울기 위해 취하는 건지 알 수 없었다. 그때 나는 내 아버지의 사망에 대해 정확히 알지 못했고 아빠와 엄마가 함께 독일에 공부하러 간 줄 알았기 때문에 아빠 얘기를 하며 우는 할아버지 때문에 혼란스럽고 난처했다. 취한 할아버지는 가끔 화가 나서 무언가를 던지기도 했다. 다섯 살쯤이었던 나는 할아버지의 술상 옆에 앉아 그 상황을 고스란히 지켜보고 있었다. 무서웠다. 너무너무 무서웠다. 친할머니는 벌 받는 사람처럼 무릎을 꿇고 앉아 할아버지가 내는 화를 다 받아냈다. 작은아빠도 슬픔이 너무 깊어서인지 내가 보기에는 늘 화가 난 듯했다.

내가 만났던 친가의 남자들은 그랬다. 슬픔을 흘려보내지 못하고 분노에 사로잡혀 스스로 상처 내는 사람들이었다. 친가에 사는 동안 나는 새엄마 귀생을 만난 직후의 콩쥐 같았다. 2년 반이라는 기간 동안 엄마는 독일에서 지내며 공부했다. 엄마가 독일에서 공부하는 동안, 나는 친가와 외가를 오가며 유목민처럼 살았다. 양쪽 집에서 모두 첫 번째 손이었기 때문에 귀하게 여기기가 이루 말할 수 없었다. 친가에서는 할머니, 할아버지, 작은엄마, 작은아빠 모두 나를 돌봤다. 외가에서는 할머니, 할아버지, 할머니의 어머니인 증조할머니와 삼촌들과 이모, 외숙모가 나를 소공녀로 대해주었다. 그렇게 '사랑이 넘치는' 것처럼 보이는 상황에서 나는 몹시도 외로웠다. 그때의 기억을 말하면 '네 살짜리가 뭘 기억해?', '다섯 살이 그런 생각을 한단 말이야?' 하고 반응했다.

엄마, 아빠라고 부를 수 있는 사람이 내 옆에 없다는 것이 내 눈물 바람의 첫 번째 이유였다. 함께 사는 사촌 동생에게는 엄마도 아빠도 다 있는데, 나에게는 하나도 없었다. 그 상황이 못내 서러웠다. 서러움이 밀려올 때마다 방 한구석 반닫이 옆에 쪼그리고 숨어 앉아 흐느껴 울었다. 온 식구가 모여 앉아 밥을 먹어도 그게 서러워 울었다. 가족사진 속에 있는 사람도 엄마뿐이었다. 아빠의 흔적은 아예 찾을 수도 없었다. 사진 속 엄마에 관해 물으면 멀리 독일에 있다고, 아빠도 거기 있다고 비행기 타고 돌아올 거라고 그랬다. 하늘에 비행기가 지나갈 때마다 엄마가 저기 있다면서 손가락으로 비행기를 가리키며 엄마를 그리워하곤 했다.

친할머니는 나를 너무 사랑해 어쩔 줄 몰라 했다. 나는 할머니에게 불쌍한 내 새끼였고, 한 끼만 제대로 먹지 않아도 팔이 가느다래지는 불면 날아갈 아기였다. 자기 전에는 늘 옛날이야기를 들려주며 손바닥으로 맨 등을 부드럽게 쓰다듬어 주었다. 밥을 한 술이라도 더 먹이려고 밥그릇을 들고 온 집 안을 따라다녔다. 집안의 어른이 나를 그리 대하니 며느리인 작은엄마도, 도우미 언니들도 나에게 꼼짝을 못했다. 나는 서러움과 특권의식으로 비뚤어진 심술쟁이 소황제가 되어 있었다. 무엇 때문인지 몹시 화가 났는데 어른들이 보지 않을 때는 하모니카로 사촌 동생의 머리를 내려치기도 했다. 외할머니가 나를 데리러 왔을 때는 보란 듯이 더 화를 내고 동생을 때렸다. 이유를 명확히 알 수 없는 분노와 미움, 원망이 가득한 아이였다.

나는 눈치꾸러기였다. 아무도, 누구도 눈치를 주지 않았지만 나는 스스로 눈치를 살피는 아이가 되었다. 혹시라도 미움을 받게 될까 봐, 혹시라도 버림받게 될까 봐 불안하고 무서웠다. 그때의 나를 떠올리고 새엄마인 귀생의 품을 내주었다. 그때의 내가 폭 안겨 충분히 치유될 수 있도록 말이다.

태산 같고 든든한 엄마 귀생에게 나고 자란 팥쥐는 어떤 아이일까, 떠올리니 입가에 미소가 어렸다. 비록 눈치꾸러기였던 나였지만 귀생 같은 할머니 품에서 나는 팥쥐가 되었다. 콩쥐 언니가 좋아 졸졸 따라다니고, 언니의 아픈 마음을 어루만져 낫게 해주고 싶고, 아끼고 사랑하는 사람을 위해 힘을 쓸 줄 아는 사람.

매 학년 초가 되면 담임선생들은 교실에 들어와 눈을 감게 하고는 '아버지 안 계신 사람 손 들어봐', '다음 어머니 안 계신 사람 손 들어봐'라고 하며 가정환경을 조사했다. 아버지 어머니를 잃은 게, 마치 부끄러운 일인 양, 숨겨야 하는 일인 양 모두가 그렇게 생각하게 했다. 처음 그런 경험을 했을 때, 나는 집에 돌아와 엄마에게 왜 나는 아빠가 없냐고 따지고 들었다. '국민학교' 2학년, 같이 부반장을 하던 남자애로부터 '야 이 아비 없는 자식아'라는 말을 들었을 때는 그 녀석을 교실 바닥에 쓰러뜨리고 주먹질을 할 수밖에 없었다. 나는 내가 선택할 수 없는 것들로 인해 사회적 약자, 소수자가 되어 느끼지 않았어도 되는 상실감과 박탈감을 뼛속 깊이 새기고 말았다. 가부장제 사회에서 그런 경험을 하며 살아온 내 안에는 깊은 우울과 슬픔, 분노가 있었다.

나에게는 콩쥐와 팥쥐가 모두 존재했다. 버림받을까 봐 두려워하며 사람들의 마음에 드는 아이가 되기 위해 노력하기도 하고, 부당함과 부정의에는 참지 않고 싸우는 사람. 그래서 혼자여도 충분하다고 생각했던 적도 있다. 그렇지만 종종 콩쥐와 팥쥐가 한 몸에 담겨 있는 것이 충분치 않을 때도 있었다. 산속에서 강간당할 뻔한 순간 문을 열고 달려 들어온 팥쥐가 간절했고, 두려워진 산길을 함께 걸으며 차츰차츰 안전해지기까지의 동행이 간절했다.

나는 「신콩쥐팥쥐」에서나마 자매간의 연대를 바랐다. 콩쥐, 팥쥐 그리고 귀생과 동네 할멈들과 아낙들이 서로를 돌보고 지켜내고 회복시키고 살려내기를 바랐다. 그래서 그런 이야기를 그렸다. 이 이야기가 소녀들에게 여성들에게, 혼자 꿋꿋이 고난을 이겨내고 있는 자매들에게 따뜻함을 전하기 바란다.

"

옛날 반도의
어느 작은 산골 마을에
힘이 센 오누이가 살고 있었다.

"

페미니즘으로
다시 쓰는
옛이야기

II

홍길영전

홍길영전

옛날 반도의 어느 작은 산골 마을에 힘이 센 오누이가 살고 있었다. 아들도 딸도 힘이 세어 어렸을 때부터 노는 모양이 남달랐다. 아들 길동은 무엇이든 부수고, 딸 길영은 무엇이든 아주 크고 단단하게 만들었다. 엄마에게는 부수는 아들이나, 남다른 크기와 단단한 무언가를 만들어내는 딸 모두 버거웠다. 그 뒷감당을 혼자 해내자니 이 아이들을 어찌 키워야 할지 두려움만 매일 앞섰다.

'아이들이 저 힘을 어찌 쓰게 해야 할까?'

엄마의 고민은 오누이가 자랄수록 더 깊어졌다.

그러나 엄마의 근심과 달리 마을에서는 아기 장수가 둘이나, 그것도 딸 아들 모두 장사라며 처음에는 떠들썩하게 반가워했다. 매일매일 온 동네가 이 오누이의 남다른 성장을 기대하고 자랑스러워하며 이야기를 만들고 또 만들어냈다.

"여덟 살 길동이기 이번 씨름판에서 덩치 큰 만놀이를 이겼다지?"

"아 그래? 그 누나 길영이는 말이야. 아직 열 살도 안 된 여자아이가 저쪽 산에다가 동굴을 파놨더래. 사람이 한 열댓 명 들어가도 넉넉하다던데?"

"그게 정말이야? 어딘지 한번 구경하러 가야겠어, 씨름판에도 가야 하고 동굴도 가야 하고 바쁘게 생겼네, 하하하."

엄마는 이런 이야기들에 점점 겁이 났다. 무엇보다 이런 이야기들은 자꾸 부풀려졌고 부풀려진 이야기들은 오누이가 서로를 못마땅하게 생각하도록 만들었다.

"너 누나 말 안 듣고 결국 씨름판에 갔다며? 엄마 길동이는 제 말을 하나도 듣지 않아요."

"누나는 나한테 관심도 없잖아."

"엄마 길동이는 너무 참을성이 없어요. 제 말은 듣지도 않고 고집만 부려요."

"누나는 자꾸 참으라고만 하잖아!"

"힘이 세다는 걸 알면 누구든 너를 이기겠다고 자꾸 덤벼들 거야. 싸움만 하면서 살 거야?"

"덤빌 테면 덤벼보라지. 내가 다 이겨버리면 되니까!"

"길동아, 세상 모두를 이길 순 없어. 힘으로 누군가를 이기는 것보다 좀 더 세상에 좋은 일을 할 수도 있는 거잖아."

"그래서 누나는 자꾸 그렇게 이상한 것들을 만드는 거야?"

"뭐라고?"

"동굴이나 언덕에 길을 만들어 놓는다고 사람들이 누나를 알아 줄 것 같아? 이상하다고 수군거리기만 할 뿐이야!"

이렇게 길동과 길영은 서로를 못마땅해하며 다투는 일이 잦아 졌고 이내 서로 경쟁하게 되었다. 둘의 경쟁이 처음부터 문제가 된 건 아니었다. 길동은 마을과 건넛마을까지 싸우며 다니느라 바빴고, 길영은 그저 마을에 필요하다고 여겨지는 그러나 길동의 눈에는 잘 띄지 않을 빨래터나 우물, 돌다리, 아이들을 위한 동산 같은 것들만 만들었으니까. 서로가 서로에게 잘 보이지 않았다.

그러다가 언제부터인가 길동과 싸움으로 이기겠다는 사람이 마을과 저 멀리 건넛마을에서조차 나서지 않아 길동은 무료해졌고 반면에 길영은 크고 단단해서 조금씩 더 눈에 띄는 것들을 만들었다. 그러자 상황이 달라졌다. 길동이가 길영이 만든 것을 부수며 힘을 자랑하기 시작한 것이다. 길동에게는 길동이 아는 한 이 세상에서 자신과 대적할 수 있는 유일한 상대가 길영이었다. 태어나서 한 번도 이겨본 적 없고 이길 수 없었던….

그러던 어느 날, 길영이 마을의 가장 넓은 논밭 사이의 도랑을 메워 그 흙으로 이웃 마을까지 다 보일 정도로 높은 탑을 만들었다. 그러자 길동은 그 탑이 해를 가리고 볼썽사납다며 하루 만에 부숴버렸다. 길영은 화가 났지만 이내 부서진 탑에서 영감을 받았다. 부서진 탑의 흙들을 모아 둑을 만들고 작은 실개천과 도랑들을 합쳐 크고 깊은 저수지를 만들었다. 며칠 만에 마을 한복판에 아름다운 저수지가 생겼다. 길동은 화가 났다. 높은 탑보다 더 눈에 띄는 넓고 깊은 저수지를 보자니 분명히 아름다운 광경임에도 불구하고 길동은 좌절감을 느꼈다. '반드시 이겨야 한다, 이기고 싶다'는 알 수 없는 오기가 솟아오른 길동은 망설이지 않고 저수지의 둑을 무너뜨려 물을 다 흘려버렸다. 무너진 저수지를 본 길영은 저수지와 함께 마음속에서 무언가 무너지는 것을 느꼈다.

길영은 저수지를 둘러싸고 있던 숲의 나무들을 텅 비어버린 저수지에 옮겨 심어 마을 한복판에 황당한 숲을 만들어버렸다. 그 숲을 보자 길동은 흥분이 되었다. 누나인 길영이 드디어 자신과 대결을 시작했다고 느꼈고 길동은 보란 듯이 아주 재빠르고 적극적으로 그 숲의 나무들을 다 뽑아버렸다.

그쯤 되자 마을 사람들은 오누이를 원망하기 시작했다. 며칠 만에 마을은 재앙을 맞은 듯 쑥대밭이 되었고 절망한 마을 사람들은 오누이를 탓하고 흉을 보고 따돌렸다. 처음으로 대놓고 마을 사람들의 원망을 듣게 된 오누이는 당황했고 서로에게 화를 냈다. 그리고 결국 엄마는 딸과 아들이 서로 탓하며 몰아세우는 꼴을 보게 되었다.

"탑을 쌓으면 그 위에 올라 멀리까지 보인다고, 이 멍청아. 그걸 부숴버리면 어떻게 해?"

"그 탑이 논밭 한가운데 있어서 얼마나 흉측했는지 알아? 논밭도 다 망가졌어!"

"무슨 소리야, 난 논밭을 망치지는 않았어. 논밭은 너가 탑을 부수면서 더 망가졌다고!"

"진즉 거기 탑을 쌓은 것 자체가 문제였다니까!"

"그럼 내 저수지는? 그 저수지가 얼마나 아름답고 깊었는지 알아?"

"그렇게 마을 한가운데 저수지가 있으면 길을 오갈 때마다 얼마나 에둘러 가야 하는지 알기나 하고 하는 소리야? 마을 사람들도 모두 불편하다고 했다고!"

"무슨 소리야? 거기에 저수지가 있어서 목마를 일이 없어졌다고 좋아했어!"

"어디서 헛소리를 들었군!"

"뭐라구? 너는 어째서 내가 하는 것마다 이렇게 방해를 하는 거니?!"

"그야 내가 너보다 힘도 세고 지혜롭기 때문이지! 이제 그만 인정하란 말야!"

"힘은 나도 너만큼 세. 싸우고 때리면서 자랑질밖에 할 줄 모르는 너와 차원이 다르다고!"

"나는 나한테 덤비는 놈들을 상대했던 것뿐이야. 누나는 쓸데없는 일이나 벌이는 괴짜에 불과해. 아무도 인정 안 하는!"

엄마는 더 듣고 있을 수 없었다. 엄마는 마을 사람들이 원망하고 흉보는 건 참아도 오누이가 서로를 비난하고 공격하는 모습을 마냥 보고만 있을 수 없었다.

"얘들아, 그만둬. 더는 견딜 수가 없구나. 너희들이 짓고 부수고 싸우는 동안 엄마는 어땠는지 아니?"

"네?"

그제야 오누이는 엄마를 바라보았다. 그러고 보니 오누이가 집에 돌아온 지도 엄마를 본 지도 오랜만이었다. 힘이 센 오누이는 밥도 마을 사람들이 눈치 보며 챙겨주는 걸 받아먹으며 지내고 있었다. 오누이는 그걸 고마워하기보다 어느새 당연하게 여겼다.

사실 엄마는 오누이가 마을 사람들에게 밥을 얻어먹고 다닌다는 사실을 알고 온 마을을 돌아다니며 그들의 일을 돕고 다니느라 허리가 휠 지경이었다. 오누이는 나름 제 역할을 하고 있어서 밥 정도 얻어먹는 게 무에 대수냐 생각했지만 실상 하루 세 끼니 몇 날 며칠을 꼬박꼬박 챙겨내야 하는 마을 사람들 각각의 생각은 달랐다. 저마다의 사정도 달랐다. 그 다른 사정과 생각을 알 리 없는 오누이였고 엄마는 그 모든 걸 알기에 오누이의 끼니를 챙겨준 마을 사람들을 일일이 찾아다니며 사소하나마 도움을 주고 다녔다. 그래야 그 마을에서 살 수 있다는 것을 엄마는 누구보다 잘 알기 때문이었다. 그러나 이제 엄마의 그런 뒷감당만으로는 수습이 어려울 정도로 오누이가 큰일을 벌였다.

오누이의 다툼에 논밭이 망가졌을 때 엄마는 가장 먼저 달려가 망가진 논밭을 되살리려 애썼다. 저수지가 생겼다가 허물어지며 가뭄이 들자 마을 사람들은 엄마에게 집단으로 하소연했다. 오누이를 좀 말려보라고. 그게 불가능하다면 이제 이 마을을 떠날 수 없겠냐고. 저 힘센 둘을 데리고 어디로 간들 살지 못하겠냐고. 제발 우리 마을에서만큼은 그만 떠나 달라고.

그 와중에 숲이 만들어졌다 사라졌다. 이제 마을을 둘러싼 산들이 민둥산이 되어 위험에 노출된 상태였다. 그늘도 물도 없고 논밭은 망가진 상태여서 마을 사람들의 생존이 위험했다. 엄마는 이 두 아이를 말리거나 같이 이 마을을 떠나거나 둘 중 무엇이라도 해야 했다.

"얘들아. 둘 중 누가 더 힘이 센지 결정되면 이 무모한 다툼을 그만 두겠니?"

엄마는 낮지만 굵고 단호한 목소리로 물었다. 다짐을 받으려는 목소리였다.

"저는 누이가 저보다 힘이 셀 수는 없다고 생각해요. 그런데 누이는 자꾸 나를 시험에 들게 한다구요."

그 와중에도 길동은 길영을 원망했다.

"저는 하고 싶은 게 많아요. 저의 힘으로 할 수 있는 일들도 많고요. 그걸 도와달라는 것도 아니고 내버려두라는데 왜 저렇게 못살게 구는지 모르겠어요."

길영은 애절하게 하소연했다.

"길동이는 누나보다 힘이 더 세다는 걸 인정받고 싶은 거지?"

"네."

길동은 망설이지 않고 대답했다.

"길영이는?"

엄마는 길영이 길동과 싸우고 탓하는 이유를 정확히 알아야 했다. 길영이 먼저 시비를 걸지는 않지만 길동에게 한 치의 양보도 하지 않았고, 그래서 엄마의 눈에는 길영도 길동에게 뭔가 원하는 게 있어 보였다.

"저는 길동이가 싸우는 걸 멈췄으면 좋겠어요. 싸우다 싸우다 이제는 저랑도 싸우려는 길동이가 너무 싫어요."

길영은 그동안 차마 내뱉지 못했던 속마음을 말해버렸다.

"누나가 나랑 싸워 나를 이기면 내가 멈출 거 아냐."

길동은 대놓고 길영에게 그것도 엄마 앞에서 싸움을 걸고 있었다. 엄마는 길동과 길영이 똑같이 힘이 세면서도 서로 다른 것을 원하는 이 상황이야말로 자신의 책임이라고 느꼈다. 이제껏 두려워 피했던, 아이들의 뒤치다꺼리만으로는 해결되지 않는 문제였다. 그리고 마을까지 황폐해진 이 상황에서 엄마가 제대로 나서지 않으면 마을 사람들은 물론 길동과 길영이 서로를 해치겠구나 싶었다. 그런 참혹한 비극은 무슨 수를 써서라도 막아야겠다고 엄마는 생각했다. 엄마가 길영에게 말했다.

　"길영아, 너는 이 싸움을 피할 수 없을 것 같구나. 너희 둘을 위해 엄마가 내기를 내줄게. 이 내기에서 지면 깔끔하게 인정하고 그 이후 결과는 무조건 엄마 뜻에 따라야 할 거야."

　엄마는 깊은 한숨을 내쉬었다.

　"이 내기에서 지는 사람은 이 마을을 떠나야 한다. 마을에서 원하고, 나도 이제 너희 둘 모두를 감당하기에는 늙어버렸다는 생각이 든다."

　엄마는 오누이가 내기의 결과에 대해서 곰곰이 생각할 틈도 없이 몰아붙였다. 이제 엄마는 아들의 원망과 딸의 하소연이 마음에 와 닿지 않을 정도로 자신의 생존과 안위를 걱정해야 하는 지경이었고 결국 언젠가는 벌어질 일이었다는 확신이 들었다.

　"네, 엄마 뜻이라면 전 무조건 따를 수 있어요."

길영은 엄마에게 맹목적이었다.

"뭐 어찌 되었든 한번은 해야 할 내기라고 생각합니다."

길동은 자신의 승리에 대해 한 치 의심도 없이 자신 있었다.

"그래, 좋다. 길동이는 대장간에 가서 무쇠 신을 만들어 신고 한양에 다녀오너라. 꼭 너 자신이 만든 무쇠 신을 신고 한양에 가서 너의 발자국을 남겨 반드시 이곳으로 일단 돌아와야 하느니라. 할 수 있겠니?"

"별것 아니네요. 일주일이면 족합니다!"

길동은 왜인지 흥분되었다. 드디어 누이인 길영을 이겨 온 마을과 엄마에게까지 인정받을 방법이 생겼다 생각하니 절로 신났다.

"길영은 민둥산이 된 저 산에서 다시 나무가 안전하게 자랄 수 있도록 마을 전체를 둘러쌀 성벽을 지어라. 길동이가 돌아오기 전에 마무리 지어야 한다. 사람들이 안전하게 오갈 수 있도록 문도 달아야 한다. 문까지 달아야 완성한 것이다."

"네, 엄마. 자신 있어요."

길영은 엄마에게 고마웠다. 자신이 좋아하는 '짓기'를 내기로 내어준 것도 또 그것을 해내는 모습을 엄마가 가까이에서 지켜본다 생각하니 내기가 시작되기도 전에 뿌듯했다.

"자 이제 가거라."

"네!"

길동은 하루 만에 무쇠 신을 만들었다. 대장장이는 투덜거렸지만, 길동이 대장간에서 불쏘시개를 열심히 쏘아댄 덕에 평소보다 훨씬 많은 쇠를 녹여낼 수 있었다. 무쇠 신을 열 켤레는 만들고도 남을 만큼. 힘들었어도 길동 덕분이라는 걸 부정할 수 없었던 대장장이는 길동에게 쇠의 특징을 이야기해줬다. 차갑고 무거워 걸을 때마다 발의 어디 어디 부드러운 부분의 피부는 벗겨지고 피가 날 테니 단단히 보호해야 한다는 것과 함께 미끄럽고 딱딱한 길을 조심해야 할 것이라 일러줬다. 습기에 약하니 닦고 말리는 일도 부지런히 해야 할 것이라고 알려줬다. 길동은 고개를 끄덕이며 발을 단단히 보호하고 마른 헝겊들을 챙겨 무쇠 신을 신고 한양으로 무사히 출발했다.

그 무렵 길영은 민둥산이 된 마을을 둘러보느라 하루를 다 보냈다. 숲을 만들겠다는 생각에 빠졌던 때와 달리 마을의 지형과 그 산이 보호하고 있었을 계곡과 동물, 촌락들이 보였다. 길영은 마음이 아팠고 조급해졌다. 어서 이 마을을 보호할 성벽을 쌓아야겠다는 조급증이 생겼다. 그건 누구보다 자신이 잘할 수 있는 일이었으니 더 조급하고 바지런하게 민둥산의 절벽들에서부터 차근차근 성벽을 쌓기 시작했다.

엄마는 하루를 쉬었다. 처음으로 평화로웠다. 아들은 무쇠 신을 만드는 데 집중했고, 딸은 처음으로 주변을 제대로 살피러 떠났다.

얼마 만에 돌아온 집인지 집은 엉망이었지만 마음이 편해진 엄마는 상관없이 쉴 수 있었다.

그리고 하루 뒤 길동이 한양으로 떠났고 딸은 성벽을 쌓기 시작했다. 이제 마을이 어수선한 평화를 맞았다. 대장장이는 길동과 함께 녹여낸 쇠붙이로 농기구를 더 많이 만들어낼 수 있었고, 마을 사람들은 길영이 성벽을 쌓고 있다는 사실에 안도하며 논밭의 복구에 매진했다. 급한 대로 우물을 파고 빗물을 받아 생활했다. 물이 턱없이 부족했지만, 하늘이 돕는 것처럼 이틀에 하루 단비가 내려줘 버틸 수 있었다.

그렇게 일주일이 흘렀다. 일주일 만에 돌아온다던 길동은 소식이 없었고 길영은 민둥산의 절벽들을 모두 성벽으로 에워쌌다. 이제 단단한 나무들을 겹겹이 덧대어 튼튼한 문을 만들 차례였다. 며칠 전부터 멀리에서도 쌓아놓은 성벽을 흐릿하게 볼 수 있었던 엄마는 길영이가 대견했다. 엄마는 딸이 성벽을 쌓는 동안 그 주변을 돌면서 아예 죽은 나무들과 다시 살려낼 수 있는 나무들을 골라내고 산에 다시 심었다.

마을의 지도자인 사또가 별다른 조치를 하지 않았음에도 마을은 놀랄 만큼 빠른 속도로 안정되고 있었다. 마을 사람들은 엄마가 이 오랜 난장판을 어떻게 안정시키는지 보면서 놀라웠다. 무엇부터 해야 할지 몰라 허둥지둥할 때면 엄마가 나타났고 가장 시급한 일과 당장 시작할 수 있는 일들을 조언했다. 어느새 마을 사람들이 엄마의 의견대로 움직였다. 이 마을의 사또도 엄두를 못 내고 방치해 난장판이던 마을이 가난한 과부에 불과한 엄마에 의해 차근차근 확실하게 복구되는 중이었다.

천재지변이 휩쓸고 지나간 것처럼 황폐한 그 시기에도 쌀이랑 곡식, 소금, 비단, 약초 등의 세를 꼬박꼬박 받아내려 악에 받쳐 있던 마을의 지도자, 사또는 마을 사람들의 이 사소한 움직임이 심상치 않게 느껴졌다.

사실 사또는 이 심상치 않은 가족을 계속 눈여겨보고 있었다. 사또가 처음 이 마을에 왔을 때부터 남다른 사건을 만들어내는 장수 오누이 때문에 마을에서 그 엄마를 모르는 사람이 없었고 사또도 마찬가지였다. 이틀이 멀다고 길동 아니면 길영 때문에 긴급회의를 했다. 처음에는 당황해 매번 긴급하게 대책을 마련하는 척 고심했지만, 그 사건의 내용이 대개 사또가 어찌할 수 없는 일이거나 굳이 어쩔 필요 없는 것들이어서 사또는 곧 심드렁해졌다. 어차피 사또는 세금만 잘 걷어서 나라님께 보고하면 될 일이었다.

그러다 마을에 탑이 생겼다 부서지며 논밭이 망가지고 저수지가 생겼다 허물어지며 가뭄이 드는 천재지변에 가까운 일들이 벌어졌다. 사또는 어이가 없었다. 대체 그 엄마는 어떤 사람이길래 저런 사고뭉치 자식들을 데리고도 아직 이 마을에서 쫓겨나지 않고 살 수 있는 것인지 그제야 의문이 들었다. 당장 그 엄마와 자식들을 이 마을에서 쫓아내고 말자는 생각이 들어 이 핑계 저 핑계 만들어 내쫓으려 했지만 이상하게도 마을 사람들은 하나같이 "마을을 해치기도 하지만 다시 살리기도 하니 그들이 없으면 큰일입니다."라고 했다. "마을을 해치지 않는 게 더 우선이지 않겠냐?"고 해도 모두 "안 됩니다. 그들이 없으면 큰일이 납니다."라며 무릎을 꿇고 손사레를 치며 자기가 쫓겨나는 양 몇몇은 심지어 울부짖기까지 했다.

하도 기가 막힌 사또는 어떤 큰일이 난다는 것인지 그 내용을 부하들을 시켜 알아내 들어보면 참으로 보잘것없었다. 부인의 산후조리를 도와줬다던가, 아픈 아이를 달래준 것, 무엇을 잘못 먹었는지 가족들이 모두 배탈 나 아무것도 먹지 못하고 드러누워 죽기만을 기다릴 때 대신 약을 사다주고 보살펴준 것 같은… 사또에게는 대단치 않아 보이는 일들이었다. 그렇게 마을에서는 저마다 너무 사소해서 남들에게 미처 도움을 청할 수도 없이 아픈 속사정이 생길 때마다 길영과 길동의 엄마를 습관처럼 찾고 있었다.

'그렇다 해도….'

사또는 이해할 수 없었다. 이해할 수 없지만, 마을 모두가 반대하는 상황에서 뚜렷한 명분 없이 그들을 쫓아내기 불가능하다는 것만 알게 되었을 뿐이다. 이 상황이 불편했던 사또는 '오누이의 힘과 재능을 내가 마음대로 조종하고 쓸 수 있다면?'이라는 상상을 하게 되었다. '쫓아낼 수 없다면 내 것이 되면 될 거 아니야'라는 생각이었다. 그렇게만 된다면 사또는 분명 모든 지역에서도 가장 힘이 센, 어쩌면 나라님도 함부로 하지 못할 힘을 갖게 될 테니, 즐거운 상상이었다.

그러나 현실은 사또의 상상과 또 달랐다. 오누이의 힘은 사또와 아무 상관이 없으며 사실 오누이의 힘과 재능 때문에 사또는 점점 더 곤란해지기만 했다. 도대체가 자신이 감당할 수 없는 수준의 끔찍한 일들이 자꾸 벌어졌으니. 마을을 다스리는 수령으로서의 권위를 가지고 수습도 할 수 있고 해결도 해야 하는데 오누이가 저질러 놓은 사고들은 사또가 가진 지식과 재능으로는 어찌할 수가 없어 넋 놓고 앉아 구경만 하는 꼴이었다.

그 가족을 둘러싼 사또의 계획과 상상이 단 하나도 들어맞지 않자 사또는 골탕 먹는 기분마저 들었다. 사또는 점점 더 이 가족이 아주 못마땅해졌다. 사실 길동과 길영이 저지른 사고들은 사또가 그 책임을 묻고 엄중하게 따져서 벌해야 했지만, 사또는 오누이가 가진 힘이 두려워서 엄두도 내지 못했다. 그때 다시 그저 불편하고 사소한 문제들만 해결해주며 근근이 사는 길동과 길영의 엄마가 보였다.

어느 날 사또는 이방을 불러 말했다.

"길동이와 길영이 마을을 완전히 쑥대밭으로 만들어 지금 이 마을은 사람이 살 수가 없는 지경에 이르렀네. 그 책임을 내 그 어미에게 묻고자 하는데 이방 생각은 어떤가?"

"사또, 물론 길동과 길영이 아직 어리니 그 책임을 그 어미에게 묻는 것은 전혀 문제가 될 것이 없사옵니다, 다만…."

이방은 말끝을 흐렸다.

"허나, 무엇이냐? 내가 그 어미를 불러 죄를 묻는 것에 무슨 방해가 있겠느냐? 솔직히 말해 보아라."

"만약 그들의 어미에게 그들 죄 전부를 뒤집어씌운다면 길동과 길영이 무슨 짓을 할지 모릅니다. 그들이 아직 천둥벌거숭이같이 날뛰고는 있사오나 어미 혼자 그 둘을 키우느라 고생한 것을 마을 모두가 알고 있습니다. 그들 모자와 모녀의 애틋함이 남다른 것 또한 마을 전부가 알고 있습니다."

"그래서? 그것이 내가 법을 집행하는 데 어째서 방해가 되느냐? 나는 이 고을의 수령이니라."

"오누이는 분명 자신들이 저지른 일 때문에 어미가 고통받는 모습을 가만히 두고 보지는 않을 것입니다. 그렇게 되면 우리 마을의 군사들 모두가 힘을 합한다 해도 오누이를 어쩌기에는 무리입니다. 지금은 길동과 길영이 서로 잘났다고 다투지만, 그들이 어미일로 의기를 투합해 관아에 쳐들어 오기라도 한다면… 소인은 상상조차 하고 싶지 않사옵니다. 나라님이 나서지 않는 한 그 가족을 벌하는 것은 득보다 실이 큰 일이옵니다. 또한 물을 만한 죄가 없지 않사옵니까. 특히 그 어미가 마을을 위해 제 몸 아끼지 않고 나서고 있습니다. 부디 모든 사안을 두루 고려하시어 때를 기다리시는 것이….”

이미 마을을 오래 경험한 이방의 말은 모든 측면에서 타당한 조언이었으나 결국 당장 아무것도 할 수 없다는 사실을 다시 한 번 이방의 입으로 확인하니 사또는 화가 나서 견딜 수가 없어졌다.

“마을 전부가 나보다 그 오누이와 어미를 더 따르고 있다. 어찌 마을 일에 한낱 과부가 나선단 말이냐? 도대체 사또를 어떻게 보길래, 와서 청 한번 넣지 않는단 말이냐? 그 여인이 감히 나서고 있다. 내 그 죄를 반드시 물을 것이다. 자식들의 힘을 믿고 사또를 무시한 죄가 어찌 가볍겠느냐. 하지만 군졸들의 힘을 낭비하고 싶지 않아 내 적당한 때를 기다리겠다.”

그렇게 이를 갈면서 기다린 사또에게 오누이의 내기는 ‘기회’였다. 드디어 길동이 마을을 떠난 것이다. 길영은 마을 외곽 민둥산에 붙잡혀 있는 것이나 마찬가지였으니 이런 기회가 다시 오기 어렵다는 것을 사또는 직감했다.

이 사실을 꿈에도 알 턱이 없는 엄마는 살아생전 처음으로 마을에서 안락함을 느끼며 자신의 존재가 매우 유용해서 마을 사람들로부터 인정받고 있다는 느낌에 행복한 중이었다. 오누이 때문에 못 살겠다며 마을에서 나가 달라고 했던 때가 엊그제였는데 어느새 마을 사람들 모두가 엄마의 의견을 궁금해하며 엄마를 찾았다. 위기는 기회라고 했던가. 아이들 때문에 위기에 처했던 엄마는 그 어느 때보다 마을에서 필요한 사람이 되어 모두에게 영향을 끼치는 중요한 사람이 되어 있었다. 이제 그 누구도 엄마에게 이 마을을 떠나라고 할 사람은 없었다. 내기는 별일 없이 평화롭게 이어지고 그 결과도 승과 패로 명확하게 갈릴 것이다.

"그렇지만…."

엄마의 얼굴에 다시 깊은 그늘이 드리워졌다. 엄마에게 사라지지 않는 한 가지 걱정이 있다면 그건 바로 이 내기가 끝나고 딸과 아들 중 누구라도 하나는 떠나보내야 한다는 점이었다. 내기의 결과에 따를 일이지만, 상상해 본 적 없던 일이라 괜스레 마음이 싱숭생숭했다.

'그래도 이러나저러나 결국 일어날 일이라면….'

엄마는 딸이 없는 자신과 아들이 없는 자신의 모습을 상상했다.

'길동의 소식이 아직 없으니 길영과 살게 될 확률이 높겠구나. 차라리 잘 되었지. 아무래도 혼자 살기에 남자가 덜 위험할 거야. 무엇을 하더라도 그 힘을 이용할 줄만 안다면 큰 위험에 빠질 일은

없을 테고. 어쩌면 장수가 될 수도 있겠지. 하지만 길영이는.'

엄마는 다시 깊은 한숨을 내쉬었다. 엄마에게는 아무래도 길영이 안정적이고 빠른 속도로 성을 쌓는 것을 직접 볼 수 있어 여러모로 안심이었다.

내기가 시작된 지 여드레 되던 날, 사또는 군사를 동원해 엄마를 잡아 가두었다. 엄마는 물론 마을 사람들도 어리둥절했다.

"대체 무슨 죄를 지었대? 길동이는 몰라도 길영이에게는 알려야 하지 않나 싶은데…."라며 발을 동동 구르고 수군거렸다. 마을 사람들은 오누이의 내기가 끝나기도 전에 이런 느닷없는 상황이 벌어진 것에 난감했다. 그러다 논의 끝에 마을 사람들 몇몇이 관아로 몰려갔다.

"길동과 길영의 내기가 끝나지 않았습니다. 어찌 그 어미를 가두신 것인지요?"

마을 사람들이 사또에게 물었다.

"방금 내기라 하였느냐? 사사로운 내기가 관아의 일보다 중하다는 것이냐? 그리고 어찌 내가 너희에게 미주알고주알 고해야 한단 말이냐?"

"그런 게 아니고 사실 그 어미의 자식들이 벌이고 있는 그 내기가 우리 모두에게 매우 중요합니다."

"어찌 그리 중요한 일을 나에게 고하지 않았느냐?"

마을 사람들은 사또의 질문에 당황했다.

"사또께서는 더 중요한 일을 하시지 않습니까. 다행히 사또께서 잡아 가두신 그 어미가 이 일을 내기로 잘 마무리하는 중이었습니다."

"내가 그 어미를 가둔 것이 바로 그 이유니라. 어찌 마을 일을 나에게 고하지도 않고 마음대로 수습이라는 걸 한단 말이냐? 누가 그 어미에게 그런 권한을 주었느냐?"

마을 사람들을 그대로 얼어붙었다. 여기에서 한마디만 더하면 사또에게 대드는 꼴이 되어 갇힐 것이 분명했다.

"알겠습니다. 미처 거기까지 생각할 줄 몰랐던 소인들을 너그러이 살펴주시고 부디 이 내기가 잘 마무리되도록 사또께서 선처해 주시리라 믿겠사옵니다."

그렇게 둘러대고 관아에서 헐레벌떡 빠져나온 마을 사람들은 서둘러 길영에게로 향했다. 길영은 자신이 쌓아 올린 성벽의 문을 만들기 위해 뽑혀버린 나무 중에서 가장 단단한 나무를 신중하게 고르는 중이었다.

"길영아, 길영아! 큰일이 났다. 사또가 네 엄마를 잡아 가뒀다."

"네? 왜요? 엄마는 죄를 짓는 분이 아니세요. 무슨 오해가 있겠지요. 대수로운 일은 아닐 거예요."

길영은 별일 아니길 바랐다. 무엇보다 이미 이긴 것이 틀림없는 이 내기를 완벽하게 마무리 짓고 싶은 마음이 가장 컸다. 그 무엇에도 방해받고 싶지 않았다.

"길영아, 그런 게 아니다. 아무래도 심상치가 않단 말이다."

길영은 멈칫했다. 심상치 않다는 말에 귀에서부터 어깨, 그리고 팔꿈치까지 작은 소름이 돋았다. 길영은 성벽의 출입문으로 쓰려고 신중하게 골라둔 박달나무를 내려놓고 달려온 마을 사람들의 얼굴을 살폈다. 마을 사람들의 얼굴은 두려움으로 그늘져 있었다.

"말씀해보셔요. 어찌 심상치 않다는 것인지…."

그 시각, 길동은 마을에 거의 다 와 있었다. 그런데 마을로 다다르는 언덕 하나를 두고 풀썩 주저앉아버렸다. 눈물이 났다. 일주일이면 족히 한양에 다녀올 수 있으리라 자신만만했다. 그러나 출발하자마자 무쇠 신에 살갗이 다 까져버린 길동은 달릴 때마다 고통에 시달려야 했다. 한밤중에는 자신의 피와 살점이 엉겨 묻어 엉망이 된 무쇠 신을 다시 깨끗하게 닦아야 했고 달리느라 까이고 피가난 발을 물로 씻어내고 약초를 찾아 치료하지 않으면 다음 날 걷는 것조차 엄두가 나지 않을 만큼 고통스러웠다. 그러다 보니 한양까지 가는 길이 쉽지 않았다. 깨끗한 물과 약초들을 살피면서 다녀야했고 밤이면 혼자 고통을 삭이며 자신을 치료해야 했다.

미끄러운 흙길이나 급한 경사가 있는 길도 무쇠 신을 신고는 갈수 없었다. 사람들이 잘 다져놓은 길로만 다니면서도 계곡과 약초를 살피면서 가자니 한양까지 도착하는데 생각보다 훨씬 긴 시간이 필요했다. 한양까지 다녀오는 이 내기에 사실 길동의 힘이 무용지물이었다.

"힘이라는 게 이렇게 소용이 없구나."

길동은 혼자 중얼거렸다. 길동은 무쇠 신을 벗어두고 험난한 여정을 지나온 자신의 발을 물끄러미 바라봤다. 살갗이 까진 것은 물론 발가락들이 무쇠 신 안에서 구겨진 채로 억지로 힘을 내 움직이는 바람에 몹시 구부러져 있었다. 구부러진 발가락을 보고 있자니 발가락에서부터 전해지는 고통이 길동의 마음에 슬프게 다가왔다.

"어째서 이런 내기를 시작했을까? 어째서 아무 고통 없이 내기에 이길 수 있다고 생각했을까?"

길동은 혼잣말하며 처음으로 자신이 어리석었다는 것을 인정하지 않을 수 없었다. 구부러진 발가락이 길동에게 원망을 퍼붓는 것만 같았다. 그리고 누이 길영에게 이런 고통스럽고 주눅 든 모습을 보이느니 이대로 마을로 돌아가지 말자는 생각이 들었다. 내기가 시작된 지 이미 여드레가 지났고, 무엇이든 뚝딱뚝딱 잘 만들어내는 누이 길영이 성을 이미 다 쌓았으리라는 확신이 들었다. 내기의 패배자는 자신임이 너무나 분명하다는 판단이 든 길동은 언덕 하나를 남겨두고 마을로 돌아가고 싶지 않은 마음이 들어 주저앉아 버린 것이다.

"이대로 마을에 돌아가는 것이 무슨 의미가 있나? 어차피 내기에는 졌고 나는 마을에서 쫓겨날 텐데."

그제야 길동은 누이와 엄마 없이 사는 것을 자신이 상상해 본 적 없다는 것을 알았다. 자신이 누이에게 늘 화가 나 있었다는 사실도 알게 되었다.

엄마와 달리 누이는 자신을 무조건 사랑하지 않았다. 무언가 잘 못하면 늘 엄마보다 더 무섭게 자신을 혼내는 게 싫고 못마땅했다. 누이의 마음에 드는 게 너무 힘들고 복잡하고 까다로워서 짜증이 났다. 그런데 누이가 크고 아름답고 눈에 띄는 것을 만들어내자 심술이 났다. 못난 심술 때문에 누이가 만든 것들을 기어이 자신이 모조리 부수고야 말았다는 것도 인정하지 않을 수 없었다. 길동은 처음으로 누이인 길영에게 미안하다는 마음이 슬며시 들었다. 원망하는 마음이 사라지진 않았지만, 발가락의 고통은 어린 시절 막 걷기 시작했을 무렵 걷다 넘어지고 다치면 호호 불어주던 누나 길영의 다정했던 모습들을 떠올리게 했다. 누나에게 사랑받으려는 노력보다 이기겠다고 덤비던 자신이 처음으로 철없게 느껴졌다.

구부러지고 상처 난 발가락에서부터 전해져 오는 지난 8일간의 고통은 엄마에 대한 그리움도 불러왔다. 어떤 말썽을 부렸대도 길 동이 다치거나 아프면 어디서 구했는지 약을 구해와 하루 만에 낫게 해주던 엄마였다. 길동은 항상 누이와 자신을 위해 동분서주했던 엄마가 내기의 승패와 상관없이 저 언덕 너머에서 자신을 기다리고 있을지도 모른다는 생각이 들었다. 엄마에게 받았던 사랑이 당연해서 누이에게도 당연히 사랑받고 인정받으려 했다는 사실을 알게 된 길동이는 마음을 다잡았다.

"떠날 때 떠나더라도, 아니 쫓겨날지언정 인사는 해야지."

길동은 마음을 추스르고 일어섰다. 발가락에서 지난 8일간의 묵은 고통이 되살아났지만, 마음은 가벼웠다. 패배를 인정하는 것, 자신 안에 못난 마음들도 있다는 걸 받아들이는 것이 이렇게 홀가분한 일인 줄 길동은 그때 처음 알았다.

내기가 시작된 지 아흐레. 사또는 길동이 돌아오지 않을 것이고, 성벽은 다 마무리되었으니 자신이 나서기 가장 적합한 순간이라고 생각했다. 망가진 것들은 복구되었고 골치 아픈 오누이는 내기에 묶여 있다. 자신만만해진 사또는 엄마에게 말했다.

"네 죄를 네가 알렸다."

엄마는 어이가 없었다. 그러나 침착하게 말했다.

"죄인지 모르겠으나 상황이 이 지경이 된 데에 제 탓이 있음을 잘 알겠습니다."

사또는 엄마의 침착함에 놀랐다. 그저 힘없고 가난한 과부인 줄 알았더니, 이런 침착함으로 그 별난 아이들을 키워내고 마을에서도 버텨내 살았음이 단박에 읽혔다. 사또는 그러나 엄마의 침착함이 탐탁지 않았고 이내 궁지로 몰아붙이고 싶어졌다.

"그래, 이 모든 게 네 탓이다. 어찌 책임을 지겠느냐?"

"사또, 저는 책임을 질 수 없습니다. 이 고을의 책임자는 사또시온데 어찌 제가 감히 책임을 지겠습니까? 당장 그 분부를 거둬주시지요."

"맹랑하도다. 나보고 책임을 지라 이것이냐?"

"저는 책임질 수 없는 주제라 하였습니다."

엄마는 새삼스레 지쳤다. 무엇인가 책임진다는 것은 좋든 싫든 그저 감당하는 것임을 몸소 체험하며 살아온 엄마였다. 그런데 지금 책임은커녕 아무것도 하지 않은 이 사또가 있는 죄 없는 죄 모두 끌어다 엄마에게 갖다 붙일 작정이라는 것이 뻔했다. 마을을 다스리는 사또가 작정했다면 아무 연고도 없이 마을에서 겨우 하루 벌어 하루 먹고 사는 엄마가 어찌 당해낼 도리가 없었다. 엄마는 자포자기의 심정이 되었다. 무엇보다 사또가 진짜 원하는 게 뭔지 엄마로서는 도통 알 수 없었다. 왜 걸려들었는지 모르는 이 덫에서 빠져나올 가능성이 좀처럼 보이질 않았다.

사또는 침착함을 잃지 않던 엄마가 이내 자포자기하는 모습을 보이자 기고만장해졌다.

"좋다. 그렇다면 사또의 허락 없이 마을을 쑥대밭으로 만들고 한낱 내기로 마을을 바로잡으려던 너희 모두를 벌할 것이다. 이 내기에서 진 이는 죽음으로 죗값을 받을 것이다. 어째, 감당할 수 있겠느냐?"

사또는 엄마에게 약 올리듯 물었고 자포자기해 있던 엄마는 정신이 번쩍 들었다. 내기가 시작된 이후 단 한 번의 소식도 없던 길동이 돌아오면 목숨을 잃게 된다고 사또가 이야기하고 있었다.

엄마는 "흐으으음~~." 고통과 눈물을 삼킨 심호흡을 한번 했다.

'이 모든 것이 운명이라면…. 나는 아이들은커녕 나조차도 구할 수 없는 미약한 존재였구나. 아니 내가 아이들을 위험하게 만들었어.'

좌절감과 죄책감이 엄마의 몸을 다시 한 번 집어삼켰다. 엄마는 한동안 말없이 고개를 숙이고 앉아 있었다. 절망에 빠져 있던 엄마는 생각했다.

'이렇게 애만 쓰다 죽을 수는 없다. 나도 아이들도…. 생각을 해보자. 길동은 돌아오지 않았고 내 딸 길영은 이제 성문을 달았을 것이니… 아직 희망은 있다! 아이들이 서로 만나 힘을 합할 수 있다면.'

아이들에게 희망을 걸어보자는 생각이 들자 한동안 가만히 앉아 있던 엄마가 갑자기 결기에 차서 큰소리로 사또에게 또박또박 대답했다.

"네. 그러나 사또가 이 내기의 마지막을 바꾸셨으니 그에 대한 책임도 지게 될 것입니다. 드디어 결국 사또가 책임을 지셔야 한다, 이 말입니다."

엄마는 한 번도 스스로 생각해보지 않았던 말이 저절로 튀어나왔다. 궁지에 몰려 살아날 방법이 없는 절체절명의 위기에 처하자 엄마에게서는 켜켜이 쌓여 있던 묵은 분노가 올라왔다.

사또의 입에서 '책임'이라는 단어가 나왔을 때부터였을까? '이대로 죽을 수 없다'는 생에 대한 절박한 의지가 솟았고, 무엇보다 사또의 얄팍한 허세가 자신과 아이들의 목숨까지 위협하고 있다는 생각이 들자 묵은 분노가 용기로 바뀌는 것 같았다.

생을 살면서 단 한 번도 그 무엇도 공짜로 얻어 본 적 없는 엄마였다. 남다른 아이를 낳아 키운다는 이유만으로 발휘해야 했던 인내와 지혜가, 또 늘 오누이 때문에 전전긍긍했던 고단함과 그 고단함을 어디에도 풀 수 없던 억울함이 엄마의 마음에 차근차근 당당함으로 올라왔다. 엄마의 생에는 공짜도 잘못도 없었다. 그런 걸 원한 적도 원할 새도 없이 살아왔는데….

엄마는 '네놈이 내 아이들 머리카락이라도 건드릴 수 있을 것 같으냐?'라고 말하고 싶은 걸 겨우 참았다.

이제 아이들을 믿는 것 외에 자신이 할 수 있는 일이 당장 없음에도 엄마는 무엇도 두렵지 않았고 침착함을 되찾을 수 있었다. 그리고 무엇보다 엄마는 아이들에 대한 믿음을 되찾았다. 오누이가 늘 서로 경쟁하고 못마땅해 했지만 진심으로 미워하지 않는다는 것을 믿었다.

'길동과 길영은 주변 분위기에 휩쓸린 다소 특별한 아이들이다. 그리고 그들의 힘은 평범한 사람이 어찌할 수 있는 수준의 것도 아니다. 이 난관을 극복할 수만 있다면 평범하면서도 비범한 이 아이들은 더 단단하고 믿음직스럽게 성장할 것이다.'

엄마는 그 희망과 믿음으로 이 상황을 버텨내야 했다.

"어찌 그리 맹랑한 것이냐. 과연 그 어미의 그 자식이구나. 자식들은 힘이라도 있을망정 너는 무엇이 있어 그리 맹랑하냐. 당장 너부터 없애고 싶지만 내 눈앞에서 괴로워하는 모습부터 봐야겠구나."

사또는 어깨가 펴지고 고개가 빳빳해진 채로 거만하게 명령했다.

"길동이가 돌아오는 즉시 이리로 끌고 와 참수하라. 명령을 따르지 않으면 엄마가 죽을 것이라 단단히 일러라. 그러면 순순히 따라올 것이다."

사또의 명령을 받은 군졸들은 두려움을 애써 감추고 길동이 한양에서 마을로 돌아올 골목으로 향했다.

길영은 밤새 마을 사람들과 함께 고민했다. 한 번도 엄마를 보호해야 한다는 생각을 하지 못했던 길영은 당황했다. 머리가 돌아가

질 않았고 어디에서부터 어떻게 힘을 써야 할지 몰라 더 당황했다. 자신이 내려놓은 단단한 박달나무를 한동안 멍하니 바라봤다.

"길영아, 사또에게 네가 가서 잘 이야기해봐야지 않겠니? 어째서 이리 넋을 놓고 가만히 있는 게야?"

마을 사람들은 발을 동동 굴렀다. 극악한 사또가 세금만 걷어 괴롭히는 게 아니라 누군가의 목숨까지 내놓으라며 저리 기고만장해질 줄은 그 누구도 몰랐다.

"저는 이 내기에서 이겼습니다. 모두 알고 계시지요? 그런데 이 문을 달지 못하면 저는 이 내기에서 진 것이 되고 맙니다. 이 내기에서 지면 마을을 떠나고 엄마와 헤어져야 합니다. 그런데 사또는 지금 내기에서 진 사람을 죽이겠다고 합니다. 저는 혼란스럽습니다. 저는 어찌해도 죽은 것이나 마찬가지잖아요?"

"두 번 생각할 것이 무엇이냐? 당장 관으로 쳐들어가 엄마부터 구해와야지 않겠느냐? 내기는 다시 하면 그만이다. 이게 어찌 고민이 된단 말이냐?"

마을 사람 중 누군가가 넋이 빠진 길영의 느린 말들을 참다못해 말했다.

"하지만 어찌 제가 엄마를 구해올 수 있다는 말인가요? 엄마를 구해오는 순간 저는 내기에서 지게 됩니다. 사또는 내기에서 진 사람을 죽이겠다고 했다면서요? 사또의 보복을 생각지도 않고 무조

긴 관으로 쳐들어갈 수는 없습니다. 저는 일단 이 내기에서 이겨야겠습니다."

길영의 생각은 내기에서 벗어나지 않았고 마을 사람들은 길영의 이야기에 반박할 수 없었다. 마을 사람들도 고민이었다. 당장 관으로 쳐들어가 힘을 이용해 감옥에 갇힌 이를 빼내온다는 것은 간단한 일이 아니다. 사또와 맞서겠다는 각오와 계획이 서지 않는 이상 함부로 움직였다간 마을 전체가 더 큰 위험에 빠질 수도 있었다.

"알았다. 우리는 이 일에 더 이상 관여하지 않겠다. 내기의 결과에도 관여하지 않겠다. 길동이는 돌아올지 돌아오지 않을지 알 수가 없다. 그러니 제발 길영이 니가 사또를 멈추게 해다오."

마을 사람들은 고개를 숙이고 길영에게 호소했다.

"길영아, 사또를 멈추게 하고 엄마를 구해오너라."

길영은 자신이 도망갈 수 없는 운명에 놓였고 그로 인해 위기에 처했음을 직감했다. 그런데 이 위기에서야 자신의 힘이 모두에게 인정받았다는 모순이 슬프게 느껴졌다.

"여러분, 길동이는 돌아올 것입니다. 내가 아는 길동이는 돌아와요. 사또는 이 내기를 핑계로 우리 오누이 모두를 죽이려는 거예요. 저는 이 내기에서 이겨서 길동이를 설득할 것입니다. 길동이와 내가 힘을 합해 엄마를 구해낼 테니 여러분들은 기다리십시오. 곧 소식이 갈 겁니다."

말을 마친 길영은 내려놓았던 박달나무를 다시 집어 들어 크고 단단한 문을 완성해 달았다. 자신이 이제껏 만든 그 어떤 것보다 단단하게 만든 박달나무 문이었다. 마을 사람들은 엄마가 갇혔다는 소식에도 불구하고 내기를 마무리하겠다는 길영의 완고함에 기가 질려 웅성대며 각자 집으로 돌아갔다.

 길영이 문을 완성한 순간 쿵쿵쿵, 길동이 돌아오는 소리가 들렸다. 길영은 왈칵 반가운 마음이 들었지만, 멀리서 보이는 길동의 발걸음이 너무나 위풍당당해 갑자기 정신이 번쩍 들었다. 자신이 짓는 것은 그게 무엇이든 부셔 없애던 길동이 다시 떠올라 재빨리 문을 단단히 걸어 잠궜다.

 길동의 쿵쿵대던 발걸음은 성문 앞에서 멈췄다.

 "누이, 나야. 길동. 내가 돌아왔어. 역시 멋지게 완성해놓았네. 그럴 줄 알았지. 누이라면 벌써 완성하고도 남았을 거라는 생각을 했어."

 "어찌 이리 늦었어?"

 성벽 문을 사이에 두고 길영은 떨리는 목소리로 물었다.

 "힘이라는 게 생각보다 쓸모가 없더라고. 무쇠 신 때문에 발이 다 까졌어. 너무 아파서 걸을 수가 없을 정도로. 덕분에 매일매일 부지런하게 나 자신을 돌보지 않으면 힘은 전혀 쓸모가 없다는 걸 알게 되었어."

"그뿐이니? 나는 니가 한양까지 다녀온다는 사실이 내기랑 상관없이 부러웠다. 나는 한 번도 이 마을을 벗어나 본 적이 없어서 늘 바깥이 궁금했거든. 내가 논밭 한가운데 세웠던 탑을 기억하니? 그게 그래서 지은 거란다. 바깥세상을 좀 보고 싶어서 말이야."

"마을 밖 세상은 흥미진진한데 늘 위태롭고 경계가 심해서 고단하고 피곤했어. 우리처럼 힘센 아이들도 몇몇 만났는데 그들도 마을에서 쫓겨났더라. 힘이 세면 사람들이 부러워하기보다 두려워해서 결국 쫓아내더래. 그래서 그들은 산적들과 싸워가며 돌아다니는 삶을 선택했더라고. 산적이 되거나 장수가 되거나… 그 중간이 장사치가 되는 정도? 나는 어찌 살아야 할지 아직 결정을 못 내렸어. 누이, 나는 어째야 하지? 마을을 떠나서 어떻게 살지 한 번도 생각해 본 적이 없어."

이제까지 한 번도 보지 못했던 길동의 솔직한 모습을 자신이 만든 성벽과 단단한 문을 사이에 두고 마주한 길영은 마음이 아팠다. 마을을 떠나 어떻게 살지 한 번도 생각해본 적이 없기는 길영도 마찬가지여서 길동의 슬픔이 깊이 와 닿았다. 막무가내로 덤벼드는 동생 길동이 무섭고 싫었는데 막상 솔직한 모습을 보자 당황스러웠지만 안쓰럽고 왜인지 모르게 안심도 되었다. 결국 길동은 아직 삶의 방향을 결정하지 못한 어린 남자에 불과했다.

"길동아, 한 가지 알아야 할 게 있어. 그런데 그걸 말해주기 전에 명심할 것도 있어. 지금까지 우리가 다투고 경쟁하느라 놓쳤던 사실이야."

　길동은 뭔가 아주 중요한 내용, 자신의 삶에 중요한 방향이 될 이야기를 누이가 지금 하려 한다는 것을 직감할 수 있었다.

　"누이. 이 내기에서 누이는 이미 이겼어. 그러니 무엇이든 말해. 나는 그대로 따를 테니까. 다만 엄마에게 인사는 하고 떠날 수 있게 해주면 나는 그걸로 됐어."

　"우리는 이제까지 우리밖에 모르고 세상을 보지 않았어. 우리가 가진 힘만 믿고 세상을 마음대로 할 수 있다고, 한번 의심조차 하지 않았어. 순진했던 건지 멍청했던 건지, 어쩌면 그 둘 모두겠지. 나는 이번 내기로 그걸 깨달았단다. 너와 내가 가진 힘이 세상을 위협할 수 있지만 우리 스스로에게도 위협이었다는 사실 말이야. 마을 사람들도 우리를 두려워하고 있었어. 티를 내지 않으려고 우리에게 친절했을 뿐 언제나 두렵고 불편해했고 우리는 그걸 어쩌면 알고 있었는지 몰라."

　"맞아. 무슨 짓을 해도 내버려두니 사람들이 우리를 좋아한다고 편하게 생각했어. 마을 사람들에게 누이가 만든 것들이 어떠냐고, 부숴야지 않냐고 물어보면 다들 말없이 고개를 끄덕거려서 나는 정말 그들이 그렇게 생각하는 줄 알았거든."

"그러니까. 그게 착각이었던 거야. 마을 사람들에게도 우리가 두렵고 불편한데 자기 말도 듣지 않는 우리가 사또에게는 눈엣가시였겠지."

길영의 입에서 '사또'라는 말이 나오자 길동은 무언지 모를 섬찟함에 가슴이 내려앉는 것을 느꼈다. 분명 무슨 큰일이 생겼다는 직감이었다.

"사또? 사또가 무슨 짓을 했어? 엄마! 엄마가 혹시 위험해?"

"엄마가 사또에게 붙잡혀 가셨어. 사또가 이 내기에서 지는 사람은 죽이겠다고 했대. 사또의 말을 어기고 내기에서 지고도 죽지 않으면 엄마를 죽이겠대. 곧 관아의 관졸들이 널 죽이려 여기로 올 거야. 내가 이 문을 열지 않으면, 그래서 너가 죽지 않으면 사또는 엄마와 나를 대신 죽이겠다고 할 것 같아."

길영은 말하면서 망설였다. 길동이 죽지 않으면 길영과 엄마가 죽는다는 것은 길영의 생각이지 사또가 한 말은 아니었다. 길동이 과연 예전과 달리 길영의 말을 완전히 믿고 들어줄지, 알고싶어 꾸며댄 말이었다.

반면, 길영의 마음을 모르는 길동은 순간 마을로 돌아온 것을 후회했다. 생전 처음 겪어보는 고통을 감내하며 돌아왔는데 반기는 건 누이의 크고 단단한 성문이요, 자신의 목숨을 내놓지 않으면 엄마가 죽을 위기에 처해 있다는 말을 듣자 그 모든 게 감당이 되지 않았다. 길동이 주저앉아 엉엉 소리 내어 울었다.

"누이! 엉엉~ 어쩌면 좋아? 나는 죽기 싫어. 누이나 엄마가 죽는 것도 싫어. 이 일을 어쩌면 좋아! 엄마~."

늘 자신만만했던 길동이 주저앉아 서럽게 울었다. 길영은 길동의 눈물과 서러움이 절절하게 느껴졌고 어릴 적 큰 덩치로 걷다 넘어지고 다치면 서럽게 울던 길동이 떠올랐다. 길영의 눈에도 눈물이 흘렀지만 입에는 미소가 번졌다. 길동은 그저 살고 싶은 어린 남자애였고 엄마와 누이를 사랑하고 있었다.

"우리가 처음으로 힘을 합해야 할 것 같아. 한 번도 그래 보지 않아서 어찌해야 할지 난감하지만 한 가지는 확실해. 엄마를 구하지 않고 이 마을에서 살아봐야 괴물 취급받을 게 뻔하다는 거. 그건 너나 나나 마찬가지라는 거지."

길동은 단단한 문 건너편 길영의 목소리가 든든하게 느껴졌다. 울음을 멈추고 일어난 길동은 바지를 툭툭 털며 언제 그런 일이 있었냐는 듯 씩씩하게 대답했다.

"누이 말이 맞아. 힘을 합해 엄마를 구합시다. 일단은 엄마부터 구하고 봅시다."

오누이는 문을 사이에 대고 속삭이며 엄마 구출 계획을 세웠다.

무쇠 신을 신은 길동이 언덕을 넘어 마을로 다가오는 쿵쿵쿵 발걸음 소리가 길동을 죽이려고 성벽을 향해 오고 있던 관졸들에게도 들렸다. 관졸들은 금방 성벽에 도착했고 우왕좌왕했다. 완성된 성벽의 성문 앞에 있어야 할 길영이 없었다. 관졸들 중 누구도 감히 길동이 건너편에 있을 게 분명한 그 단단한 문을 먼저 열 엄두를 내지 못했다. 길영이 성문을 열어 주리라 막연하게 생각했던 관졸들은 길동과 대적해야 한다는 사실이 두려웠다. 관졸들은 이미 오래전부터 길동의 힘을 잘 알고 있었고 그래서 길동을 선망하고 있었다.

"어째서 문을 열지 않는 게냐? 이 문은 우리 누이가 아주 단단하게 만들어서 너희들이 열어줘야 내가 들어갈 수가 있다. 누이가 그 어느 때보다 단단하게 만들어 내가 부수기가 어렵다. 너희들이 어서 이 문을 열어!"

길동이 말했다.

"길동아, 우리는 이 문을 열지 않을 거야. 너가 돌아오지 않은 것으로 사또에게 고하려고 한다. 그렇지 않으면 우리가 너를 죽여야 해."

관졸 중 길동과 오랜 벗 하나가 말했다.

"너희가 나를? 죽인다고? 하핫!"

길동은 최대한 크고 쩌렁쩌렁하게 웃었다. 관졸들은 오래전부터 길동에게 꼼짝을 못하던 쫄보들의 구성이었다. 힘으로든 기술로든 길동을 죽일 수 없다는 것은 관졸들이나 길동이나 잘 알고 있었다.

길동의 쩌렁쩌렁한 웃음소리에 관졸들은 귀신의 소리라도 들은 듯 벌벌 떨고 있었다. 길동은 벌벌 떠는 관졸들이 문 너머에서도 보이는 것 같았다. 길동은 다시 한번 있는 힘껏 소리를 질렀다.

"나를 죽일 수 있는 사람은 내 누이나 엄마밖에 없다!"

길동은 무쇠 신으로 누이가 단단히 잠궈 둔 박달나무 문을 힘껏 발로 찼다. 그 소리와 진동 때문에 마을 전체는 지진이 난 것 같았다. 가뜩이나 얼어붙어 있던 관졸들은 놀라서 슬금슬금 뒤로 물러났다. 어느 관졸은 길동을 향해 울부짖었다.

"너는 내기에서 졌잖아. 내기에서 지면 마을에서 떠나는 것으로 알고 있는데 왜 돌아와서 행패를 부리는 거냐. 제발 돌아가."

"그래 맞다. 나는 떠나면 그만이거늘 어째서 내 엄마를 잡아 가두고 나를 죽이려고 하는 거냐. 억울해서 못 돌아가겠다. 어서 문을 열어."

길동은 점점 더 세게 성문을 발로 찼고 마을은 길동이 발길질할 때마다 흔들렸다.

그 무렵, 관졸들이 성문으로 몰려올 것을 이미 알고 있던 길영은 관졸들과 반대 방향, 엄마가 붙잡혀 있는 관아로 향하고 있었다. 멀리서 길동이 박달나무 문을 부수겠다고 쿵쿵거리는 소리와 진동이 느껴졌다. 그러나 길동이 부수기에는 길영이 너무나 단단하게 만든 문이었다. 길영은 성문을 가장 단단한 나무로 어느 때보다 공을 들여 촘촘하고 단단하게 만들었다.

"길동아, 조금만 더 힘을 내! 너가 여기에서 행패를 부리며 관졸들을 붙잡아두어야 내가 엄마를 구해낼 수 있다. 무슨 말인지 알지? 그들이 너를 두려워해서 아무것도 못 하고 여기 이 성문 앞에서 벌벌 떨고 있게 만들어야 해. 잘할 수 있지?"

길영은 길동에게 건넸던 마지막 말을 다시 기억해냈다. 그리고 발걸음을 서둘러 관아로 향했다. 관아로 도착한 길영은 관아의 한쪽 벽을 비스듬히 차지한 언덕 위에서 관아를 내려다보았다. 과연 엄마는 사또에게 붙잡혀 관아의 마당 한가운데에서 무릎을 꿇고 죄인처럼 앉아 있었다. 길영은 가슴이 무너지는 것 같았다. 내기를 치르는 여드레 동안 엄마는 조금 더 늙어 있었고 사또가 잡아가둔 후 먹을 것을 제대로 주지 않아 몹시 여위어 있었다. 그때 엄마가 고개를 들어 사또에게 크고 또박또박 이야기하는 것을 길영은 들었다.

"네. 그러나 사또가 이 내기의 마지막을 바꾸셨으니 그에 대한 책임도 지게 될 것입니다. 드디어 결국 사또가 책임을 지셔야 한다, 이 말입니다."

길영은 엄마의 말이 사또가 아닌 자신에게 하는 말처럼 들렸다.

"그래. 나는 이 내기에서 이겼어. 이 끝을 바꿀 수 있는 자격은 나한테 있는 거야!"

길영은 갑자기 힘이 불끈 솟는 것을 느꼈다. 주변을 둘러보았다. 버드나무가 긴 줄기를 바람에 나부끼며 하늘거리고 있었다. 길영은 버드나무를 뿌리 채 뽑아 들고 마당 한가운데를 향해 휘둘렀다. 그 바람에 사또와 이방, 몇몇 관졸들이 바닥에 나뒹굴었다. 관졸들이 모두 길동을 잡으러 가는 바람에 관아에 남아 있는 관졸들은 몇 되지 않았다. 관졸들은 길영이 휘두르는 버드나무 가지에 이리 치이고 저리 치이면서 혼비백산했다. 사또는 영문도 모르고 바람에 나부끼는 나뭇잎처럼 마당을 이리 부딪치고 저리 부딪치며 다녔다. 정신없이 나부끼던 사또가 살겠다고 무언가 손에 잡히는 것이 있어 꽉 붙잡았더니 그게 바로 길영이 흔드는 버드나무 가지였다. 사또는 길영이 흔드는 대로 휘둘렸다. 길영은 크게 웃었다.

"사또, 고을을 다스려야 하는 분이 어찌 한낱 어린 소녀가 들고 노는 버드나무 가지에 매달려 계시나요?"

사또는 너무나 수치스러웠다.

"맹랑한 계집애 같으니. 당장 멈추지 못하겠느냐?"

아직 위엄을 잃고 싶지 않았던 사또는 있는 힘껏 소리쳤다.

"왜요? 이 버드나무가 사또의 것인가요? 아니면 바람이 사또의 것인가요?"

길영은 사또의 허세 가득한 호통에 오히려 코웃음이 났다.

"네가 감히 이러고도 무사하리라 생각하느냐?"

"죄 없는 여인을 잡아 가두고 그 자식을 죽이려는 사또는 그러고도 무사할 줄 아셨소?"

길영은 분노로 자신의 눈이 벌겋고 뜨겁게 타들어 가는 것이 느껴졌고 버드나무를 쥔 두 팔에 힘이 더 강하게 들어갔다. 이제 사또는 기절하고 싶었지만 기절하면 그나마 쥐고 있던 버드나무 가지마저 놓쳐 어디로 날아갈지 몰라 두려웠다. 기절하고 싶어도 기절할 수가 없어 이를 악물고 깨어 있었다. 휘둘리면서도 자신을 도와줄 이가 없을까 주변을 둘러봤지만 아무도 보이지 않았다. 자신처럼 길영이 흔드는 버드나무 바람에 휘둘리는 힘없는 부하들이 전부였다. 그들도 자신과 같은 신세로 길영이 흔드는 버드나무 바람에 휘둘리고 있었다. 사또는 길영이 휘두르는 버드나무 가지만 붙잡고 있어야 하는 자신의 처지를 믿을 수 없었다. 사또는 마지막 있는 힘을 다 끌어모아 길영에게 말했다.

"오냐, 어미를 향한 애틋한 니 마음을 보아… 이쯤에서 멈춘다면 내 용서해주겠다. 그러니 당장 멈춰라."

길영은 하하하 호탕하게 웃었다.

"사또가 다시는 이 마을에 나타나지 않는다고 약속하면 제가 살려드리겠습니다."

"그럼 이 마을은 누가 다스린단 말이냐? 나라에서 가만두지 않을 것이다."

"그렇다면 저는 이미 죽은 목숨이네요? 제가 무엇을 위해 내 어미를 가두고 나와 동생을 죽이려 한 사또를 살려드리죠?"

사또는 당황했다.

"내가 너를 지켜주겠다."

"하하하하하."

길영은 사또의 비겁한 모습에 맥이 빠졌다. 그러나 뭔가 확실한 답을 듣고 싶어졌다.

길영은 흔들던 버드나무를 관아의 마당 한가운데에 내리꽂았다. 그 바람에 사또는 엉덩방아를 찧으며 땅에 떨어지며 한 바퀴 굴러야 했다. 엉덩이가 아파서 일어나 앉을 수도 없게 된 사또는 그대로 드러누워 하늘을 바라보았다. 길영은 드러누운 사또를 향해 다가가 내려다보며 말했다.

"사또가 저를 지켜주겠다고요?"

길영은 사또를 비웃으며 다시 한 번 물었다. 자신을 내려다보는 길영을 보자 사또는 수치스러웠다. 이제 자신이 바라보는 것이 하늘인지 길영인지, 산신령인지 헷갈릴 정도로 아연실색한 사또는 다만 이 모든 악몽이 끝나기만을 바라며 간절하게 울부짖었다. 사또는 이 죽음보다 더한 수치로부터 자신을 지켜야 했다.

"바…라는… 것~이 무~엇…이냐? 내가… 다~ 들어…주겠다."

"당장 떠나시오."

길영은 단호하게 말했다.

"그러면 이 마을은 누가 다스린단 말이냐."

사또의 눈에 눈물이 흐르기 시작했다.

"어차피 사또는 이제껏 한 번도 마을을 제대로 다스리지 않았소. 마을의 재산을 걷어가 나라에 바치고 자신만 호의호식했지 사또가 무엇을 다스리셨단 말이오? 그러니 이 마을을 떠나 다시는 돌아오지 마시오."

사또는 길영의 말에 할 수 있는 대답을 찾지 못했다.

"그간의 위엄을 생각해 곱게 보내줄 때 가시오. 스스로 위엄 있게 떠나시오."

사또는 고개를 떨궜다. 그러나 생전 처음 맛본 수치심은 순간적으로나마 복수를 생각하게 했다. 그때 길영의 곁에서 길영을 뿌듯하게 바라보던 엄마가 나섰다.

"밖에는 길동이 지키고 있소. 그리고 이 마을은 길영과 내가 보살필 것이오."

머리를 굴리던 사또는 휘둥그레한 얼굴로 엄마를 바라봤다.

"나보고 어디 가서 어떻게 살라고 이러시오."

사또가 울부짖듯 말했다.

"사또는 우리 가족이나 마을 사람들이 어디서 어떻게 사는지 관심이나 있으셨소? 어딜 가든 당신이 관심 가는 곳에 가서 조용히 지내시면 목숨은 부지할 수 있을 것이니 떠나시오."

엄마는 사또에게 분노를 눌러 담은 목소리로 말했다. 사또는 선택해야 했다. 수치심을 버리고 이 마을에서 살게라도 해달라고 애걸을 할 것인지 아니면 마지막 위엄이라도 지키며 조용히 떠날 것인지. 물론 사또의 선택은 후자였다. 수치심은 버리래야 버릴 수가 없어서 마지막 위엄이라도 선택해야 했다. 그렇게 사또는 떠났다.

길영은 관아를 정리하고 엄마는 길동에게로 향했다. 박달나무는 과연 단단하게 만들어져서 길동의 무쇠 신이 아무리 쳐대도 완전히 부서지지 않았다. 엄마가 성문에 도착하자 관졸들은 엄마가 성문 앞으로 다가갈 수 있게 알아서 비켜섰다.

"길동아. 엄마가 왔다."

엄마가 왔다는 말에 쿵쿵대던 길동의 발길질도 잠잠해졌다. 관졸들은 안도의 한숨을 쉬며 숨듯이 엄마의 뒤로 줄지어 섰다.

"엄마, 무사하신 거예요?"

길동의 안부에 엄마는 반가워 목이 메었다. 엄마는 길동을 쓰다듬 듯 박달나무 문을 쓰다듬으며 슬프게 말을 이어갔다.

"길동아. 다행히 무사하다. 길동이 니가 누나 말을 잘 들어서 누나가 사또를 쫓아냈어. 다시는 돌아오지 못할 거야."

"엄마, 너무 다행이에요! 어서 이 문을 열어주세요. 저는 엄마를 뵙고 떠나려고 이 내기에 졌다는 걸 알면서도 돌아왔어요."

"그래, 길동아. 내 너의 마음을 잘 안다. 그렇지만 이 문을 내가
열 수는 없다. 미안하구나."

길동은 눈물이 왈칵 쏟아졌다.

"어머니!."

"한동안은 성문 밖에서 살아라. 성안 네 누이가 마음이 제대로
풀리고 너와 같이 살 자신이 생길 때까지는 성문 밖에 머물러라.
내가 때때로 너를 찾아가겠다. 어디 있는지만 알려다오."

"어머니. 너무 보고 싶습니다. 한 번만 뵙게라도 해주세요."

엄마는 마음이 무너지는 것 같았지만 꿋꿋하게 다잡아야 했다.
어떤 과정을 거쳐 이제 막 찾을 수 있는 평화와 안전이 눈앞에 있
는데, 그걸 놓칠 수는 없었다. 그리고 이 결정은 이미 엄마 자신이
열흘 전에 내렸고 모두를 위해 내린 결정이었다.

"길영이 열어주면 그때 내가 너를 가장 먼저 만날 거야. 그리 오
래 걸리지는 않을 것 같더구나. 그리고 무엇보다 네가 성문 밖에서
잠시 살아야 할 이유가 있다. 이건 명령도 아니고 부탁이고 어쩌면
너의 사명이다."

"네? 그게 뭐예요?"

"사또가 이 마을을 떠나기로 했지만 길영이와 나는 그를 믿을 수
없다. 우리가 믿을 수 있는 건 길동이 너 하나뿐이야. 그러니 니가

성문 밖에서 사또를 막아주렴. 너 혼자 힘으로 버거워지면 길영과 내가, 아니 온 마을이 너를 도울 것이다. 내가 그렇게 만들 거야. 엄마를 믿지?"

길동은 고개를 주억거리며 소리 없이 울었다. 곧 진정이 되고 상황을 깨달은 길동은 순순하게 대답했다.

"네, 어머니. 누나와 어머니를 믿고 기다리겠습니다."

"고맙구나."

그렇게 길영이 만든 성문 밖에서 길동은 무쇠 신을 신고 쿵쿵거리며 매일 돌아다녔다. 사또는 그 쿵쿵 소리가 들리지 않을 때까지 도망갔다.

며칠 후 길영은 성문을 열고 바깥으로 나갔다. 마을에서 자신이 해야 할 일이 더는 없었다. 길영은 더 큰 세상으로 나아가고 싶었다. 길동은 떠나는 누나 길영에게 자신의 무쇠 신을 선물로 건네주었다.

"누이라면 나보다 더 편하고 멋지게 만들 수 있을 것 같아!"

길영은 길동이 건네준 무쇠 신을 봇짐에 매달았다. 무쇠 신의 묵직함이 어쩐지 든든했다. 한 번도 떠나보지 못했던 마을을 떠나 먼 세상으로 나가기로 한 자신의 결정이 의심스러웠건만 길동의 환한 미소와 무쇠 신을 보자 자신감이 솟아올랐다. 이제 누구의 시비도 두렵지 않겠다는 생각이 들었다. 무엇보다 떠난다 해도 돌아올 곳이 있으니 막막하지도 않았다.

　홍길영은 자신 있게 길을 떠났다. 엄마는 떠나는 길영을 마을 사람들과 함께 배웅했다. 길영이 돌아올 때까지 엄마는 사또 대신 마을을 다스리기로 했다. 마을 사람들 누구도 반대하지 않았다. 엄마가 마을 사람들에게 일방적으로 명령하고 지시하기보다 그들과 소통하며 따뜻하게 보살펴 줄 것을 믿기 때문이었다.

　엄마가 보살피는 마을에 언젠가는 길동과 길영이 함께 살 날을 마을 사람들도 간절히 바라게 되었다.

조박선영

글 작가

2000년부터 2004년까지 페미니스트저널 『이프』에서 일했고 여성가족부 포털사이트
위민넷의 콘텐츠 팀장으로도 일했다. 여성주의 연극 「히스테리아」의 대본을 집필하고
경력 단절이 되었다. 2017년 페미니즘 도서 전문 출판사 이프북스를 설립해 편집장을 맡았고
고품격 페미니즘 팟캐스트 <웃자뒤집자놀자>도 진행하고 있다.
여성들과의 따뜻한 연대가 세상을 아름답게 구원할 거라 믿는 페미니즘 콘텐츠 기획자.

홍길동에게는
누나가 있었다

홍길동의 원전 「아기 장수」 이야기
그리고 파생담 「오누이 힘겨루기」

워낙 옛이야기를 좋아해서 어렸을 때 테이프로 듣는 전래동화도 섭렵했고 전래동화책도 제법 읽었던 나는 「신데렐라」나 「백설공주」보다 "떡 하나 주면 안 잡아먹지." 하며 '협박하는 호랑이 이야기'나, 어린아이가 듣기에 잔혹하기 이를 데 없는 '치정 잔혹극 장화홍련'을 〈전설의 고향〉보다 더 무섭게, 이불 뒤집어쓰며 듣고 읽었다. 재미있고 독특하고 상상할 수 있는 반전과 상상할 수 없는 반전이 모두 있어서 전래동화는 늘 흥미진진했다. 그랬던 내가 삼십 대 후반쯤에 지역의 민담을 수집하는 일을 우연히 하게 되었다.

그때 처음 알았다. 홍길동에 관한 전설이 전국 각지에 흩어져 다양하게 존재한다는 사실을. 그리고 내가 중고등학교 국어 시간에 배웠던 허균의 「홍길동전」과 각 지역의 민담 속 홍길동이 다른 인물이라는 사실도. 민담 속 홍길동은 주로 '아기 장수'로 불리며 아기 때부터 힘이 남다르게 세어 산이나, 들, 바위 등등에 지울 수 없는 어떤 강한 흔적을 남겼거나 불의에 맞서 싸우다 아쉽게 실패한 역사적 실존인물의 성장담으로 회자되면서 이야기로 남았다.

뿐만 아니라 최근에는 드라마, 뮤지컬, 연극 등에도 등장하고, 기업이나 실제 활동하는 운동선수의 이름으로 남았으며, 어느 지역에서는 그 이름을 딴 테마파크도 지었다. 그만큼 한국의 전설적 영웅으로 '홍길동'이라는 이름은 강하게 대한민국 국민이라면 누구나 알 수 있을 만큼 속속들이 새겨져 있다고 해도 과언이 아니다. 「아기 장수」라는 민담 하나가 거룩한 발전을 이뤄 현재까지 계승되고 있는 셈이다.

그런데 「아기 장수」 민담에서 파생된 아기 장수에게 그만큼 힘이 센 동급의 누이가 있다는, 또 다른 민담이 있었으니 그게 바로 「오누이 힘겨루기」다. 「오누이 힘겨루기」 민담에서는 힘이 남달리 센 오누이가 등장한다. 오누이는 주로 과부인 엄마와 함께 산 아래에 사는데 분명하지 않은 이유로 목숨을 건 힘겨루기 내기를 한다.

충남 공주의 무성산성에 얽힌 전설이 이 「오누이 힘겨루기」의 전형적인 서사를 가지고 있는데 특히 이 산성은 지역민들에게는 '홍길동성'이라고 불리고 있다. 그러니까 홍길동과 그 누이가 힘겨루기 내기를 했고 그 결과와 흔적으로 무성산성이 남았다는 것이다. 이해할 수 없는 건 무성산성 전설의 서사에는 분명히 홍길동의 누나가 그 산성을 쌓았는데 무성산성이 '홍길동 누나산성'이 아니라 '홍길동성'이라고 불린다는 점이다. 이 사실에서부터 억울함이 폴폴 풍겼고 페미니스트 특유의 관심이 싹텄다. 어째서 홍길동의 누나는 그렇게 크고 단단한 성을 쌓아놓고도 이름 석 자 남기지 못했을까?

남녀 간의 힘 대결을 다룬 민담이 있다는 사실만으로도 충분히 흥미진진한데 좀 더 자세히 알아보니 그 「오누이 힘겨루기」 민담의 엔딩이 워낙 비극이고 충격적이어서 쉽사리 잊히지 않았다.

「오누이 힘겨루기」를 간략히 정리해서 소개한다

어느 마을에 아주아주 특별히 힘이 센 오누이가 살았고 그 오누이를 힘겹게 기르며 살던 엄마의 꿈속에 신선이 나타나 하늘에 태양이 두 개일 수 없듯 특별히 힘이 센 오누이도 모두 살아남을 수 없다고 한다.
모두 죽거나 한 사람만이 살 수 있다는 것이다.

그리고 꿈속 신선은 엄마에게 살릴 사람을 엄마가 선택해야 한다고 말한다. 잠에서 깬 엄마는 차마 자기 손으로 죽을 자식을 고를 수 없어 오누이에게 내기를 제안한다.

아들은 무쇠 신을 신고 한양에 다녀오고 딸은 마을을 둘러쌀 성벽을 쌓는데 먼저 성공한 사람이 살아남는 내기였다.

내기는 시작되었고 길 떠난 아들은 소식이 없다. 반면 눈앞에서 착착 성벽을 쌓는 딸을 보는 엄마는 초조해진다.

결국 소식 없는 아들이 애틋해진 엄마는 뜨거운 죽을 쑤어 딸에게 먹으라고 권하며 잠시 쉬었다 해도 너가 이길 것 같다고 딸을 회유한다.

딸이 죽을 먹는 동안 아들이 돌아온다.

엄마가 자신이 아니라 동생(혹은 오빠)을 선택했다는 걸 깨달은 딸은 자신이 쌓은 성벽에 머리를 찧어 자결한다.

위에 소개된 「오누이 힘겨루기」는 백과사전이나 지역 민담에 대한 연구논문을 토대로 주요 스토리 라인만 조합한 것이다. 조금씩 디테일은 다를지언정 힘이 센 오누이가 목숨을 건 내기를 했고, 그 내기를 엄마가 주선했으며, 엄마의 개입으로 딸이 죽게 된다는 모티브는 바뀌지 않는다. 자신이 쌓은 성 위에 올라가 죽거나(충북 청주 구녀성) 목을 매어 죽거나(충남 공주 무성산성) 성에 쌓으려

고 했던 마지막 바위 돌에 깔려죽거나(충남 예산 임존성 묘순이 바위 전설) 한다.[1]

내기의 내용이 한양을 다녀와야 하는 길동의 신이 무쇠 신이냐 나막신이냐, 소를 데리고 가느냐 마느냐, 혹은 딸이 쌓는 것이 성이냐 다리냐, 혹은 그 둘이 씨름으로 대결을 하냐 등 이야기 디테일은 각 지역마다 모두 제각기 다르다. 하지만 결론은 같다. 딸이 내기에 져서 죽게 되는 것이다. 간혹 내기의 승패가 조작되었음을 알고 아들이 자결하고 이에 후회하며 엄마도 따라 죽는 「아미산 움평다리」 같은 초절정 비극의 민담도 있다.

「오누이 힘겨루기」 이야기의 주요 동력이 남녀 간의 힘 대결인 만큼 힘을 겨루는 주체가 오누이가 아니라 과부와 청혼자, 부부로 설정된 민담들도 있다. 물론 승자는 남성인 청혼자이거나 남편이다. 이제까지 알아본 바로는 「팔공산 할미성 전설」만이 특이하게도 할머니가 할아버지를 이겼고 아무도 죽지 않고 내기가 끝났다.[2]

이 「오누이 힘겨루기」 민담은 변화의 요소가 다양하다는 점과 비극적인 엔딩 때문에 그에 대한 연구가 제법 활발한 편이다. 대체로 '남녀 간의 힘 대결'을 주요 모티브로 하고 있다는 점과 그 힘겨루기의 결과가 그 지역의 이름이나 건축물로 남은 경우가 제법 많

1) 최정민, 「오누이 힘내기」 설화의 젠더 경관, 『한국지리학회지』 8권 2호, 2019.
2) 이지영, 「오뉘 힘내기 설화」의 신화적 성격 연구, 『한국고전여성문학연구』 7, 2003.

다는 점, 주로 남한에 퍼져 있다는 지역적 특징, 역사적으로 반란에 실패한 남성 인물의 성장담과 결합된다는 것 등에 의의를 두고 있었다. 특히 역사적으로 반란에 실패한 남성 인물 이몽학, 김덕령 설화에 등장해 동생 혹은 오빠와 힘 대결을 펼치는 누이들은 뛰어난 힘과 지략을 가졌지만 내기에서 지고 죽음을 맞으며 그 동생 또는 오빠 역시 반란에 실패하는 특징이 있어 의미심장하게 다뤄지곤 했다.

그러나 이 「오누이 힘겨루기」와 결합된 '홍길동'은 여러모로 다르다. '홍길동'은 실존인물이기도 가상인물이기도 하지만 가상에서의 홍길동은 나라님도 이겨 먹은 남성 영웅 중의 영웅이다. '정의'와 '민중의 힘'을 상징하는 이름으로 영화나 드라마, 소설 등으로 끊임없이 재탄생되고 앞서 언급했지만 현재 어느 지역에서는 그 이름을 따 테마파크도 지을 만큼 그 이름의 영향력이 아직도 생생하다.

힘센 여자들은 그 옛날에도 있었다! 지금은?

그런데 이 천하무적에 정의롭고 다재다능한, 홍길동을 이길 만큼 그와 똑같은 힘과 재능을 가진 그 누이는 이름 석 자는커녕 그 존재마저도 지워지고 있다. 만약 이 「오누이 힘겨루기」 민담에서 엄마가 개입하지 않고 그 내기가 공정하게 끝까지 이뤄졌다면.

아, 그런데 이런 극악한 내기는 대체 왜 진행돼야 하는가?

어떻게 가난한 과부의 어린 남매가 서로를 죽음으로 내몰았을까?

신선은 대체 뭔가?

어째서 이런 상황을 만들고 아무 책임 없이 그렇게 한 줄 존재하다 사라져버리는가?

엄마는 또 어떻게 그리 어리석게 개입을 하지?

아니 어떻게 누군가의 편을 들 수 있지?

누가 뭐래도 이 내기는 그 시작부터 끝까지 합리나 공정이라고는 눈을 씻고 찾아도 찾을 수 없다. 그러고 보니 엄마는 꿈 한번 꾸고 자기 아이들을 사지로 내몬 어리석고 극악한 엄마가 된다.

결론적으로 이 이야기의 악역은 단연 엄마였다. 내 사고가 그렇게 이어지자 그제야 나는 '아하, 이거 너무 전형적인 가부장제의 여적여 스토리구나'라고 깨달았다. 엄마는 악역이고 딸에게는 패배자라는 낙인을 찍어버리는. 결국은 아들이 영웅이 되고야 마는. 실패했어도 사실상 내기에서 졌어도 그 이름을 남기는 건 남성이도록 구조 지어진.

그들과 같이 내기를 벌였던 뛰어난 힘과 지략을 가졌던 그 누이는, 과부는, 아내는 어디로 다 사라져버렸는가? 왜 죽어야 했나? 꼭 죽어야 했나? 실패한 반란에서조차 이름을 남겼던 남성들과 그 결말이 달라도 너무 다르지 않는가? 그 누구와 비교해도 뒤지지 않는 힘과 지략을 가졌다고 이야기되는 그녀들은 그녀들이 이룬 결과물에서조차 왜 탈락되어야 하는가?

이야기들을 조사하면 할수록 「오누이 힘겨루기」의 누나가 살아남아 영웅이 되어야 하는 인물이라는 사실이 점점 더 분명해 보였다. 홍길동이 전설이라면 홍길동의 누나도 전설이어야 했다.

충남 공주의 '홍길동성'은 '홍길동 누나성'이어야 했다. 아니 그보다 더 근본적으로 홍길동의 누나에게도 그 힘에 걸맞은 이름 석 자 정도는 있어야 했다. 이걸 바꿔보고 싶었다. 모조리 깡그리 그 의미들부터 갈아 엎어버리고 싶었다. 이름도 되찾고 힘도 되찾고 그 가능성도 되찾고 싶었다. 일단 홍길동의 누나에게 '홍길영'이라는 이름부터 지어주었고 그래서 이야기의 제목은 「홍길영전」이 되었다.

> "
> 너, 여우고개 근처에 살지?
> 거기 정말로 구미호가 산다며?
> "

꼬리가 아홉인
이야기

꼬리가 아홉인 이야기

"구미호래요! 불여우래요. 꼬리가 아홉이래요."

사내아이들이 합창하며 고개 아래로 우르르 달리기 시작했다. 여우고개에 사는 구미호에게 돌과 풀을 뜯어 던지고 놀리다가 구미호가 빗자루를 휘두르며 쫓아오자 다들 우다다다 내빼기 시작했다. 뒷집 영호가 재미난 거 구경시켜준다고 해서 따라왔던 미경은 사내아이들 뒷전에서 소심하게 풀을 뜯어 던지는 시늉을 하며 재밌다고 같이 웃고 있었다. 그러다 구미호가 빗자루를 휘두르며 달려 나오고 사내아이들이 잽싸게 달아나며 놀리는 노래를 부를 때, 미경은 그만 돌부리에 걸려 철퍼덕 넘어지고 말았다. 아픈 것도 아픈 거였지만, 구미호에게 잡힐까 무서웠다. 너무 무서워 하얗게 질려 엉거주춤 상반신만 일으킨 미경의 눈앞에 구미호의 터진 신발,

그 뒤꿈치가 보였다.

허억, 허억, 허억, 구미호가 숨을 거칠게 몰아쉬며 바로 앞에 서 있었다.

"꼬리 없다! 꼬리 없다!"

구미호가 사내아이들 뒤꼭지에 대고 고래고래 소리를 질렀다. 미경은 움찔하며 귀를 두 손으로 막았다. 사내아이들이 노래하는 소리가 저 멀리 잦아들자, 구미호도 소리 지르는 걸 멈추더니 휘두르던 빗자루를 축 늘어뜨렸다. 다음 순간, 그 발이 빙그르르 돌았다. 미경은 아무 소리도 내지 못하고 가만히 쭈그려 앉아 벌벌 떨고 있었다. 아주 길게 느껴지는 순간이었다.

"너 그거, 뽀롱이야?"

구미호가 물었다. 어느새 구미호가 미경 앞에 쭈그리고 앉아 미경이 머리띠를 가리키고 있었다. 미경은 TV에서 한창 방송 중인 애니메이션 캐릭터인 뽀롱이가 붙은 머리띠를 하고 있었다. 미경은 눈에 눈물이 그렁그렁한 채 겁에 질려 아무 말 못 하고 고개를 끄덕였다.

"히! 이쁘다, 뽀롱이."

구미호가 손을 뻗어 머리띠를 만지작거렸다. 고개를 수그리고 만지작거리게 놓아두는 게 불편해서 미경은 용기를 내서 침을 꼴깍 삼키고는 입을 열었다.

"주… 줄까요?"

"정말?"

구미호가 단번에 반색하며 대답을 했다. 미경은 주섬주섬 머리띠를 빼서 구미호에게 내밀었다. 구미호는 아이들 간을 빼먹는다는데 간 대신 머리띠를 내어주는 게 나을 것 같았다. 구미호는 좋아하며 머리띠를 받아들더니 날름 자기 머리에다 머리띠를 하고는, 메고 있던 곰돌이 배낭에서 무언가를 주섬주섬 찾았다. 머리띠를 한 자기 얼굴을 비추어 보려고 거울을 꺼내 들었다. 그 순간 배낭에서 무언가 툭 떨어졌다. 특이하게도 여러 가지 색이 어우러져 물든 색 돌이었다. 미경이 그 돌을 주워 거울을 보느라 정신이 없는 구미호에게 내밀었다.

"이… 이거."

구미호는 히히 웃으며 거울을 보다가 아쉽게 거울에서 눈을 떼어 미경과 미경이 내민 색 돌을 보았다.

"그거 이쁘지?"

미경이 고개를 끄덕였다.

"그거 너 줄게. 머리띠랑 바꾸자!"

미경은 또 고개를 끄덕였다. 무얼 가져가고 무얼 주건 고개를 끄덕일 수밖에 없었는데, 기분이 야릇했다. 머리띠를 하고 좋아하는 모습이나 색 돌을 가지라고 주는 구미호의 눈이 너무 따뜻했다.

무서워서 잔뜩 굳었던 긴장이 풀리자 그제야 미경은 눈물이 후욱 하고 올라왔다. 쓸려 벗겨져 피가 나는 무릎도 눈에 들어왔다.

'흐엉~' 미경이 울기 시작하자, 구미호는 어쩔 줄 몰라 머리를 긁더니 "아파? 호~ 해줄까?" 하며 고개를 납작하게 디밀고 미경의 무릎을 불기 시작했다. 부스스한 산발의 구미호의 머리를 코앞에서 보며 미경은 계속 울어야 할지 그쳐야 할지 갈피를 잡을 수가 없었다. 하지만 손에 쥔 돌에 깃든 색이 눈물로 아롱지며 빛나는 걸 보고는 거기에 정신이 팔려 우는 걸 그만 잊어버렸다. 눈물 너머로 보이는 돌은 색들이 번지고 퍼지며 무지개같이 빛난다.

미경은 그날 이후 호주머니 속에 그 색 돌을 가지고 다녔다. 엄마의 반지보다도 이쁘고, 언니의 리본 핀보다도 이뻤다. 호주머니 안에 매끈매끈한 돌을 만지작만지작 하노라면 마음이 뿌듯해지고 밥 없이도 배가 부른 것 같은 느낌이 들었다. 며칠 후 학교에서 고무줄놀이를 하고 있을 때 같은 반에도 키가 커서 저 뒤쪽에 앉는 지영이 다가와서 물었다.

"너, 여우고개 근처에 살지? 거기 정말로 구미호가 산다며?"

"여우고개 아래에 살아. 근데, 구미호 아냐."

"구미호 있대! 용식이네 삼촌이 봤다더라. 머리 산발한 여자 하나가 풀숲에 숨어 있다가 얼라가 혼자 지나가면 이놈~ 하며 잡아가서 간을 빼먹는대!"

"간 빼 먹힌 얼라가 누군데?"

미경이 지영에게 묻자, 지영이 말꼬리를 흐렸다.

"어… 저 뒷동네에 사는 얼라라 하던데."

"칫! 잘 모르면서!"

"저번에 용식이랑 애들이랑 여우고개 지나가다가 그 구미호가 간 빼먹으려고 쫓아왔다고 하던데?"

"그건 걔네들이 먼저 돌을 던져서 그 언니가 쫓은 거야!"

"니가 봤어?"

"그럼! 내가…"라고 말하려다 보니, 미경 자신도 돌을 던졌다는 생각이 들어 말문이 막혔다.

"뭐야, 본 거야, 안 본 거야?"

"어어….''

미경은 더 뭐라 말할 수가 없었다. 나도 돌을 던지러 갔었는데, 던지고 도망가다가 넘어져서 뒤처지는 바람에 구미호라 불리는 언니랑 얘기도 하고 머리띠도 주고 색 돌도 받았다는 말을 차마 할 수가 없었다. 미경이 우물쭈물하는 새에 지영은 검지손가락을 들어 미경을 가리키며 제법 옹골차게 말했다.

"칫, 너도 잘 모르면서!"

미경은 뭔가 되게 억울했다. 그게 아니라고 말하고 싶었다. 하지만 그 언니 착한 언니라고 말하려면 자신의 나쁜 짓을 말해야 했다. 그래서 우물쭈물하다 그냥 하고 싶은 말을 삼켰다.

그날 밤 미경은 잠자리에 들어 말똥말똥 눈을 뜨고 누워 있었다. 옆에선 중학생인 언니 미영이 쿨쿨 자고 있었다. 잠이 오지 않았다. 저 멀리 보이는 여우고개는 불빛 하나 없이 깜깜했다. '불빛도 없는 데에서 그 언니는 어떻게 사는 거지?' 하는 생각으로 창밖으로 시커먼 그림자를 드리우는 여우고개를 보고 있었다. 엄마가 이불을 제대로 덮었나 챙기러 들어왔다가, 미경을 보고 물었다.

"미경이 안 자니?"

"잠이 안 와, 엄마."

"왜 우리 막둥이가 잠이 안 올까?"

엄마가 이불 모서리를 접어 넣어주며 토닥거리며 물었다.

"엄마, 진짜로 구미호가 있어?"

미경의 느닷없는 질문에 엄마가 잠시 흠칫했다.

"그건 갑자기 왜 묻는데?"

"저기 여우고개에 사는 언니를 애들이 구미호라고 그러잖아."

엄마가 잠시 미경을 가만히 내려다보다가 들릴락 말락 작게 한숨을 내쉬었다.

"너는 구미호 같은 거 신경 쓰지 마. 여우고개로 다니지 말고, 앞길로 돌아다녀. 알았지?"

"애들이 구미호라고 막 놀리던데?"

"세상에 구미호가 어디 있다고 그래? 그런 애들이랑 놀지 말고! 자라는 잠은 안 자고 왜 쓸데없는 소리를 하니?"

엄마가 갑자기 짜증이 난 듯 말했다.

"난… 그냥…."

미경이 우물쭈물하자, 엄마는 이불을 끌어 올려 턱 아래까지 폭 덮어주었다.

"자라, 10시 다 되어 가잖아."

그러고는 엄마는 일어나 불을 끄고 나가며 혼잣말인 듯 중얼중얼했다.

"이사 가든지 해야지, 정말."

그날 밤 미경은 꿈을 꾸었다. 꿈에서 이만하게 큰 치마를 입고 있었다. 치마는 안에 솜이라도 잔뜩 넣은 듯 부풀어 올라 있었다. 특히 엉덩이 쪽이 그랬다. 신경이 쓰여서 미경은 손으로 치마를 자꾸 쓸어내렸다. 학교 운동장을 지나 교문으로 나오려는 참이었다. 다다다다… 누군가 급하게 뒤쪽에서 달려오는 소리가 들리더니 미경의 치마를 홱 들쳐 올리며 외쳤다.

"여우 꼬리래요! 구미호래요!"

다음 순간, 교문 밖에 있던 아이들이 몰려오기 시작했다. 일제히 미경에게 손가락질하며 합창을 하듯 놀리기 시작했다.

"구미호래요, 꼬리 달렸대요!"

"아냐! 아냐! 아냐!"

소리를 지르며 울다가 미경은 잠에서 깼다. 어느 틈엔지 건넌방에서 숙제한다던 언니가 옆에 와 누워 있었다.

"야, 뭔 잠꼬대를 그렇게 해?"

언니는 투덜거리며 몸을 돌려 누웠다. 꿈이었다는 걸 알고 비로소 안심되었지만, 그래도 꿈의 여운이 남아서 미경은 가슴을 들먹이며 흑흑 소리 죽여 울다가 다시 꼬무룩 잠이 들었다.

다음 날 미경은 방과 후에 동네 어귀를 지나 여우고개 아래에 있는 집으로 돌아오려던 참이었다. 버스 정류장에서 작은 개천을 다리로 건너면 집들이 많이 모여 있고, 구멍가게와 작은 식당, 철물점, 문방구, 술집 같은 가게들이 몇 개 있었다. 그중에 삼봉할매집이라고 부르는 작은 식당 앞에 아이들이 여러 명 모여 웅성거리고 있었다. 미경은 무슨 일인지 궁금해서 아이들이 모인 곳으로 가서 까치발을 하고 고개를 빼서 보았다. 삼봉할매 식당 뒤 안채에서 구미호 언니가 주섬주섬 품에 무언가를 싸 들고 히히 웃으며 나오고 있었다. 삼봉할매집에서 먹을 걸 얻어가는 듯했다.

"구미호야, 구미호!"

아이들이 눈에는 빤한 호기심을 드러내 보이며 속닥거리고 있었다. 용식이와 그 패거리들이 있었으면 언제라도 구미호라고 놀리는 노래를 시작할 수 있었지만, 그 자리에 용식이는 없었다. 다행이라 생각하며 미경이 발을 돌려 골목을 돌아 조금 걷다 보니 용식이와 그 패거리들이 문방구 앞에서 작은 오락기에 매달려 티격태격하고 있었다. 그러다 미경을 보더니 영호가 물었다.

"어디서 오는 거야? 그쪽은 왜 시끄러워?"

미경이 대답하려는 찰나, 뒤에서 걸어오던 지영이가 먼저 날름 대답했다.

"구미호가 삼봉할매네 왔어!"

"뭐? 야, 우리 가보자!"

영호가 얼른 고개를 돌려 제 패거리들을 부추겼다.

"아, 요 판만 끝내고."

용식이가 짜증을 내며 정신없이 버튼을 누르고 스틱을 당겨댔다. 미경은 얼른 뒤로 돌아왔던 길을 되짚어 달려갔다. 골목 모퉁이를 다시 돌자마자, 구미호 언니가 걸어오는 게 보였다. 여전히 히죽거리며 웃고 있었다. 미경은 얼른 구미호 언니의 팔목을 잡아서 당겼다.

"일루 와! 나쁜 애들 와!"

미경은 구미호 언니의 손목을 잡아끌고 약국과 철물점 사이 좁은 통로로 들어가 뒤쪽 길로 빠져나왔다. 그리고 술집 옆 커다란 독들이 쌓인 뒤로 돌아가 몸을 숨겼다. 저 멀리서 용식이네들이 다다다 뛰면서 "야, 구미호 어디 갔어?" 외치는 소리가 들렸다. 미경은 구미호 언니의 손목을 여전히 잡고 커다란 독 뒤에 쭈그리고 앉아 있었다. 구미호 언니의 눈이 동그래져서 미경을 쳐다보고 있었다. 웃거나 울지 않는 구미호 언니의 얼굴이 너무 낯설어서 미경은 빤히 그 언니의 얼굴을 올려다보았다.

산발인 머리 아래 빼꼼한 얼굴은 가까이에서 보니 미영 언니보다 겨우 두어 살 정도 많아 보였다. 그리고 그 눈동자. 강아지 같은 눈동자가 미경을 내려다보고 있었다. 저런 눈동자, 본 적이 있었다. 집에서 키우는 백구인 옥자가 미경 아버지가 술에 취해 들어오는 저녁이면 꼬리를 다리 사이에 말아 넣고 불안해하며 올려다보던 그 눈동자와 똑같았다. 아버지가 술에 취해 집에 돌아오는 날에는 경주의 달밤을 부르며 대문부터 걷어차고 들어와 옥자를 두어 번 걷어차고 또 마당의 대야를 걷어차며 문을 열고 신발도 벗지 않고 "미영아, 미경아! 우리 공주님들!" 하고 딸들 이름을 부르며 마루에 엎어지는 게 상례였다.

구미호 언니가 다음 순간 히히 웃었다.

"나, 초코파이 있는데, 너 줄까?"

부스럭거리며 품에서 무언가를 꺼내려고 하는데, 드르륵 술집 문이 열리며 몇 명이 걸어 나오는 소리가 들렸다.

"저 소리 지르는 거 상철이 니 조카 아니야?"

상철이라 불린 사람이 카악 하고 가래침을 땅에 틱 뱉더니 대답했다.

"용식이 자식이 구미호 놀린다고 저런가 보네."

구미호 언니가 그 목소리에 딱 굳더니 흡~ 하고 숨을 멈추었다. 다른 목소리가 낄낄 웃으며 끼어들었다.

"그 삼촌에 그 조칼세. 낮에는 조카 놈이 데리고 놀고, 밤에는 삼촌이 데리고 놀고."

"야, 이 새끼야. 너는 안 데리고 놀았어?"

"나야, 너처럼 데리고 놀지는 않지. 과자라도 사주고, 핀이라도 사다주고 달래고 어르고 그러는데, 상철이 새끼, 너는 꼭 애를 패더라."

"십새끼. 달래고 붙어먹나 패고 붙어먹나 똑같이 붙어먹으면서, 지랄한다."

상철의 목소리가 커지자 상대는 아무 대답을 하지 않고 있었다. 용식이 삼촌, 상철은 덩치는 다른 이들보다 크지 않았지만, 깡다구가 있어서 누구한테도 싸움에 지지 않았고, 주먹질로 동네에선 악명이 높았다. 긴장한 듯한 침묵이 흐르고 상철이 다시 입을 열었다.

"야, 민석아, 너 불 있어?"

라이터를 딱딱 켜는 소리가 들렸다. 담배를 입에 문 듯 좀 일그러진 목소리로 상철이 말을 이었다.

"구미호 꼬리가 왜 꼬리인지 너는 알아?"

낄낄낄 웃는 소리였다.

"꼬리를 달아주니까 구미호지. 어디 보자, 하나, 둘, 셋, 여기 세 놈이 꼬리 달아주었으니 구미호 꼬리는 세 갠가?"

이 말에 다른 둘이 덩달아 낄낄거리며 웃으며 응수했다.

"아홉 개 채워야 구미혼데!"

으하하하, 웃으며 이들이 저만치 걸어가는지 목소리가 점점 멀어졌다.

"음… 내가 알기로는 일곱은 되던데….'

상철이 크게 웃는 소리가 저녁 해에 뒤로 길게 늘어지는 그림자와 같이 뒤에까지 길게 이어지며 들려왔다. 상철 일행이 사라지자, 구미호의 눈이 다시 반달로 바뀌며 좋아라, 히죽거렸다.

"갔다, 갔어."

미경은 용식이 삼촌이 얘기한 구미호 꼬리 얘기를 이해할 수가 없었다. 구미호 언니가 뽀스락거리다 초코파이 하나를 찾아서 미경에게 "이거 먹어!" 하며 내밀었다. 미경은 초코파이는 받지 않고 구미호 언니한테 물었다.

"언니야, 꼬리 있어? 진짜 있어?"

구미호는 계속 히히 웃으면서 초코파이를 받으라는 몸짓을 했다.

"꼬리 있냐고?"

그러자 구미호는 일어나 한 손으로 자기 엉덩이를 탁탁 두드리며 말했다.

"꼬리 없다~." 탁탁, "꼬리 없다." 탁탁, "꼬리 없다." 탁탁, 그렇게 꼬리 없다 노래 부르듯 말하고 자기 엉덩이를 치며 히히거렸다. 미경은 한숨을 쉬고 엉덩이를 치느라 구미호 언니가 땅에 떨어뜨린 초코파이를 주웠다. 먹을 걸 잔뜩 넣어 부풀어 오른 구미호 품속에 초코파이를 다시 넣어주었다.

"난 이거 집에 있어. 언니 먹어. 그리고 용식이가 보기 전에 저 샛길로 돌아서 집으로 가. 알았지?"

그러자 구미호는 즐겁게 춤을 추듯 발을 리듬에 맞춰 엇박자로 구르며 샛길로 달려갔다. 미경은 엉덩이에 묻은 흙을 털고 일어나 고개를 뽑아 길에 누가 있는지 살펴보고 아무 일도 없었다는 듯 집으로 돌아왔다.

그날 저녁, 숙제를 마치고 마당에 나와 평상에 앉아 옥자에게 "앉아!", "손!" 이런 자잘한 명령을 내리며 미경은 놀고 있었다. 갑자기 옥자의 귀가 쫑긋하더니 눈동자가 또 굳으며 새카맣게 깊어지는 게 보였다. 경주의 달밤이 아버지보다 먼저 골목을 들어서는데 이번에는 들리지 않았다. 하지만 미경은 벌떡 일어나 현관을 열고 집 안에 대고 소리쳤다.

"아빠, 또 술 마시고 오신다!"

그러고는 아버지가 술에 취해 마루에 엎어질 때까지 주정을 부리는 걸 보고 싶지 않아서 집 뒤로 돌아가 쪼그리고 앉았다. 아니나 다를까. 쾅! 쾅! 쾅! 문을 걷어차는 소리가 들리고, "깨갱, 깨갱, 깨갱!" 옥자가 발길에 차여 지르는 비명이 들렸다. 이번에 아버지는 두어 번 발길질로 끝내지 않고 "이놈의 개새끼가 주인을 못 알아봐! 야, 이 개새끼야! 똥개 새끼를 거두어 키워주었더니, 이 망할 개새끼가!"라고 소리 지르며 옥자를 계속 걷어찼다.

"여보, 그만해요! 개한테 왜 그래요? 취해서 왜 안 하던 짓을 한대!"

엄마가 아버지를 말리는 소리가 들려왔다.

"이놈의 개가 주인이 오면 꼬리를 흔들면서 반기고 그래야지, 어디 주인을 몰라보고 말이야!"

아버지가 혀 꼬부라진 소리로 소리를 질렀다.

"동네 창피하게 왜 이런데요. 어서 뭔 일을 당하고 집에 와서 개한테…."

엄마가 채 말을 마치기도 전에 아버지가 버럭 했다.

"니 눈에 내가 그렇게 보여? 내가 이 서민구가 딴 데서 무시당하고 집에 와서 개새끼한테 화풀이나 하는 그런 개새끼로 보여? 응?"

미경은 마음속으로 크게 '네!~~~' 하고 소리 질러 답했다. 아버지가 저러는 거 정말 싫었다. "서 서방은 술 마시면 개 되는 거만

빼면 괜찮데이."라고 몇 번이고 말하던 외할머니가 떠올랐다. 아버지는 딸들한테는 우리 공주님, 우리 공주님들 하며 살갑게 굴었지만, 옥자는 늘 발로 걷어찼고 엄마한테는 툭하면 반찬이 마음에 안 드네, 혹은 형님에게 전화를 했네 안했네 하며 역정을 내고 목소리를 높이기 일쑤였다. 그래서 미경은 아버지가 별로였다. 마음으로는 '내가 개새끼야?' 하는 아버지의 말에 '네!'라고 한 열 번쯤은 대답하고 싶었다. 속마음으로나마 응수를 했다는 뿌듯함에 젖어 사람이 개도 되고 여우도 되네…, 그런 생각을 하며 키득거린 것도 잠시, 아버지의 고성이 또 터져 나왔다.

"미영이, 미경이 나와! 어디 있나? 이것들이 아비가 왔는데 코빼기도 안 비추고들 있어! 엉? 에미가 이렇게 구니까 딸년들도 그 모양이지!"

"동네 창피하니까 들어가요. 애들은 또 왜 부르는데요."

어머니가 말리며 다가섰나 보다.

"놔!"

아버지가 대꾸한 다음 순간, 쨍그랑 유리가 깨지는 소리에 이어 "아악!" 하는 엄마의 비명 소리, 옥자가 컹컹 짖는 소리가 들렸다. 미경은 놀라서 마당으로 달려 나갔다.

"엄마~!"

언니 미영도 집 안에서 엄마를 부르는 소리가 들렸다.

집을 돌아가 보니 현관문 아래 유리가 깨져 있고, 엄마가 유리에 베였는지 왼쪽 팔에 붙잡고 피를 철철 흘리며 앉아 있었다. 아버지는 그 옆에서 부축도 않고 엉거주춤 서 있을 뿐이었다. 엄마는 그 와중에도 집 안에서 맨발로 뛰어나오는 언니를 말리고 있었다.

"맨발로 나오지 마. 그러다 발 다쳐! 아니, 신발도 신지 마. 유리 조각이 신발에 들어갔으면 어쩌니! 들어가서 여기 묶을 천 좀 찾아와."

미경이 "엄마!" 하면서 달려가자, 엄마는 미경을 보며 말했다.

"엄마, 괜찮아. 울지 마."

그러고 보니 자신도 모르게 미경은 엉엉 울고 있었다. 언니가 어디서 하얀 천을 찾아와 엄마 팔을 묶어줄 때 옆에서 같이 낑낑거리며 매듭을 묶는다고 애썼지만, 방해되니까 비켜 있으라는 말을 듣고 물러나 불안한 마음에 옥자만 쓰다듬고 있었다. 옥자가 낮은 소리로 끄응거리며 미경의 팔을 핥았다. 아버지는 평상에 앉아 담배만 뻑뻑 피우고 있었다. 엄마는 팔을 다 묶어 지혈하고 나서 언니에게 문갑에서 지갑을 가져오고 엄마 겉옷과 미영의 겉옷도 가져오라고 했다.

"미영이는 엄마랑 같이 읍내 병원 응급실에 가자. 이거 아무래도 꿰매야 할 것 같아. 앞집 병철이네 용달 얻어 타고 갈 거니까, 미경이 니는 집에 있어. 유리 깨진 건 건드리지 말고. 알았지?"

그렇게 미경은 아빠와 집에 남겨졌다. 엄마와 언니가 대문을 나서자 기다렸다는 듯 아빠는 입을 열었다.

"미경아, 가서 물 한 잔 떠와라. 목이 왜 이리 마르나 모르겠네."

이 말을 듣자 미경은 어찌나 화가 나던지 뜨거운 열기가 배 속에서부터 터져 나오는 느낌이었다.

"아빠가 떠다 먹어! 아빠가! 엄마를 다치게 해놓고 보고만 있고! 아빠가 왜 그래? 아빠가 뭐 그래!"

미경이 맹렬하게 불타오르는 불덩어리처럼 소리를 지르며 아빠한테 대들자, 아빠는 "이노무 지지배가!" 하며 손을 번쩍 들었다. 미경은 반사적으로 팔을 들어 머리를 가리며 움츠렸다. 하지만 아버지는 차마 내려치지는 못하고 움칠거리다가는 팔을 다시 내리더니, 옥자가 쏙 들어가 버린 개집을 발로 걷어찼다. 쾅 쾅 쾅! 그러더니 아버지는 쩌억쩌억 현관에 깔린 유리를 밟으며 집 안으로 들어가 버렸다. 미경은 개집 안에서 낮은 소리로 낑낑거리는 옥자 소리를 듣다가 다음 순간 불현듯 집 밖으로 달려 나갔다. 엄마와 언니가 탄 용달은 이미 저~어기 저무는 석양 속에 후미등만 보이며 멀어지고 있었다. 미경은 몸을 돌려 여우고개를 달려 올라가기 시작했다.

울면서 뛰다 보니 시야는 뿌옇고 숨은 후끈하게 차올라 헐떡이느라 가슴속 폐가 아렸다. 얼마나 뛰었을까. 처음에 미경은 자신이 우는 소리가 메아리치는 줄 알았다. 머릿속에서 들리는 울음소리에 이어 귀로도 저쪽에서 울음소리가 들렸기 때문이다. 호기심이 슬픔을 이겨서 귀를 쫑긋 세우고 발걸음을 멈추었다. 그리고, 자신은 더 이상 울지 않는데도, 귓가에 울음소리가 엉엉 들려오고 있는 것을 알았다. 다른 누가 울고 있었다. 미경은 살금살금 울음소리가 나는 수풀 쪽으로 걸어가 보았다. 먼저 닳아빠진 빗자루가 눈에 띄었다. 그리고 맥없이 아무렇게나 던져진 빗자루 옆에 부대 자루 같은 형상이 엎드려 엉엉 울고 있었다. 산발한 머리에 덜렁덜렁 매달린 뾰롱이 머리띠가 아니었으면 구미호 언니라는 걸 알아보지 못할 뻔했다. 부대 자루 귀신이 우는 줄 알고 줄행랑을 할 뻔했다. 미경은 어쩔 줄 몰라 잠시 서서 신발 속 발가락만 꼼지락거리고 있다가, 힘들게 말문을 열었다.

"저기… 언니야."

엉엉 울던 구미호 언니가 고개를 쳐들었다. 순간 무서워서 흠칫 놀라 뒤돌아 그대로 내뺄까 했지만, 구미호 언니가 손에 꽉 붙들고 있는 인형을 보고는 마음을 돌렸다. 미경이 어릴 적 가지고 놀았던 펭귄 인형과 똑같았다. TV 만화영화 주인공이었던 인형이라 당시 어린이들이라면 하나씩은 집에 가지고 있을 정도로 흔한 그 인형을 손에 꽉 쥐고 구미호 언니가 울고 있었다.

"인형 줬어."

구미호 언니가 흐엉거리며 말했다.

"누가?"

"아저씨가."

"근데 왜 울어?"

"인형 주고 이렇게 누워서 눈 감으라고 했어. 흐엉…. 근데 나 아파서 싫어. 싫어서 발로 찼어. 아저씨 힘세서 내가 아저씨 얼굴을 확~ 했어."

구미호 언니는 손톱을 세워 할퀴는 시늉을 해 보였다.

"싫어요, 했어. 발로 차고 때렸어. 여기, 여기, 여기!"

구미호 언니가 터진 입술과 찢긴 옷을 가리켜 보였다.

아버지에게 밀려 팔이 찢어진 엄마와 손을 들어 때리려 했던 아버지 생각에 미경도 같이 앉아 울고 싶었다. 하지만 터진 입술에 산발하고 온통 찢긴 옷에 우는 구미호를 보자니 엄살 같아서 눈물이 쏙 들어갔다. 대신 미경은 구미호 옆에 철퍼덕 주저앉아 주머니에서 껌을 꺼냈다.

"언니, 껌 줄까?"

흐엉 울던 구미호가 껌을 보더니, 반색하고는 주먹으로 눈물을 닦으며 이내 히히 웃어 보였다.

"어엉! 껌 줘!"

미경이 하나를 꺼내 건네주자 구미호는 은박을 부랴부랴 벗겨

껌을 입에 넣고는 챱챱챱 소리 내어 씹기 시작했다.

"껌은 삼키는 거 아냐. 삼키믄 안 돼."

이렇게 말하며 언제 울었냐는 듯 히히 웃어가며 껌을 씹었다. 미경도 껌 하나를 입에 넣고 질겅질겅 씹기 시작했다. 아직도 콧물이 나서 콧물과 껌이 뒤섞여 맛은 요상했지만, 씹어 삼켜버릴 기세로 질겅질겅 씹기 시작했다.

"맛있어?"

미경이 껌을 씹는 모습을 보더니 구미호 언니가 눈을 동그랗게 뜨고 물었다. 그 모습에 미경은 왠지 웃음이 터져 나왔다. 크하하, 미경이 웃자 구미호 언니는 더 큰 소리로 입을 쩍 벌려 입에 든 껌이 다 보이도록 하하하 웃었다. 웃음이 동그라미라면 동글동글 피어올라 회오리를 일으키며 하늘까지 닿을까 싶었다. 웃음 회오리에 놀랐는지 이제 제법 어두워진 밤하늘에 별님들이 하나씩 눈을 번쩍 뜨고 뭔 일이지? 살피고 다시 감고 그렇게 깜박이는 것 같았다.

옆집 아저씨의 용달 트럭으로 보이는 차의 전조등이 멀리 길에 나타났을 때 미경은 남은 껌을 모두 구미호 언니에게 주고는 여우고개에서 내려왔다. 엄마는 언니와 함께 창백한 얼굴에 입을 굳게 다물고 집으로 돌아왔다. 엄마, 언니와 함께 집으로 들어오니 아버지는 현관문을 열어놓고 마루에 엎어져 쿨쿨 자고 있었다. 옥자만 개집에서 고개를 삐죽 내밀었다. 개집 안에서 옥자가 격하게 꼬리를 흔드는지 탁탁탁, 꼬리가 개집 벽을 치는 소리만 들렸다. 마치 잠든 아버지를 깨우면 안 되는 걸 아는 양, 옥자는 짖지 않고 주둥이만 내민 채 꼬리만 저리 격렬하게 흔들어 댔다.

"유리 깨진 건 내일 치우자. 미영이는 옥자 밥 좀 주고 미경이랑 둘이 저녁 먹어."

엄마는 지친 얼굴로 마루에 잠든 아버지를 그대로 둔 채 안방으로 들어가 조용히 문을 닫았다.

"나도 배 안 고파."

미경이도 신을 벗고 방으로 들어가 이불을 깔고 누웠다. 입안에 껌이 아직 들어 있었는데, 휴지를 찾아 거실로 나가기 싫어서 그냥 누워 껌을 꿀꺽 삼켜버렸다. 그 소동이 났는데도 잠은 왔다. 엄마를 다시 보니 맥이 풀리며 한 백 년은 잘 수 있을 것 같은 기분이었다.

다음 날 엄마는 아버지에게 말을 걸지 않았고, 미영과 미경도 아버지 얼굴을 안 보고 아침을 먹는 둥 마는 둥 아버지를 피해 학교에 부랴부랴 가 버렸다. 하교 후 집에 와서 가방을 벗자마자 전화벨이 울렸다. 아버지가 도장을 집에 두고 와 은행에서 결제 대금을 찾을 수 없으니 도장을 보내라고 집에 전화했다. 엄마는 "알았어요." 하고 한마디만 하고 전화를 끊더니, 미경에게 아버지가 일하는 목재소로 도장을 갖다 드리라고 했다. 미경도 아버지 얼굴을 보고 싶지 않았으나, 흰 팔에 붕대를 칭칭 감은 엄마가 "갔다 올래?"라고 묻자, 어쩔 수가 없었다. 미경은 엄마가 도장을 넣어준 보조 가방을 들고 집을 나섰다.

아버지의 목재소는 마을 반대편 끝에 있었다. 목재소의 톱밥 냄새가 좋았고 자질구레한 나무토막을 주워서 놀기도 딱 좋았지만, 계집애가 혼자 목재소에서 노는 거 아니라고 아버지가 언제부터인가 미경을 쫓아내서 자주 갈 수는 없었다.

"시커먼 사내자식들 일하는 데 여자애 혼자 오는 거 아냐. 특히, 아빠 없을 때에는 코빼기도 비추지 마. 알았지?"

이렇게 아버지가 미경을 붙들고 단단히 말한 이후로는 거의 가지 않았다. 엄마도 아버지 말이 맞다고 했기 때문에 어쩔 수가 없었다. 위잉. 목재소 안은 나무를 자르는 전기톱 소리가 시끄러웠다. 아버지가 서넛 직원들과 같이 누구는 목재를 붙들고, 누구는 전기톱을 움직이며 일하고 있었다.

미경은 아버지 눈에 띌 만한 각도에 가만히 서서 아버지를 바라보았다.

"사장님, 따님 왔네요."

목재소 직원 하나가 미경을 가리키며 아버지에게 큰 소리로 입 모양을 만들며 말했다. 잠시 후 아버지가 전기톱을 내려놓고 얼굴에 쓰고 있던 고글을 벗었다. 그런데 아버지의 왼쪽 눈두덩부터 뺨까지 손톱자국이 길게 나 있었다. 미경이 놀라서 심부름 온 것도 잊고 아버지 얼굴을 쳐다보며 가만히 있자, 아버지가 허리춤에 차고 있던 수건으로 땀을 닦으며 별스럽게 친절히 말했다. 마치 친절한 말투로 개를 걷어차고 유리창을 깨고 엄마를 다치게 한 폭력을 덮을 수라도 있는 양 친절했다.

"우리 작은 공주 왔네. 도장 가져왔어?"

미경은 아무 말도 못 하고 고개를 끄덕이며 보조 가방에서 도장을 꺼내어 아버지 쪽으로 내밀었다. 윤 씨 아저씨가 다 자른 목재를 다른 쪽으로 옮겨가며 킬킬 웃었다.

"사장님 내외 부부 싸움에 작은딸이 놀랐나 보네. 아따, 그 집 여자들은 기가 센가 봐. 아무리 그래도 그렇지 남자 얼굴을 저렇게 그어놓나그려."

아버지는 민망하다는 듯 손사래를 치며 답했다.

"장가도 안 간 놈이 남의 부부 싸움을 놓고 뭐 이러쿵저러쿵 말이 많아?"

그러고는 미경을 다시 내려다보았다. 입에서 말이 안 나와 고개를 푹 숙여 인사를 하고 집으로 가려는 미경을 아버지가 다시 불러 세웠다.

"미경아, 이거 가지고 맛있는 과자 사 먹어라, 응?"

그러면서 웬일로 천 원짜리 지폐 여러 장을 미경의 손에 구겨서 쥐여 주었다. 미경은 지폐를 쥐여 주려 몸을 굽힌 아버지 얼굴에 난 손톱자국을 보며 다시 얼어붙어 있었다. 아버지는 미경의 손에 지폐를 얹어 손가락을 말아 주먹 모양으로 지폐를 쥐게 하고는 미경이가 아주 귀엽다는 듯이 엉덩이를 통통 두드렸다.

"자, 가봐. 초코바도 사 먹고, 아이스크림도 사 먹고 그래, 알았지?"

미경은 주먹 쥔 손을 풀 생각도 못 하고 쏜살같이 집으로 달려왔다. 집으로 달려와 건넌방으로 달려가 문을 벌컥 열었다. 어릴 때 가지고 놀던 인형들은 피아노 위에 죽 놓여 있었다. 펭귄 인형이 없었다.

여름 방학이 지났다. 미영과 미경은 방학 동안 서울 이모네 집에 가 있었다. 신축 아파트 단지인 이모네 집에서 엘리베이터를 타고, 사촌들과 남산에 가고, 수족관에 가고, 한강변 수영장에도 갔었다. 한 달이 쏜살같이 지나 개학 삼 일 전에야 미경은 집으로 돌아왔다. 돌아온 다음다음 날 밤 잠을 자다 마당에서 두런거리는 소리, 낑낑거리는 소리에 얼핏 잠을 깼으나 잠을 떨치고 일어날 수가 없어서 그대로 다시 잠들어 버렸다.

다음 날 아침 일어나자 분위기가 이상했다. 엄마가 통통 부은 얼굴로 아무 말도 없이 밥을 푸고 있었다. 미경이 주춤거리며 밥상에 앉자, 미영 언니가 물을 따라주며 말해주었다.

"간밤에 옥자가 새끼를 낳았는데, 다 죽었어."

미경이 놀라서 큰 소리로 물었다.

"왜 죽었어?"

"그건 모르겠어. 두 마리는 죽어 나왔고, 두 마리는 조금 꿈틀거리다가 굳어버렸나 봐."

언니가 엄마 눈치를 살피며 대답해주었다.

"그런데 옥자가 죽은 새끼를 못 치우게 해."

미경의 눈이 동그래졌다.

"니들은 신경 쓰지 말고 밥 먹고 학교나 가. 엄마가 옥자는 어떻게 할 테니까."

엄마가 퍼온 국을 상에 놓아주며 말했다.

"엄마는 밥 안 먹어?"

언니가 물었다.

"있다가, 옥자한테 쇠고깃국이라도 끓여서 먹이고."

엄마가 그렇게 말하며 냉동고에서 얼린 소고기를 꺼내었다. 미경은 밥이 넘어가지 않아서 수저를 드는 둥 마는 둥 하고는, 가방을 메고 나섰다. 옥자는 개집 안에서 나오지 않고 있었다. 옥자야, 하고 불러보고 싶었지만, 꾹 참고 미경은 어깨를 축 늘어뜨리고 학교로 향했다. 집으로 돌아오니 엄마가 쇠고깃국으로 옥자를 개집 밖으로 불러내어 옥자가 먹이를 먹는 동안 죽은 새끼들을 거두어서 뒷산 어딘가에 묻어주었다고 했다. 미경을 보자 옥자가 꼬리를 힘없이 흔들었다. 좋다고 여느 때처럼 묶인 줄이 팽팽해지도록 뛰어오르며 꼬리를 치지 않았다. 미경은 옥자 옆에 쭈그리고 앉아 한참 동안 옥자를 쓰다듬어 주었다. 새끼들 다 죽어서 슬프지? 이런 말은 할 수가 없었다. 말귀를 못 알아듣는 개한테도 그런 말은 왠지 할 수가 없었다. 그냥 말없이 미경은 옥자를 쓰다듬어 주었다. 옥자는 눈이 게슴츠레해지며 미경의 손을 묵묵히 받고 있었다. 그러면서 저 멀리 어딘가를 보고 있었다. 바람이 불어와 옥자의 털이 부스스 일어나는 걸 미경은 잠자코 보며 가만히 가만히 한참을 옥자를 쓰다듬어 주었다.

며칠 후였다. 미경은 학교를 다녀오던 참이었다. 동네 어귀에 사람들이 웅성웅성 모여 있었다. 어떤 여자의 새된 목소리가 사람들 사이를 뚫고 들려왔다.

"야, 이년아, 이 요망한 년아! 어디 사방에서 남자들을 홀리고 다니며 몸뚱이를 함부로 굴리는 년이 남의 집 귀한 아들 팔자를 망치려고, 그 배를 하고 나타나!"

어른들이 혀를 차며 두 여자를 둘러싸고 있었다. 한 여자가 소리를 지르고, 다른 한 여자의 머리채를 잡아서 땅바닥에 패대기쳤다.

"과자 줬어, 과자, 이거… 이거… 이거…. 시계도 줬어."

구미호 언니였다. 언니가 품에서 시계를 하나 꺼내어 들어 보였다.

"그게 상철이가 준 시계라는 거야? 지금? 어디 시계 하나로 생사람을 잡아? 앞길이 구만리 같은 남의 집 귀한 아들 팔자를 망치려고. 어디서 굴러먹고 누구 씨인지도 모를 애를 배 가지고 와서 어디 감히 상철이 애라고 그러는 거야?"

씩씩거리는 용식이 할머니의 목소리는 점점 격해졌다. 아무도 말리지 않았다. 다음 순간, "으악~." 하고 구미호 언니가 비명을 지르며 배를 움켜쥐었다. 용식이 삼촌 상철이었다. 어디서 나타났는지 잽싸게 사람들을 뚫고 나타나서 쓰러져 있던 구미호 언니의 배를 걷어찼다.

"어서, 미친년이 애먼 사람 붙잡고 모략 질이야? 이년이!"

상철이 또 한 번 걷어차려는 순간, 누군가 달려 나와 상철을 밀었다. 엄마였다.

"아니, 그렇다고 애를 밴 여자를 차면 어떡해?"

엄마가 눈물 섞인 목소리로 외쳤다.

"저 썩을 것들이! 지금 뭔 짓들 하는 거야?"

국밥집의 삼봉할매였다. 읍내 장에 다녀오는 듯 외출용 겉옷을 입고 있었고, 버스 정류장부터 들고 오던 짐은 길 한복판에 던져 놓고 허위허위 달려오고 있었다. 삼봉할매는 달려와 구미호 언니를 감싸 안았다. 구미호 언니가 꺽꺽거리며 배를 움켜쥐고 숨을 몰아쉬고 있었다.

"119 불러요! 이러다 명희, 얘, 큰일 나면 어떡해요?"

엄마였다. 엄마가 부들부들 떨며 사람들에게 외쳤다.

"쳇, 제 서방도 그년이랑 붙어먹었는지도 모르고, 아주 보살 나셨네! 그래. 까놓고 말해서 명희 얘 배 속의 애가 상철이 자식인지, 미영 아빠 자식인지 어떻게 알아?"

용식이 할머니가 가래를 끌어 올려 퉤! 하고 뱉었다. 엄마는 얼어붙었다.

누군가 에워싼 사람 중 하나가 비아냥거리는 소리가 들렸다.

"쟤를 왜 구미호라 부르겠어. 최소 아홉 놈이랑 붙어먹었다니까. 그래서 꼬리가 아홉인 구미호라니까."

"야, 이놈들아!"

삼봉할매가 일갈했다. 그리고 손가락으로 이 아저씨, 저 아저씨를 가리키며 말했다.

"너 이 새끼, 너, 너, 너, 그리고 너, 과자 사주고, 인형 쥐여 주고, 정신 모자란 애 얼러서 니들이 몹쓸 짓한 거 내가 모르는 줄 알아? 좋은 것도 나쁜 것도 모르고 과자만 주면 히히거리는 애한테 니들이 뭔 짓을 한 거야, 응? 이 천벌 받을 자식들아. 배 속의 애가 누구 애든 사람한테 이러면 되냐고? 응?"

"증거 있어? 증거 있냐고? 댁이 봤냐고? 누구 앤지 몰라도 그렇게 미친년이랑 그 애가 귀하면 삼봉할매나…."

용식이 할머니가 핏대를 올리며 댓거리를 하는 중에, 무리 중에 누군가 비명을 질렀다.

"저 피! 어떡해?"

돌아보니 구미호 언니의 치마가 뻘건 피로 젖어 들고 있었다.

"빨리 안으로 옮겨! 그리고 119에 전화해. 얼른 오라고 해!"

삼봉할매가 멍청히 서 있는 남자들 몇 명에게 피 흘리는 구미호 언니를 들어서 자기 집으로 옮기라고 시켰고, 누군가는 전화기를 붙들고 통화를 시작했다. 용식이 할머니는 우황청심환을 가져오라 며 자기 집으로 발걸음을 옮겼고, 사람들이 하나둘씩 흩어졌다. 핏 자국이 남은 골목에는 엄마와 미경만 서 있었다. 엄마는 아직도 얼 어붙어서 멍하니 핏자국을 보고 있었다. 그러다 엄마는 미경을 못 보았는지, 아니면 그 자리에 있는 걸 잊었는지 몸을 돌리더니 집 쪽으로 터덜터덜 걸어갔다.

미경은 어디로 가야 하는지 알 수가 없었다. 한 발자국씩 걷다 보니 문구점 앞이었고 아이들이 쪼그리고 앉아서 하는 미니 오락 기 두 대 앞에 엉덩이를 걸칠 수 있는 발판이 있었다. 미경은 거기 걸터앉았다. 머릿속에 회오리바람이 부는 듯했다. 모든 것이 회오 리에 휘말려 뱅뱅 돌고 있었다. 구미호 언니, 용식이 삼촌과 친구 들, 아빠, 옥자, 옥자의 죽은 새끼들, 용식이 할머니… 덜덜 떨리는 손을 어찌할 수가 없어서 주머니에 넣었다. 손끝에 무언가 단단한 게 닿았다. 떨리는 손으로 꺼내어 보니 구미호 언니가 준 색 돌이었다. 너무 예뻐서 매일 주머니 속에 넣고 다니던 색 돌이었다. 여름 전에 이 조끼 주머니에 넣어두고 잊어버렸던 거였다.

미경은 한참이고 색 돌을 바라보고 있었다. 어디부터 붉은색이 시작되어 퍼져 나가 멈추고 푸른색과 어우러져 보라색을 내는지, 작은 돌 안에 영롱하게 여러 색이 깃든 게 마치 무지개를 품은 돌 같았다. 시간이 얼마나 지났을까. 사방이 어둑어둑해지기 시작했다.

"명희야, 안 돼, 안 돼!"

삼봉할매의 목소리였다. 구미호 언니가 피가 그대로 묻은 차림으로 삼봉할매 집에서 나오고 있었다. 그런데 손에 피투성이인 무언가를 들고 있어서 거기에서 피가 뚝뚝 떨어지고 있었다.

"구미호가 간 빼먹었나 봐!"

누군가의 새된 외침에 삼봉할매 집 앞에 모여서 두런대던 아이들이 우와악! 하고 소리를 지르며 물러섰다. 미경이 자리에서 일어나 구미호 언니 쪽으로 가려는 순간, 구미호 언니는 피가 뚝뚝 흐르는 무언가를 손에 들고 다리를 끌며 허위허위 달려갔다. 그렇게 동네 밖으로 달려갔고, 다음 순간 끼익, 통, 하는 소리가 들렸다. 어둑어둑한 무렵이라 멈추어 선 트럭과 그 앞에 자루처럼 쓰러진 허연 사람의 형상만 보였다. 어디선가 구급차 삐뽀삐뽀 소리가 들려왔다. 그다음은 미경은 기억이 나지 않았다. 집에 어떻게 왔는지, 누가 데려온 건지, 제 발로 걸어와 집에서 잔 건지조차 기억나지 않았다.

미경은 꿈을 꾸었다. 꿈에서 미경은 개천 바닥 아래에 있었다. 몸을 움직일 수가 없었다. 내 몸이 돌같이 굳었어! 이렇게 생각한 다음 순간, 주변에서 왁자글왁자글 소란스러운 소리가 들렸다. 돌아보니 동네 사람들이 모두 개천 바닥에 모여 있었다. 사람들인데 모두 또 돌들이었다. 용식이 할머니도 돌, 용식이 삼촌도 돌, 아빠도 돌이 되어 있었다. 자신도 돌 틈에 끼어 돌이 되었다는 생각에 미경은 눈물을 흘렸다. 다음 순간, 개천 너머 저쪽 하늘이 환해지며 무지개가 하늘에 걸렸다. 바스락거리는 소리가 들려 바라보니, 구미호 언니가 개천가에 서 있었다. 언니는 피를 흘리며 서서는 뒤에 달린 꼬리를 하나하나 신음을 내며 잘라냈다. 마지막 꼬리를 잘라내자 무지개다리가 언니가 선 자리까지 뻗어왔다. 구미호 언니의 몸이 말갛게 씻겨 나가며 언니는 환하게 빛나고 있었다. 언니는 품에 하얀 토끼 인형 하나를 안고는 무지개다리를 건너기 전 돌아보았다. 돌들이 닥다굴 소리를 냈다. 동네 사람들이 "구미호야, 구미호"라고 속삭이는 소리였다. 미경이 문득 구미호 언니를 불렀다.

"명희 언니!"

처음으로 구미호 언니의 진짜 이름을 불렀다.

그러자 명희 언니가 환하게 웃으며 미경을 쳐다보았다. 그리고 이렇게 말했다.

"색 돌을 주우러 올게."

그리고 명희 언니는 몸을 돌려 무지개다리에 발을 디디고는 다리를 건너 저 멀리 저 멀리 가고 있었다.

조
이
스
박

글 작가

동화를 여성주의로 다시 읽은 『빨간 모자가 하고 싶은 말-꽃 같은 말만 하라는
세상에 던지는 뱀 같은 말』과 영시 에세이집 『내가 사랑한 시옷들』을 집필하고
여성 연설문집 『그렇게 이 자리에 섰습니다』를 번역했다. 영어교육가이자 에세이 작가 및
번역가, 그리고 성평등을 포함한 다양성 강연가로 활동하고 있다.

꼬리가 아홉인 이유

옛날에는 동네마다 미친 여자가 한 명씩 있었다

내가 본 미친 여자들은 머리를 산발하고 꽃을 꽂고 다 닳아빠진 빗자루를 휘두르며 다녔다. 아이들이 따라다니며 "얼라리 꼴라리~" 하고 놀리면 그 빗자루를 휘둘러 쫓으며 히히 웃었다. 어린 시절에는 아무것도 몰라서 서커스 광대라도 본 줄 알았다.

그러다 커서, 이문열의 소설 『아가雅歌』를 읽게 되었다. 젊은 시절 시골 마을을 회상하며 제법 향수에 젖어 회고하는 형식으로 쓰인 이 소설을 읽고 나서 나는 토할 것 같았다.

머리가 모자라고 신체장애가 있어서 왜소하고 몸이 굽은 여주인공을 남성 관찰자 시점으로 쓴 이 소설은, 머리가 모자라는 장애인 여성을 어떻게 작은 마을의 남성들이 돌아가며 추행하며 즐거워할 수 있는지를, 마치 아스라하게 그리운 추억을 회고하듯이 묘사하고 있었다. 특히, 여주인공이 사타구니가 가렵다고 주인공에게 호소하자 어느 언덕인가에 가서 발가벗고 가랑이를 벌리고 햇볕을 쐬라고 알려준 후, 또래 친구들과 숨어서 말해준 그대로 하는 장애 여성을 바라보며 즐거워하는 장면이 가장 충격적이었다. 어떻게 한 사람이 다른 사람을 고작 희롱거리로 삼으며 이렇게 모욕할 수 있는지, 가상의 일이건 실제 있었던 일이건 이런 일을 어떻게 '아가'라는 그리운 추억담처럼 글로 쓸 수 있는지 도저히 이해할 수가 없었다. 그리고 몇 번에 걸쳐 사회면 뉴스에 실린 어느 동네의 지적 장애 소녀 혹은 성인 보호자가 없거나 있어도 제대로 역할을 못 하는 환경의 소녀들을 성인 남자 몇 명이 어떻게 상당한 시간 동안 유린했는지 몇 번이고 접하게 되었다.

'구미호'라는 존재에 의문을 품게 된 건, 역사 속의 '마녀'라는 존재들을 들여다보면서부터였다. 13세기경부터 시작되어 마지막 마녀사냥이 이뤄진 18세기까지 위용을 떨쳤던 서구 유럽에서의 '마녀사냥'을 들여다보며 놀란 건, 게르만 부족 사회가 어떻게 기독교 가부장 문화를 만나, 여성들의 지식과 권력을 어떻게 효율적으로 제거해갔는가 하는 점이었다. 지금까지도 마녀의 이미지로 남아 있는 건, 커다란 솥에 이러저러한 약초와 동물들의 일부 부위를 넣고 끓이며 젓는 모습이다. 이 모습은 딱 부족 사회 시절 약초에 대한 지식을 지녔던 메디슨 우먼Medicine Woman의 모습이다. 이들이 마녀의 원형적인 이미지가 된 이유는, 가부장 제도가 이들을 가장 적극적으로 제거하고 싶어 했기 때문이었다. 이 여성들이야말로, 출산과 낙태와 피임에 대한 지식으로 여성들을 도와주던 힘을 가진 여성들이었고, 유전자 감별도 없던 시절 내 여자가 낳은 아이가 진짜 내 아이인지 알 수 없다는 근원적 공포에 시달리던 남성들은 이 메디슨 우먼부터 제거 대상으로 삼았다. 물론 더불어서 다른 여성들도 같이 제거되었다. 주로 나이 들고 더는 아이를 생산할 수 없어 남자들에게 그 효용 가치가 없다고 판단되는 여성, 재산이 있어 목소리를 내는 여성들이 타깃이 되었고, 악마화되어서 효율적으로 제거되었다.

거울이 된 여자들, 신성하거나 처참하거나…

이러한 마녀사냥과 더불어, 다른 한쪽에서는 여성에 대한 대상화 작업이 동시에 진행되었다. (영어로 man은 인간이자 남성이라는 뜻이니) 남성만이 인간인 시대 르네상스에, 인간 남성이 신 앞에 개인으로 서고자 하는 의식의 발달 과정에서 여성은 부산물로 동원되는 일이 벌어졌다. 인간 남성은 주체로 서기 위해 자신을 비춰 볼 대상—거울—이 필요했다.

여성의 대상화가 그렇게 시작되었다.

이탈리아 르네상스의 세 명의 거두 중 한 명인 페트라르카는 소네트에서 역사상 처음으로 한 여성, 라우라Luara에 대한 신성에 가까운 사랑을 읊었고, 또 다른 한 명인 단테는 베아트리체Beatrice를 마찬가지로 신성시하며 불멸의 숭고한 사랑을 읊어댔다. 화장실에 가지도 않는 신성한 존재들로 여성을 그렸을 뿐 아니라, 이 두 남자는 이 여성들과 말도 한 번 제대로 못 해보고 손도 잡아보지 못한 상태였다. 이러한 비현실적인 신성화는 좋은 일이 아니다. 이역시 여성을 참담하게 가둔다. 화장실도 안 갈 것 같은 여성이라는 이미지에 갇히면 여성은 자신의 육체를 긍정할 수가 없게 된다.

현재 여자 화장실에 몰카를 설치하고 여성들이 배설하는 행위를 지켜보며 즐기는 남자들이 존재하는 이유도 이 신성화 때문이다. 차마 자신들은 만질 수도 없는 여성들의 신성을 농락하는 기분이 들어서 위안을 받는다나?

여성과 함께 대상화 된 것은 자연이다. 낭만주의 시대에 접어들면, 처음으로 자연 속에 홀로 선 여성을 관찰하며 대상화하고 자신이 느끼는 감정을 자연과 여성에게 투사하는 남성 화자가 등장한다. 역사적인 의의로 따지자면야, 프랑스 대혁명에서 신의 대리자인 왕의 목을 치는 것을 직접 보고 돌아온 피 끓는 이십 대 젊은

이인 윌리엄 워즈워드William Wordsworth는 영국의 왕정을 폐지하자는 정치적인 주장은 일절 없이, 『서정 담론Lyrical Ballads』이라는 시집을 사무엘 코울리지Samuel Coleridge와 함께 출간하는 행보를 보인다. 낭만주의라고 생각하면 사랑 시와 동일시하는 후대의 우리에게는 이 행보가 매우 이상하게 보이나, 실제로 이는 너무도 혁명적인 행보였다. 신의 대리자인 왕이라는 개념은 하나님 앞에선 '백성'이라는 개념과 등치되면서 인간을 집단의 일부인 존재로밖에 자각하지 못하는 인간의 자기 인식을 여실히 보여준다. 신의 대리자인 왕이라는 개념은 어찌나 강력했던지, 16세기 셰익스피어의 희곡을 읽다 보면 '왕의 손은 의사의 손'이라는 구절까지 나온다. 현대에도 가끔 역사물 영화 등을 보면 종종 등장하는 장면, 아픈 아이를 안고 나와 왕이나 왕족에게 손을 얹어달라고 청하는 모습은 그냥 아이에게 손을 얹어 축복해달라는 의례적인 행위가 아니라, 진짜로 왕의 손이 사람의 병을 낫게 한다는 믿음에 기반을 둔 행위였다. 이 믿음은 18세기까지도 이어져서, 프랑스에서 돌아와 왕위에 올랐던 찰스 2세는 국고가 비자, 자신의 손 모양을 찍은 메달을 만들어 귀족에게 판 적도 있다. 병을 고쳐주는 왕의 손이니 사라고 강매를 한 셈이다. 이 정도로 사람들은 인간을 집단의 일부로 인식을 했다. 그리고 왕은 그러한 집단을 대표하는 자이자, 신이 지정한 신의 대리자라는 개념을 가지고 있었다.

손끝 하나 닿지 않은 그들의 잔인한 낭만

낭만주의 시대 이전의 시대를 문학에서는 이성의 시대[Age of Reason]라고 부른다. 사람들이 너무도 이성적이어서 이성의 시대가 아니었다. 이성적이지 않은 것에 대한 두려움이 너무도 커서 이성에 집착했기에 이성의 시대였다. 두려웠기 때문에, '비이성' 혹은 '비정상'이라고 규정되는 것들을 모아서 정부가 정신병원[Asylum]을 만들어서 정신병자들을 수용하고 관리하기 시작한 시대이기도 했다.

그렇다면 무엇을 비정상이고 정신병이라고 규정했는지를 보면 아마 현대인들은 경악할지도 모르겠다. 18세기에 나온 사전을 찾아보고, 18세기의 대표적인 이성으로 꼽힌 인물들이 한 말을 들여다보면 무엇이 비정상이었는지를 알 수 있다. 새뮤얼 존슨[Samuel Johnson]은 1921년 우리도 모두 다 아는 옥스퍼드 영어사전[OED]이 나오기 전까지 정전[Canon]으로 여겨져서 좀 사는 집이면 집마다 비치하고 있던 사전[A Dictionary of the English Language]을 혼자 7년에 걸쳐 집필한 천재이다. 이 사전에서 'Melancholy'와 같은 개인의 감정을 나타내는 단어들은 정신병[Mental disease]이라고 정의가 되어 있다. 고독[Solitude]과 같은 단어들 역시, 집단에서 떨어져 혼자 서 있는 인간이라는 점에서 비정상적이고 부정적인 행위로 18세기에 많이들 묘사하고 있는 글들을 찾아볼 수 있다.

이러한 배경에서 한참 젊은 윌리엄 워즈워드가 「외로운 추수꾼 Solitary Reaper」과 같은 시를 담은 『서정 담론』을 출간했으니 정말 가히 혁명적인 일이 아닐 수 없었다. 외롭게 자연 속에서 홀로 추수를 하는 아가씨를 묘사하고 있는 이 시는, 자연과 여성을 이중으로 대상화하는 쾌거를 올리면서, 남성 개인이 느끼는 감정, 외롭다, 그립다, 아름답다, 아련하다 등의 감정을 모두 다 투사하고 있고, 그렇게 여성은 자연과 더불어 비로소 자기감정의 주인이 된 남성 개인의 감정을 투사당하는 대상이 되었다.

치명적인 여성, 팜므 파탈Femme fatale이 처음 등장한 것은 후기 낭만주의 시에서부터였다. 자연 속에서 홀연히 나타나 남자를 꾀어서 넋이 나가게 해서 망치는 그런 여성이 영국에서는 존 키츠John Keats의 「자비가 없는 아름다운 아가씨La Belle Dame Sans Merci」에 등장한다. 이해할 수 없는 불가지의 존재에 비합리적이고 통제할 수 없는 대상으로 여성과 자연은 이렇게 하나로 융합된 이미지가 된다. 이 자연 속에서 나타난 남자를 홀려 파멸시키는 이미지가 바로 중국과 한국의 구미호의 이미지와 일맥상통한다. 대체 여우가 위험하면 얼마나 위험한 동물이기에, 여우는 이렇게도 여성형으로 의인화되어서 숱한 전설과 민담에 남았는지 새삼 궁금해지는 지점이 아닐 수 없다.

"여자가 꼬셔서 그렇지."

"여자가 옷을 야하게 입어서 그렇지."

구미호가 실존하지 않는다는 것을 초등학교 다니는 꼬맹이들도 아는 21세기에 살면서도 우리는 이런 말들을 종종 듣는다. 여성이 성폭력을 당하는 사건들이 종종 터지면, 가해자가 혹은 구경꾼들이 아직도 여자가 남자를 홀려서 남자의 인생을 망쳤다는 그런 터무니없는 말을 한다.

호랑이가 담배를 피우고, 구미호가 실재한다고 문자 그대로 믿는 이들이 많았던 그 옛날에는, 구미호는 실재했던 것이 아니라, 성폭력을 당한 어느 여성이, 동물들과 마찬가지로 목소리를 낼 수 없었던 여성이 구미호로 몰리고도 남았겠다는 그런 생각이 들면서, 비로소 이 구미호 전설을 다시 보게 되었다. 더군다나 한 마을에 한둘씩은 꼭 있게 마련인 모자란 약자들. 신체에 장애가 있거나, 지적인 능력이 떨어지거나, 보호해줄 성인이 없거나 하는 그런 약자 중에서 성별이 여자인 경우, 공공연한 성폭력의 대상이 되는 일은 불과 수십 년 전 흔하게 벌어졌던 일이고, 지금에도 벌어지고 있는 일이라는 현실을 짚어보지 않을 수 없었다.

전설과 민담 속 여성 괴물들의 대부분은 가부장제도하에서 남성이 통제할 수 없는 공포를 투사한 존재이거나 자신들이 가해한 폭

격을 뒤집어씌운 피해자인 경우가 많다. 이는 문둥병 환자가 특이한 병에 걸린 약자로 소외당하다가 어느 순간 아이들 간을 빼먹는 괴물로 회자되는 방식과 유사하다.

구미호는 없다, 고약한 아홉 가지 이유만 있을 뿐…

사실, 현대에는 새로운 여성 '괴물' 아이콘들이 등장했다. 남자들을 억울하게 만드는 꽃뱀과 김치녀, 된장녀가 바로 그 아이콘이다. 남자를 유혹해서 파멸시키는 요부였다가 돈을 밝히는 속성이 추가된 것은 전적으로 20세기 이후 자본주의 사회가 가파르게 성장하면서 벌어진 일이다.

『위대한 개츠비』의 데이지와 같은 여성들이 바로 그러한 새로운 여성 괴물, 새로운 나쁜 여성의 아이콘으로 대상화된다. 그러나, 산업화가 급격하게 진행된 한국에는 김치녀와 구미호가 혼재한다. 얄밉게도 자신을 방어하는 목소리를 낼 수 있는 여성들은 꽃뱀이라는 이름이 뒤집어 씌워지고, 자신을 방어하는 목소리를 전혀 못 내는 철저한 여성 약자들은 구미호라는 이름이 뒤집어 씌워진다.

이 시점에서 구미호의 이름을 다시 부르는 일은, 목소리조차 내지 못하는 약자 중에서도 약자, 여성 장애인, 여성 고아 등등의 방식으로 소수성이 중첩된 약자들을 옭아매는 오래된 저주에서 풀어

주기 위함이다. 구미호는 없다. 구미호라는 고약한 이름으로 불리던, 목소리 없는 여성들만 있었을 뿐이다. 왜 구미호는 수컷이 없는지만 생각해도 뻔히 보이는 사실을 그 누구도 이제 부정하지 못하도록, 이 글을 쓴다. 헛된 이름들을 배척하자고 외치는 연대를 만들기 위해, 이 글을 쓴다.

"

은혜를 갚으려거든
뭐라도 네 것을 내줬어야지.
왜 우리 엄마의 인생을
통째로 갖다 바쳐?

"

페미니즘으로
다시 쓰는
옛이야기

IV

하늘 재판 극,
고통을 벗고
날개옷을 입다

하늘 재판 극,
고통을 벗고 날개옷을 입다

| 등장인물 |

마야_설화의 맏딸. 17세.

설화_날개옷을 되찾은 선녀

나무꾼_마야의 아버지

나무꾼의 모_마야의 할머니

사슴

옥황상제

신하

선녀 1, 2

마야의 속사람들_내면 가부장, 밀어붙이는 자, 돼지

1장_ 숲속 '질주하는 마야'

질주하는 사슴 한 마리. 그 뒤를 바짝 쫓는 마야, 남장하고 있다.
숨 막히는 쫓고 쫓김이 한동안 이어진다. 저 멀리 들려오는 도끼질

소리. 용케 마야의 시선을 따돌린 사슴, 도끼질 소리를 따라 나무꾼이 있는 방향으로 향한다. 나무꾼이 벗어놓은 나무 등짐 속으로 뛰어든다. 둘은 이 상황이 익숙한 듯, 재빠르게 눈짓을 주고받는다. 활을 든 마야가 달려온다.

나무꾼   (천연덕스럽게) 사슴 쫓소?

마야   (거친 숨을 어쩌지 못해 고갯짓으로 대답한다.)

나무꾼   (애먼 곳을 가리키며) 저~어기 저쪽으로 냅다 뜁디다.

마야   고맙습니다. (나무꾼의 얼굴을 알아보고 깜짝 놀라 황급히 몸을 돌린다.)

나무꾼   잠깐! 계집이오?

마야   (멈추어) 사냥꾼이요.

나무꾼   낯이 익소. 어디서 봤지? (상대의 반응이 없자) 아니요, 어서 가보쇼.

나무꾼이 가리킨 쪽으로 내달리는 마야, 나무꾼의 시선은 한참 동안 마야를 좇고, 사슴이 어슬렁거리며 나온다.

사슴   하…. 너무 오래 살았어 내가. 하다하다 이제는 저 어린 년까지…. (가래침을 요란하게 뱉고 뿔을 매만진다.) 아 뿔존심

상해 (비아냥거리며) 형님, 형님네 세상은 질서가 없어서 참 좋겠소. 아주 엉망진창이여.

나무꾼 (멀어지는 마야에게 눈을 떼지 못한 채) 눈매며 입매, 뒤태까지 빼다 박았네.

사슴 뭘 빼다 박아… (누군지 이내 알아보고) 어, 저 계집이 선남이? 맞네. 뒤태가 그냥 딱 지 엄마네. 형님, 쟤는 저 위에 있어야 하는 거 아니유? 우째 땅 바닥을 뛰댕겨?

나무꾼 처녀 다 됐네. (등짐을 멘다.)

사슴 모전여전. 독종들이여 독종. (오싹거리며 몸을 떤다.) 사내놈들보다 활도 더 잘 쏘고 뜀박질도 더 빨라. 내가 한 박자만 놓쳤어도 저승사슴 볼 뻔 했슈.

나무꾼 내려가서 술 한잔해야겠다. (발걸음이 무겁다.)

사슴 얼래, 주막에 들릴 새가 어딨대? 새장가 갔으면 땅거미 지기 전에 싸게싸게 색시 품으로… (멀어져 가는 나무꾼을 향해) 형님, 이번에는 마누라 너무 믿지 마. 또 냅다 튈라. (히죽거리며 퇴장)

어둑해진 숲속. 창백한 달빛 아래 다시 돌아온 마야의 손에는 피 묻은 자루가 들려 있다.

마야   (방백) 아들 마중하라고 선남이. 네, 이름값은 했지요. 어머니가 한날한시에 사내아기 둘을 낳았거든. (마치 나무꾼이 옆에 서 있는 것처럼 그쪽을 향해) 이제는 선남이 아니고 마야예요, 마야. 저 위에선 다들 그렇게 불러. 아버지.

부엉이 소리가 숲의 적막을 깬다. 마야는 그 부엉이와 대화한다.

마야   아버지가 그립지 않았냐고? 너도 그게 궁금해? 하긴 잊을 만하면 다들 한 번씩 그렇게 묻더라. (쓴웃음을 지으며 자루에 손을 넣는다. 뿔을 꺼내 들고 한참 바라본다. 애써 밝은 표정을 지으며 하늘을 향해 큰 목소리로) 어머니, 이거 좀 봐요. 좋은 거 구했어요. 저 금방 가요.

2장_ 천궁 재판소 '맞고소'

무대 밝아지면, 옥황상제가 옥좌를 붙잡고 스트레칭을 하고 신하는 구름 속에서 고소문을 건져 올린다.

상제   몇 건 남았니?

신하   오늘의 마지막 건입니다.

상제 아, 지친다. 이번엔 뭔데?

신하 (문건을 펼치며) 상제님, 이번에는 짐승과 인간의 맞고소 건이옵니다.

상제 요즘 맞고소가 유행이야? 접때는 토끼와 용왕이 서로 사기를 쳤네, 어쩌네! 그 난리를 치더니… 누가 이겼더라?

신하 아, 그 간 사건이요, 토끼가 승소했습니다.

상제 어째 용왕이란 자가 채신머리없이… (혀를 차며, 옥좌에 오른다. 신하가 건네는 문건을 받아들고) 어디 보자… 뭐가 이렇게 길어? 한 놈은 혼례를 목적으로 약취, 유인, 재물손괴, 감금, 성폭력, 가정폭력을 교사한 죄. 아니 교사죄 하나가 뭐가 이렇게 길어?

신하 또 한 놈은 상습폭력 및 상해로 고소되었습니다.

상제 아 얘들, 피곤하네.

신하 고소인들은 어서 들라.

　　사슴과 마야 등장. 사슴은 붕대로 머리를 싸맸고, 마야는 등에 활을 메었다. 둘은 옥좌 앞에 무릎을 꿇는다. 사슴은 억울한 표정으로 숨이 거칠고, 마야는 담담하다.

신하 누가 먼저 고할 것이냐?

사슴 옥황상제님, 지는유 너무너무 원통하고 분하구먼유. 여기 좀 보셔유. 대가리에서 피가 그냥 폭포수마냥 파악 쏟아지고… 저 계집은 쇤네만 보면 눈깔이 휙 돌아가꼬 기냥 막 달겨들어유. 풀이나 뜯고, 나비나 쫓는 쇤네가 뭘 그리 잘못했다고….

상제 (마야에게) 인정하느냐?

마야 뿔만 살짝, 잘랐습니다.

사슴 우리 수컷들은 뿔이 목숨이여 목숨. 이런 꼴로는 짝짓기도 못혀. 야 대 끊기면 니가 책임질 겨? 차라리 모가지를 따지 그러냐?

마야 (차가운 미소로 목을 칼로 긋는 시늉을 하며 위협한다.)

사슴 뭐… 뭐여? 협박, 그거 엄밀한 협박이여. 여기 증인들 있어. (관객들에게) 봤쥬? 똑똑히 보셨쥬?

신하 어허, 이것들이 여기가 어느 안전이라고….

상제 뿔은 왜… 어디에 썼느냐?

마야 어머니 병환이 깊어 약으로 달여 드렸습니다.

사슴 아이구 효녀 났네. 효녀 났어.

마야 낳아주고 길러주신 어머께 효도하는 게 왜, 뭐, 이

상해?

사슴 어, 되게 이상햐. 그 은혜를 왜 내 뿔로 갚지? 어머니가 선녀라서 자식 교육을 그렇게 아름답게 하셨나?

마야 (분개하며) 거기서 왜 우리 엄마가 나와? 뿔이 아니라 다른 걸 잘랐어야 했어.

사슴 (자신의 아랫도리를 보며) 뭐… 뭐시여?

마야 혀 말이다. 혀. 네놈이 그 혀만 놀리지 않았어도….

신하 그 입들 다물라. 감히 여기가 어느 안전이라고.

상제 (신하에게) 쟤 엄마, 선녀야?

신하 왜 있잖습니까? 목욕하러 내려갔다가 실종되었던 선녀요. 다들 산짐승에게 물려 죽었거니 했는데, 어느 날 버젓이 살아 돌아왔잖아요.

상제 그래, 막내 선녀! 이름이… 설화였나?

신하 예, 설화 선녀의 맏딸이옵니다.

상제 아, 그래? (마야를 가리키며) 그럼 쟤는 피가 반반?

신하 예, 반반… 혼혈. 다문화….

사슴 아주 독종이여유. 생채기 간신히 아물어서, 뿔이 요만치 올라오잖아유? 아이고 이제 다시 수컷이 되었구나 하면, 어디서 귀신처럼 나타나… 뿔을 댕강. 댕강. (흐느낀다.)

상제　(마야에게) 너는 어찌 여인의 몸으로 그런 잔혹한 짓을 일삼았느냐? 그것도 부족해서 사슴을 고소한다? 더욱이 선녀의 딸이라면 몸가짐을 더욱 바르게 해야 하거늘….

마야　황공하옵니다. 하지만 뿔이 문제가 아니옵니다. (두 손 모아 애절하게) 소녀, 옥황상제님께 간청드립니다. 부디 시시비비를 가리시어 제 어머니의 원한을 풀어주시옵소서.

상제　원한? 사연이 있는 게로구나. (고쳐 앉으며) 그래 어디 한번 들어보자.

마야　저 사슴이 17년 전에 혀를 잘못 놀려서, 제 어머니와 우리 삼 남매는 고통 속에서 살아야 했습니다. 저놈이 제 아버지를 꾀어 어머니의 날개옷을 훔치게 했고, 억지로 혼인을 하게 만들었다고요! (힘겹고 슬픈 어조로) 그래서 제가 태어났고….

사슴　이게 말이여, 방구여? 아, 참말로 섭하네. 내 덕에 선남선녀의 인연이 맺어졌고, 니들 삼 남매가 그 아름다운 결실 아니여? 나는 내 목숨 살려준 은인한테 보은했을 뿐이고.

마야　태어나서 여태까지 소녀는 단 하루도 마음 편안한 날이 없었습니다. 어머니는… 늘 숨죽여 울고 계셨어요. (무릎을 꿇고 바닥에 엎드려) 다 저놈 때문에 모두가 불행에 빠진 것이니, 저 사슴 놈을 천옥, 아니 지옥 유황불에 던지시옵소서.

사슴 옥황상제님, 쇤네는 그저 억울하옵니다. 저 계집이 아직 어려서 뭘 몰라 그럽니다. (마야를 향해) 원래 땅에서는 다들 그렇게 수컷이 암컷을 어르고 꼬셔서 짝짓기하고, 새끼 낳고, 지지고 볶고… 그려, 뭐가 좀 힘들었나 본데… 그건 니 부모한테 가서 따져야지. 왜 화살을 애먼 사슴한테 돌리고 그려?

마야 은혜를 갚으려면 뭐라도 네 것을 내줬어야지, 왜 우리 엄마의 인생을 통째로 갖다 바쳐?

신하 옳거니! 은혜를 갚으려면 산삼 묻힌 곳을 알려주든가, 아님 네 뿔이라도 잘라 바칠 것이지.

상제 (큰 헛기침. 신하에게 나즈막히 속삭인다.) 야, 중립, 중립!

신하 (얼른 고개를 조아린다.) 황공하옵니다.

마야 너 때문에 우리 어머니, 나와 동생들이 어떻게 살았는지 알아? (격양된다.) 우리 엄마는 하루도 빠짐없이 한숨 쉬고, 눈시울을 붉히셨어. 바로 네놈 때문에! 매일 눈물 짓는 엄마 밑에서 사는 게 어떤 건지 네가 알아? 이 사슴 새끼야!

사슴   (격분한다.) 여인이 운명을 받아들일 줄 알아야지! 선녀 소
         갈딱지가 그런 걸, 내 미처 몰랐다. 미안하다. 됐냐? 아
         가, 솔직히 내가 아니었으면 네가 시방 여기 있겠냐? 내
         덕에 세상천지 구경 왔시면 내 앞에서 절이라도 해야 하
         는 거 아녀?

마야   야, 이 미친… 너 그냥 내 손에 죽자 오늘.(사슴에게 달려
         든다.)

         사슴과 마야의 치고받는 공방전이 펼쳐진다.[1]

신하   (치고받는 둘을 어렵게 떼어놓으며) 이 무엄한 것들! 여기는
         신성한 재판소다.

상제   (독백) 이거 골치 아프게 됐군. (신하에게) 이 자들의 죄상
         을 낱낱이 알아야겠다. 여봐라. 먼저 이 처자의 아비를
         당장 데려오도록 해라.

마야   옥황상제님, 제 아버지와 함께 할머니도 문초하여 주시
         옵소서. 그 둘은 공범이옵니다.

상제   뭐라? 아비도 부족하여 할미까지 이곳에 세우겠다?

---

1) 연출은 마야의 절망과 분노가 잘 드러나도록 이 둘의 공방을 느린 동작으로 보여줄 수 있다.

마야	예, 부디 사실 확인을 위해 불쌍한 제 어머니의 말을 들어주시옵고, 또 17년 전, 함께 목욕했던 선녀들도 모두 부르소서.
상제	허… 이제 하늘의 사람들까지.
마야	소녀, 상제님의 공정한 판결을 오매불망 기다려왔사옵니다. 이참에 우리 집 사정을 다 알고도 눈 감아온 마을 사람들까지 모두 소환하시옵소서. 그들도 알고 보면 한 패이옵니다.
상제	애, 그건 내가 알아서 할게.
마야	허나… (이내 말을 삼킨다.)
신하	이… 이런, 무엄하다!
사슴	거봐유, 얘 미쳤쥬?
상제	(불편한 기색으로) 당돌하구나!
신하	제가 처리하겠습니다. 네 이년!
상제	(신하를 만류한다. 마야에게) 네가 얼마나 억울한지, 내 알겠다.
마야	(황급히 넙죽 엎드려) 황공하옵니다.
상제	아이구… 머리야. (관자놀이를 손가락으로 꾹꾹 누르면서 잠시 생각한다.) 알았다. 곧 네 아비와 할미를 먼저 문책하겠다.

신하	예, 분부 거행하겠나이다.
마야	은혜가 망극하옵니다.

3장_ 마야의 내면세계 '먹고 잊고 질주하라'

단 하나의 의자가 놓여 있다. 의자는 '의식의 자리'를 뜻한다. 마야는 의자의 주인이 되지 못하고 각 속사람, 즉 자아들의 소신과 주장 속에서 혼란스럽다. 이 장에 나오는 마야의 자아들, 즉 내면 가부장, 밀어붙이는 자, 돼지는 서로 의자를 차지하거나 의자의 한 부분이라도 붙잡아 의식의 자리를 차지하려고 계속해서 애쓴다. 마야는 의자로부터 멀리 떨어져 있고, 내면 가부장과 밀어붙이는 자가 다툰다.

내면 가부장	(밀어붙이는 자에게 빈정대며 의자에 앉는다.) 잘했어. 아주 재판장이 쑥대밭이 됐어.
밀어붙이는 자	(의자를 붙잡으며) 잘했지. 내가 사슴 놈이나 조금 겁주고 끝낼 줄 알았어?
내면 가부장	(비꼬며) 아버지, 할머니까지 죄인으로 몰고 가니까 속이 시원하지?
밀어붙이는 자	일어날 일들이 일어났고, 지금 아니면 언제 맺힌 한을 풀겠어?

내면 가부장   그래도 넘으면 안 되는 선이 있는 법이야. 너 때문에 마야가 낳고 키워준 은혜를 모르는 패륜아가 됐잖아? 배은망덕한 계집의 편을 누가 들어줘?

밀어붙이는 자   애초에 넘어선 안 될 선을 누가 넘었는지 따져보자는 거다. 더 늦기 전에.

내면 가부장   뭐 좋은 일이라고 다 지난 일을 들춰내? 집안 망신도 유분수지.

밀어붙이는 자   남 눈 걱정은 너 혼자 하시고요. (내면 가부장을 의자에서 밀쳐내고 자리를 차지한다. 마야를 향해 냉혹한 표정으로) 나는 말이야. 오늘 너무 아쉽네. 이런 절호의 기회가 왔을 때, 그들의 죄상을 좀 더 또박또박, 조리 있게 고해야지. 그깟 사슴 놈과 다툼이나 하고. 이러면 우리가 불리해져. 네가 성격적으로 문제가 있는 걸로 몰릴 수가 있다고. 마야, 정신 똑바로 차리고 우리 앞으로 제대로 하자. 응?

　내면 가부장과 밀어붙이는 자 사이에서 마야는 초조하다. 마야는 내면 가부장 앞에서 위축되고, 밀어붙이는 자의 말에 발을 동동 구른다.

돼지	(잘 차려진 밥상을 가뿐한 걸음으로 들고 온다.) 아이고 그만하면 됐어. (내면 가부장과 밀어붙이는 자의 등을 떠밀어 가볍게 밖으로 몰아낸다. 돼지의 힘은 몹시 세다. 다정하게 웃으며 마야에게) 아가, 참말로 고생 많았네. 겉으로는 아닌 척해도 내심 얼마나 떨렸간디? (숟가락을 쥐여주며) 어여 먹어. 오늘은 명태전이 아주 맛나. (전을 하나 짚어 마야의 입에 쏙 넣어주고) 자, 밥부터 말자잉?
마야	(내면 가부장과 밀어붙이는 자의 눈치를 본다)
돼지	(음식으로 마야의 주의를 돌린다.) 이거 한번 먹어봐. (마야의 입에 넣어주고) 맛나제? 깨작깨작하면 복 달아나. (막걸리 한사발을 벌컥벌컥 들이키고 입가심을 한다. 마야에게도 한 사발 먹이며) 쭉~ 쭉~ 그려그려.
마야	(긴장을 풀고 정신없이 음식을 입에 집어넣는다.)
돼지	우리 아가는 먹을 때가 제일 이뻐. (노래하듯 흥얼거리며) 먹고 죽은 귀신은 때깔도 곱지요~ 다 먹고살자고 하는 겨~

마야, 먹고 또 먹는다. 내면 가부장과 밀어붙이는 자, 어느새 소리 없이 다가온다.

밀어붙이는 자   (화들짝 놀라 돼지를 밀쳐낸다.) 이걸 다 먹었어? 이 많은 걸? (숟가락을 빼앗는다.) 이럴 겨를이 어디 있어? 다음 재판을 준비해야지. 밤을 새워도 모자랄 판에!

내면 가부장   (밥상을 걷어차며) 밥이 목구멍에 들어가? 집안에 똥칠 해놓고!

마야   (바닥에 흩어진 음식물을 그러모으며) 먹어도, 먹어도 배고 파. (입에 잔뜩 쑤셔 넣고 기괴한 웃음)

내면 가부장   식충년! 저걸 누가 데려가. (혀를 찬다.)

돼지   그려, 아가. 이게 다 마음이 허해서… (마야에게 숟가락 을 다시 쥐여주며) 어여 먹어. 사람은 밥심이여! 저 잡것 들은 내가 맡을랑께. (돌아서서 내면 가부장과 밀어붙이는 자를 매섭게 쏘아본다.)

전투적인 음악과 함께 자아들의 불꽃 튀는 대결이 펼쳐진다. 결 국 돼지의 힘에 둘은 내동댕이 쳐진다. 그와 동시에.

마야   (밥그릇을 내밀며) 더 주세요.

돼지   (숨을 고르며 다정한 모습으로) 그려 아가, 한 상 더 내올 테니께 쪼매만 기다려 잉. (다른 자아들을 노려보며) 저 잡것들이 하는 얘기들은 마음에 담지 말어. 알겠제?

(밥상을 들고 나간다.)

밀어붙이는 자 (비틀거리며 일어나 마야의 어깨를 잡고 흔든다.) 정신 차려. 이럴 새 없어. 마야, 이제부터 나한테 맡겨. 다 내가 알아서 할게.

내면 가부장 새파랗게 어린 계집의 입에서 나오는 말을 누가 믿나?

밀어붙이는 자 내 말이! (마야의 등을 어루만지며) 너 이러는 거, 사람들이 절대 알아서는 안 돼. 자, 일단 게워. 깨끗하게 싹 비우고 맑은 정신으로 다음 재판 준비해야지. (마야의 등을 두드린다.)

마야 (몹시 괴로워하며 먹은 것들을 토해낸다.)

내면 가부장 하여간 이 집안은 여자들이 문제야. 제 어미는 홀딱 벗고 미쳐 날뛰질 않나? 얘는 툭하면 처먹고 토하고… .

밀어붙이는 자 (급히 내면 가부장의 입을 틀어막으며) 쉬, 애 듣는다. 그건 좀 잊고 살게 내버.

　　돼지, 밥상을 들고 돌아온다. 돼지의 기세에 놀란 밀어붙이는 자와 내면 가부장은 슬금슬금 도망친다.

돼지 (관객들에게) 왜 자꾸 처먹냐고? 살라고, 살라고 먹는

다! 먹는 낙이라도 없으면 그게 어디 사는 겨? (마야에게) 그라지 아가? 어여 먹어. 이거 먹고 힘든 거 싹 다 잊어불고 한숨 자.

마야, 손을 뻗어 새 밥상을 반긴다. 이제 한동안 의자는 돼지의 차지다.

4장_ 다시, 천궁 재판소 '가슴을 할퀴는 바람소리'

한쪽에 나무꾼의 모와 나무꾼이, 다른 한쪽에는 마야가 있다. 그들 모두 옥황상제 앞에 엎드려 있다. 옥황상제가 길고 긴 두루마리를 펼치며 고소문을 훑고, 신하는 그 두루마리를 상제가 편히 볼 수 있도록 거든다.

신하　　　(나무꾼에게) 밤낮없이 처량하게 울던 수탉이, 다시 사내가 되었네. 신수가 훤하구나.

나무꾼　　(머리를 조아리며) 옥황상제님의 은혜가 망극하옵니다.

상제　　　지극한 효심에 내 마음이 그래서 천마까지 내줬는데… 뜨거운 죽 한 수저에 선녀와 영영 이별이라니… 애가 너무 안 됐더라고. 그래도 한때는 내 사위

였는데.

신하　(서류를 넘기며) 그새, 새장가를 갔다고?

상제　(살짝 놀란 표정으로 신하가 들고 있던 서류를 넘겨받아 훑는다.) 아, 그래? 흠….

나무꾼　제가 어찌 선녀를 잊겠사옵니까. 허나 연로하신 어머니께서….

나무꾼의 모　(나무꾼과 대사가 겹치면서) 어떻게든 대를 이어야지요. 이 늙은이 이대로 눈 감으면 제삿밥도 못 얻어먹습니다.

상제　(고개를 끄덕이며) 그야 그렇지.

마야　제가 올려드리면 되잖아요.

나무꾼의 모　너는 시집가서 그 집 제사를 모시지 않겠냐? 이래서 아들, 아들 하는 거다.

마야　여전하시네요.

나무꾼의 모　(마야를 흘겨보며 역정을 낸다.) 오냐, 네 덕에 죽어서나 오는 곳에 이리 와 보는구나. 네가 네 어미를 닮은 게지. 네 어미는 늘 욕심이 과했다. 그 욕심이 이 사단을 만들었어. 지아비를 버리고 떠난 여인이다. 집안 망신도 유분수지.

나무꾼　　　어머니, 좀 고정하세요.

나무꾼의 모　뭐 틀린 말 했니? (상제의 앞으로 나오며 간절한 목소리로)
　　　　　　　상제님, 선녀를 다시 돌려달라고 하지는 않겠습니다.
　　　　　　　다만… (울음을 쏟으며) 제 손자들이… 너무 보고 싶습
　　　　　　　니다. 우리 강이, 산이 좀 만나게 해주십시오. (눈물을
　　　　　　　급히 훔치며) 며늘애가 날개옷을 입고 그 난리를 칠 때
　　　　　　　이 늙은이가 다리를 이렇게 붙잡고 간청을 했습니다.
　　　　　　　제발 그 애들은 놓고 가라고 그렇게 울며 매달렸는
　　　　　　　데…. (상제에게 애원한다.) 옥황상제님, 이년이 매일 밤,
　　　　　　　정화수를 놓고 지성을 드리지 않습니까? 제발, 우리
　　　　　　　손자들을 이 할미에게 돌려주십시오.

신하　　　　요즘은 새 며느리가 아들을 낳게 해달라고 소원이 바
　　　　　　　뀌지 않았느냐?

나무꾼의 모　(당황한다.) 그거야….

나무꾼　　　(나무꾼의 모를 급히 만류하며) 어머니 고정하세요. (마야를
　　　　　　　향해) 선남아.

마야　　　　마야예요.

신하　　　　7년 전, 이곳에 처음 왔을 때 이름을 새로 받았다.

나무꾼　　　선남아, 엄마도 이 아버지가 여기 와 있는 거 알고
　　　　　　　있지?

상제　　아, 그래, 선녀는 왜 나오시 않았느냐?

마야　　병세가 위중하여 자리에서 일어나지 못하십니다.

신하　　(상제에게 귓속말로) 몇 해 전부터 집 밖으로 나오는 걸 본 이가 없다고 합니다.

마야　　제가 모든 것을 보고 들었으니 소녀가 어머니를 대신 하겠습니다.

상제　　(혀를 차며 고소장을 넘긴다.) 어디 보자, 결혼 목적 약취·유인, 재물손괴, 감금, 성폭력, 가정 폭력… 다시 봐도 흉흉하구나. 정녕 이 많은 죄를 네가 다 저질렀단 말 이냐?

나무꾼의 모　　상제님, 그게 무슨… 저희 같은 미천한 것들이 어찌 상제님의 따님을….

나무꾼　　소인은 그저 선녀를 사랑한 죄밖에 없사옵니다. 아시 지 않습니까?

상제　　나도 그리 알고 있었다. 땅에서 사랑하는 사내를 만나 행복하게 살다가, 고향 하늘이 너무 그리워서 힘든 결 정을 하고 돌아온 줄로만 알았지. 그래서 네놈이 두레 박을 타고 왔을 때, 가족으로 맞아줬고. 헌데 어찌하 여 (마야를 가리키며) 딸애에게 고소를 당하냔 말이다.

신하　　지엄하신 상제님 앞에 한 치도 거짓 없이 모두 아뢰어라.

상제	말하라. 네놈이 어떻게 선녀를 배필로 맞이할 수 있었느냐?
나무꾼	저, 저는… 그저 사슴이 시킨 그대로 따랐을 뿐이옵니다. 선녀의 날개옷을 숨겨라, 아이 넷을 낳을 때까지는 절대로 주지 말라 했는데… 소인이 마음이 약해서 너무 일찍 선녀님께 날개옷을 보여주는 바람에 그만… 아이고 상제님, 다 소인의 불찰이옵니다. 제 경거망동만 아니었으면 선녀가 저를 떠나지도 않았을 것이고….
상제	(엷은 미소, 날카로운 눈빛으로) 날개옷을 보여준 것이 문제였다?
나무꾼	끝까지 사슴의 말을 따랐어야 했는데….
상제	11년간 잘 감춰두고서, 어찌 그런 실수를 했단 말이냐?
나무꾼	예, 그날은 선녀가 평소와 다르게 울지도 않고 성도 안 내고 서방님, 서방님 하면서 방글방글 웃는 모습이 진짜 선녀 같았습니다. (살짝 당황하며) 아니, 이제야 진짜 내 여자가 된 것 같아 마음이 놓여서….
나무꾼의 모	오호라, 그래서 마지막으로 딱 한 번만 걸쳐보겠다는 새빨간 거짓말에 속아 넘어갔구나. 이 어리숙한 놈! (상제에게) 선녀의 거짓은 그뿐만이 아니옵니다. 며늘

애는 날개옷을 임금께 바치면 큰 상을 내리실 거라고 틈만 나면 제 아들놈을 꼬드겨….

마야 날개옷 팔아서 아버지 노름 빚 갚는 데 쓰자고 할머니도 그러셨잖아요?

상제 뭐? 노름빚?

나무꾼 (다급히) 어머니, 다 저의 불찰입니다. 불효자를 용서하세요.

상제 하나 묻겠다. 날개옷을 훔쳤을 때 선녀는 어찌 했느냐?

나무꾼 매우 사랑스러웠습니다.

상제 (진실을 유도하며) 오, 사랑스러웠다고? 선녀가 어쨌길래?

나무꾼 혼자 남겨진 선녀가 정신없이 옷을 찾고 있을 때, 소인이 나타나자 화들짝 놀라 다시 못 속으로 들어가 버렸습니다.

상제 그래서?

나무꾼 어찌나 수줍어하던지, 얼굴만 빠끔이 내밀고 좀처럼 물 밖으로 나오지 않았습니다. 그 모습이 어찌나 귀엽고 예쁘던지요. 밤새 이놈의 애간장을 태웠습니다.

마야	수줍은 게 아니고 무서워서 그런 거예요. 무서워서!
신하	(마야에게 입을 다물라는 뜻으로) 어허!
상제	그래, 그다음 어떻게 했느냐?
마야	상제님, 지금 무슨….
상제	어서 말해 보아라.
나무꾼	(신이 나서) 예, 제가 선녀님이 제 색시가 되어 준다면, 매일 꽃길만 걷게 해주고, 아이 넷을 낳으면 날개옷도 돌려주겠다고 약조를 했습죠.
상제	그래? 그래서?
나무꾼	밀당의 고수라고나 할까요. 아침 해가 뜨는데도 물 밖으로 나오지 않아, 하는 수 없이 제가 물속으로 뛰어들어 선녀를 둘러업고, 곧장 집으로 내달렸습니다.
나무꾼의 모	우리 애가 어려서부터 순하고 착하기만 했어요. 물러 터진 줄만 알았던 녀석이 그 아침에 선녀를 어깨에 딱 둘러업고 들어오는데, 사내는 사내더란 말입니다. 착하게 살다 보니 하늘이 알아보시고 상을 주셨던 거지요?
상제	내가?
나무꾼, **나무꾼의 모**	(동시에) 예.

상제	(당황하며) 예?
신하	무, 무엄하다. 상제님은 그런 세세한 것까지는 모르신다. 그런 건 어디까지나 자율적으로다….
마야	그 길로, 할머니는 신방을 꾸미셨고, 제 어머니는… 그 후로 모든 것을 포기하셨지요. 하늘이 부끄러워 다시는 돌아갈 수 없다고 생각하셨대요. 이미 버려진 몸이라고.
나무꾼의 모	여자 팔자 뒤웅박팔자라고, 박은 누가 쓰느냐에 따라서 귀하게 쓰이기도 하고 천하게 쓰이기도 한다. 네 아비가 네 어미를 얼마나 극진히 모셨더냐?
마야	꽃처럼 예쁘다고 그냥 집에 가둔 거지요. 할머니는 제 어머니를 늘 못마땅해하셨고요.
나무꾼의 모	아니, 넌 내가 뭘 어쨌다고 그러냐?
마야	아버지가 안 계실 때, 할머니가 엄마에게 어쩌셨는지 전 다 기억해요. (회상에 잠기며) 어머니는 침술이 정말 좋으셨어요. 이름난 의원들보다 실력이 더 좋으셨지요. 부잣집에 불려가 침을 놓고, 고기도 받아오고 비단도 받아오셨어요.
나무꾼의 모	여자가 돈을 벌면, 팔자가 세지고 지아비가 밖으로 돈다고 제가 그렇게 타일렀는데도….

나무꾼   (어머니의 말실수를 깨닫고 급히 끼어든다.) 한 떨기 꽃과 같
은 연약한 여인이 밖에서 힘한 일을 하는데 어찌 사내
가 지켜만 보겠습니까?

나무꾼의 모   (눈치보며 급히 말을 바꾼다.) 네, 맞습니다. 저는 아들을
그렇게 키우지 않았습니다. 힘하고 힘든 바깥일은 사
내가 해야지요.

마야   (억울한 듯 계속 읍소한다.) 아녀자가 벌면 얼마나 버냐고
하셨지만, 어머니가 아버지보다 더 벌이가 좋으셨어
요. 할머니는 그걸 인정하지 않으시고, 남편 기를 빨
아먹는 년이라고 제 앞에서 욕하셨습니다.

나무꾼의 모   여자는 남자를 이겨 먹으면 안 된다. 그게 땅의 법
도야.

상제   흠… 계속 고하라.

마야   동생들이 태어나기 전까지는 그래도 괜찮았어요. 모
두가 저를 예뻐해주셨죠.

나무꾼   오, 기억하는구나.

마야   (다시 회상에 잠기며 붉어지는 눈시울) 어릴 적, 아버지 무
릎은 늘 내 차지였어요. 아버지 땀내, 약주 냄새가
아직도 기억나요. 그 까칠까칠한 수염. 내 뺨을 부빌
때마다 빠져나오려고 버둥거렸지만, 아버지는 꽉 잡

고 놓아주지 않으셨어요. (목이 메어 잠시 말을 잇지 못한다.) 하지만 쌍둥이 남동생들이 태어나니까, 저와 어머니를 대하는 할머니의 눈빛이 달라지셨어요. 엄마와 저는 그저 걸레나 빨고, 밥이나 짓는 하녀였어요. 어머니는 젖도 끝까지 물리지 못하고 시어머니 손에서 자라는 쌍둥이를 멀찍이서 바라볼 뿐이었죠. 어머니는 동생들을 제대로 안아보신 적이 없어요. 젖 떼기 무섭게 할머니와 함께 잠을 자야 했으니까요. 할머니는 한 시도 동생들을 놓아주지 않았어요.

나무꾼의 모   그거야, 며느리가 힘들까 봐. (상제에게) 따님이 원래 좀 약골이잖아요?

마야   쌍둥이는 할머니에게 손주가 아니라 그냥 자식이었어요.

나무꾼의 모   등이 휘고 팔이 늘어나도록 그 고생을 하며 키워줬더니 별소릴 다 듣는구나.

상제   왜 선녀에게서 쌍둥이를 떼어놓았느냐? 내 눈을 똑바로 보고 속내를 보이라.

진실을 재촉하는 상제의 도술이 이어지자, 나무꾼의 모가 괴로워하며 온몸을 극도로 떨다가 곧 축 늘어진다.

나무꾼의 모   (몽롱한 표정으로 입을 연다.) 하늘에서 온 선녀를 감히 인간이 취했으니, 언젠가 선녀가 제 아들을 버리고 하늘로 돌아갈 거라 짐작했습니다. 그래서 손자들이라도 붙잡아 놓으려고. 아들이 있어야 대를 잇지요.

마야   어머니는 바느질하다가도, 걸레질하다가도 소나기 같은 눈물을 쏟으셨어요. 눈물을 훔치고는 어딘가를 물끄러미 바라보며 자꾸 혼잣말하시고. 아버지는 그런 어머니를 견디지 못하셨어요. 특히 약주를 많이 드신 날에는.

세찬 바람 소리. 문풍지 바람에 떨리는 소리.

설화(소리)   나 좀 보내줘요, 나 좀 살려줘요.

마야   (소리에 몹시 괴로워한다.) 저 소리 들려요? 바람에 찢어진 문풍지가 파르르르르. 파르르르르. 그날 밤, 나는 찢어진 문풍지 사이로 다 봤어. 내가 다 봤어 아버지.

상제   뭘 보았느냐?

마야   아버지가… (힘들 게 말을 잇는다.) 어머니를 때렸잖아요. 발로 차고 주먹으로 마구 때리고, 세간들을 집어던졌어요.

상제   뭐라? 선녀를 때렸다고?

나무꾼   아니옵니다. 저 같은 천한 것이 이찌… (마야에게) 네가 어려서 뭘 잘못 본 거다. 기억이 잘못된 거야. 아니야. 아니야.

상제   똑바로 고하라. 있는 그대로 고하라. 진실을 말하라. 지옥 불에 던지기 전에!

나무꾼   (손사래를 강하게 치며 뒤로 물러난다.) 아닙니다. 정말 그런 적 없습니다. 상제님, 소인 너무 억울하옵니다. (마야에게) 아비에게 대체 이게 무슨 짓이냐? 네 어미에게 세뇌라도 당한 것이냐? 아니다. 아니다 선남아.

상제   (격노하며) 네, 이놈!

효과음이 시작되고 상제가 나무꾼을 향해 도술을 부리려는 찰나, 몸을 떨고 있던 마야의 눈물이 터진다.

마야   (촛점 없는 눈으로 괴성에 가깝게) 엄마 옷에 피가…빨갛게 번져 가… (어린아이처럼 울기 시작한다.) 엄마, 엄마….

나무꾼   죽을죄를 지었사옵니다. 선녀가 잠자리를 피하고, 밥도 제때 안 차려주고 자꾸 뻣뻣하게 굴어서… 정신을 좀 차리라고 살짝, 아주 살짝 손을 댔습니다.

마야   (의식이 과거의 상황을 따라간다. 숨 가쁘다.) 아버지가 방문

을 부수고 나왔어요. 마당을 미친 듯이 뒤져요. 낫을
찾아들었어요. 아… 어떡해. 다시 방으로 들어가요.
(발을 동동 구른다.)

바람 소리. 문풍지 바람에 떨리는 소리, 점점 커진다. 옥황상제
의 도술이 시작된다. 세 사람은 모두 마야가 떠올린 과거의 한 장
면으로 들어가 있다. 마야는 설화로 빙의한다.

마야, 설화 (설화와 마야의 목소리가 겹친다.) 살려주세요, 제발 살려
주세요.

나무꾼 (낫을 손에 쥔 듯 머리 위로 치켜들고 설화로 빙의한 마야에
게 다가가며) 다 죽자, 너랑 나 애새끼들이랑 다 죽자,
오늘.

나무꾼의 모 (가로막으며) 이, 이 미친놈아. 쌍둥이들은 안 된다. 안
된다, 이놈.

마야 선남아, 선남아… 아버지 나간다. 어서 도망쳐, 어서!
(나무꾼을 향해 공포 가득한 얼굴로 얼어 붙어간다. 날카롭게
비명을 지른 후 기절하며 쓰러진다.)

윙윙 우는 바람 소리, 문풍지 떠는 소리, 멀어진다. 세 사람 모두

상제의 도술에서 풀려간다.

마야   (쓰러진 채로) 죄는 미워해도 사람은 미워하지 말래. 아버지를 그만 용서하라고. 맞아. 그 말이 맞아요. 나는 아버지 사랑을 독차지했던 딸이니까. 미워하면 안 되는데… 바람 소리가… (고조된다.) 내 귀에는 그 파르르 소리가. 어머니의 비명이 (사이) 아직도 내 귀에 또렷이 들려. (정신을 잃는다.)

5장_ 설화의 집 마당 '오해'

마당에서 빨래 너는 설화. 선녀 1, 2가 거들고 있다.

선녀1   차도가 있다니 정말 다행이야.

설화   마야가 땅에서 약을 구해오는데, 그걸 먹고 나면 몸이 한결 가벼워요.

선녀1   그래. 네가 건강해야 마야도 털고 일어나지.

설화   우리 마야? 몸살이라고 어제 일찍 자더니, 새벽에 눈떠보니까 애가 밥을 먹고 있어요. (웃음) 하여간 먹성 하나는.

선녀2   (눈치를 보며 집 안을 기웃댄다.) 애는 괜찮은 거지?

설화	쌩쌩해져서 아침 일찍 나갔어.
선녀2	어딜 가? 또 고하러 갔대?
설화	아니, 동생들 활 잡는 거 봐 준다고… (자신의 귀를 의심하며 선녀2에게) 금방 뭐라고 했어?
선녀1	(당황하며) 아, 아니야. (선녀2를 만류한다.)
선녀2	(삐죽이며 나지막이) 그 난리를 쳐 놓고 또 어딜 쏘다녀?
선녀1	(입이 잘 안 떨어진다) 설화야, 그날, 그날 말이다.
설화	무슨 날? (선녀1, 2의 안색을 살피며) 에이 그냥 편히 얘기해요. 무슨 일 있어요?
선녀1	이제 와 하는 얘긴데… 우리가 마지막으로 땅에 목욕 갔던 날… (설화가 멈칫하더니 일손을 놓는다.) 일부러 너를 놓고 온 건 아니지만, 다들 마음이 너무 안 좋아서 그 누구도 먼저 그 일을 입 밖으로 꺼내지 못하고 속만 끓이고 살았어.
선녀2	얘, 우리도 너 없는 새, 많이 힘들었다. 우린 네가 좀 늦더라도 날개옷을 찾아 입고 올 줄 알았지.
선녀1	하늘 문 닫히는 시간을 지키지 못하면 우리가 어떤 벌을 받는지 너도 잘 알잖아?
설화	알지, 잘 알지. 그래서 나도 언니들 이해하려고 했어. 그런데 왜 갑자기 다 지난 얘길….

선녀2	오늘 그 일 때문에 우리가 상제님께 불려가. 같이 갔던 선녀들을 죄다 부르셨어. 네 딸 덕에 재판소에 다 서게 생겼다.
설화	(크게 놀라며) 예?
선녀2	어머, 얘, 너 모르는구나. 마야가 아무 말 안 하디?
선녀1	마야가 무슨 일을 벌이고 다니는지, 진짜 몰라?
설화	아휴, 답답해. 언니들 그냥 속 시원히 말 좀 해봐요.
선녀2	나무꾼 모자를 불러들이게 했어. 그들이 땅에서 너한테 못 할 짓을 했다면서 악을 바락바락 쓰다가, 재판 중에 혼절했다는 소문이 쫙 퍼졌어.
선녀1	혼절해서 일어나더니 마야가 상제님께 그랬데. 이모들이 지 엄마를 버리고 간 이유를 아냐고?
선녀2	이게 다 상제님 때문이라고 대들었단다. 선녀들에게 통행금지 시간을 강요해서 생긴 일이라고. 옥황상제님도 피고소인 명단에 넣겠다고.
선녀1	아니 뭐, 아주 틀린 말은 아니지만… 그래도 너무 막 나가는 거 아니니?
설화	(눈이 흐려진다.) 우리 마야가….
선녀2	기고만장한 조카 년 때문에 이제 곧 죄 없는 우리까지 끌려가 문초를 당하게 생겼다니까. 우리 상제님 심경은 또

어떻고?

선녀1   설화야, 너 놓치고 나서 우리가 몇 년을 찾아다녔는지 아니? 그토록 애써서 드디어 찾아냈는데 네가 거기서 너무 잘 살고 있더라. 그제야 우리도 가슴을 쓸어내렸어.

설화   나를 찾았었어?

선녀1   그럼, 애타게 찾았지.

설화   나를 보고 그냥 갔다고?

선녀2   그래, 너 찾느라 우리도 엄청나게 고생했어.

설화   (쉽게 말을 잇지 못한다.) 나를 찾았으면, 말이라도 붙였어야지. 너 괜찮냐고 한 번은 다가와서 물었어야지.

선녀1   눈매가 선한 게, 사람 좋아 보이더라. 나무꾼 말이야. 아기도 예쁘고. 괜히 잘 사는 애, 들쑤시지 말자고들 했어.

설화   (온몸을 부들부들 떤다.) 내가… 언니들을…얼마나 기다렸는데….

선녀1   우리도 그럴 거라 생각했는데, 네가 너무 행복해 보이길래….

선녀2   (참았던 말을 쏟아낸다.) 얘, 그런데 나무꾼을 왜 버리고 왔어? 나는 그게 항상 궁금하더라. (선녀1의 눈치를 보며 말을 거둔다.) 아무튼 그 남정네의 순정은 진짜 대박이야. 너를 얼마나 사랑했으면, 여기까지 쫓아 올라와? 목숨 내걸고 두레박을 탔다잖아. 솔직히 샘나더라. 하여간 너가 남자 복은 있어. 그런데 이제 와서 말인데, 왜 그런 순정남을 찬 거야? 마야는 왜 저러는 거고? 마야에게 무슨 소릴 했길래, 애가 눈이 뒤집어져서 저러냐고….

선녀1 (급히 선녀2의 입을 막으며) 설화야, 땅에서 진짜 무슨 일이 있었던 거야?

설화 (망연자실한 얼굴로) 그걸 이제 묻네. 다 지난 얘기야. 생각하기도 싫어요. 그만 들어가요. 나 좀 누워야겠어.

　　선녀들 어쩔 줄 몰라 하는데, 마야 활을 메고 들어온다. 걸음새가 활기차다.

마야 (생글생글 웃으며) 이모들 와 계시네.

설화 (힘든 감정을 숨기며 아무렇지 않은 얼굴로) 왔니? 산이, 강이는?

마야 어, 좀 더 놀다 온대. 활쏘기는 지들한테 안 맞는다고 막 징징거리는 거 그냥 두고 왔어요. (웃음)

선녀2 (빈정대며) 너 요즘 바쁘더라.

마야 (설화의 안색을 살피며) 엄마, 왜 그래요? 입술이 하얘. (손을 만져보며) 몸은 왜 이렇게 차고….

설화 너 똑바로 말해. 요새 무슨 짓을 하고 다니는 거야?

마야 엄마….

설화 어서 말해!

선녀들은 눈치를 보며, 급히 자리를 피한다. (퇴장)

설화 무슨 애가 겁도 없이… 누구를 고소했다고?

마야 (한참 말이 없다가) 다 나 때문이잖아.

설화 뭐?

마야 내가 태어나지만 않았어도. 엄마가… 그 거지 같은 집에서 하루라도 빨리 나왔을 거 아냐? (울먹인다.) 하다못해 내가 계집으로 태어나지만 않았어도… 할머니가 엄마한테 그렇게 독하게 하지 않았을 거 아니냐고….

설화 왜 그런 소릴 해? 엄마 속상하게.

마야 나만 아니었으면… 날개옷 없어도 엄마는 땅에서 잘 살았을 텐데….

설화 (마야를 안으며) 아니야, 너 때문에 그런 거 아니야.

마야 나 다 봤어. 엄마.

설화	뭘?
마야	강이랑 산이 낳고, 엄마가 지붕 위에서 발가벗고 춤췄잖아. 벌건 대낮에.
설화	어? 그… 그걸 네가 어떻게….
마야	할머니가 저 미친년 좀 보라고, 엄마가 미쳤다고, 미친년을 집안에 들였다고 했어.
설화	그걸… 다 봤어?
마야	발가벗고 날뛰면서 춤추는 엄마가 너무 무서웠어. 엄마가 또 그럴까 봐 나도 할머니도 아무 말 안했어.
설화	(어쩔 줄 몰라 하며) 아가, 네가 그걸 봤어? 엄마는 몰랐어. 그때 엄마가… 미안해. 내가 그렇게 하면, 누구라도 나를 찾아올 줄 알고… 나 좀 데려가라고… 정신이 나가서 그렇게 하늘에 대고 기도한 거야. 기도한 거야. 엄마가 미친 게 아니야.
마야	(아이처럼 울기 시작한다.) 나도… 엄마처럼 언젠가는 정신이 나갈까 봐… 그게 늘 무서웠어.
설화	(마야를 꼭 끌어안으며 눈물 짓는다.) 내 새끼 불쌍해서 어쩌면 좋아.
마야	나는… 언제나… 엄마가 불쌍하고 또 미웠어.

설화	엄마는 아무것도 모르고 살았네. 내 딸 속이 이런 줄도 모르고 엄마가 돼서 딸이 주는 약이나 받아먹고 살았네.
마야	(설화를 밀쳐내며 참았던 말들을 쏟아낸다.) 엄마, 왜 진작 도망 가지 않았어? 왜 선녀들과 옥황상제를 원망하면서도 여 태 아무것도 안 했어? 아버지가 기어이 두레박을 타고 올라왔을 때 그걸 왜 또 받아줬어? 왜? 엄마는 우리들 때 문에 모든 걸 참고 산다고 입버릇처럼 말했잖아. 그래서 나는… 나는… 뭐라도 해야 했어. 그런데 할 수 있는 게 아무것도 없잖아. (서러움을 토해내듯 운다.)
설화	(딸을 아기처럼 안아 어루만지고 토닥이며 한참을 말없이 달랜다. 마야의 울음이 잦아들수록 설화의 표정은 비장해진다.) 마야, 엄 마 말 들리니? (재차 묻자 마야가 고개 짓으로 대답한다.) 지금 은 모든 걸 다 말해줄 수는 없어. 마야, 엄마 봐봐. (모녀 눈을 맞춘다.) 내 딸… 잘 들어. 나는 너를 낳은 걸, 한 번 도 후회한 적이 없어. 네가 내 딸이어서 엄마는 늘 감사 했어. 아기 때도 그리고 지금도. 너의 이야기는 (마야의 가 슴을 가리키며) 여기서 나온 거야. 엄마의 이야기는 (자신의 가슴을 가리키며) 여기 있어. 너의 이야기를 들려줘서 고맙 다. 이제부터는 엄마가 해결할게. 엄마가 이 재판을 끝낼 테니까. 너는 엄마 믿어야 해. 알았지?

마야가 고개를 끄덕인다. 설화를 보는 눈빛이 편안하다. 모녀는 한참을 안고 서로의 눈물을 닦아준다.

6장_ 천궁 재판소 '선녀 설화'

나무꾼 모자, 사슴, 선녀들이 수런거리며 옥황상제를 기다리고 있다. 신하 등장. 신하 역을 맡은 배우의 순발력으로 객석에서 선녀들과 마을 사람들을 찾아내어 한 무리를 무대 위로 끌어 올린다.

음악과 함께 설화 등장. 들어서는 모습이 비장하고 단단하다. 아름다운 날개옷을 입었다. 선녀의 몸에서 터져 나오는 빛이 눈부시다. 그 빛으로 무대가 점점 밝아진다. 다들 말을 잇지 못하고 선녀를 바라본다. 음악이 고조되면 옥황상제 등장. 모두 자리를 잡고 앉는다.

7장_ 에필로그: 마야의 꿈속 '짐 풀기'

무대 중앙에 옥황상제가 서 있다.

설화가 물동이를 이고 나온다.

자칫 물이 쏟아질까 조심하며 옥황상제 앞에 선다. 손이 닿을 거리다.

나무꾼이 자신의 어머니를 등에 업고 힘겹게 나온다. 어머니 역시 등짐을 진 채다.

객석에서 바라봤을 때, 무대 왼쪽에 나무꾼이 선다.

설화, 무대 오른쪽으로 이동하여 나무꾼과 좌우대칭을 이루며 선다.

마야, 혼자 감당하기 어려울 만큼 무거운 보따리 짐을 끌고 나온다. 짐을 끌고 다니며, 어디에 서야 할지 감을 잡지 못한 채, 이리저리 한참을 서성인다.

이윽고 설화의 뒤에 선다.

옥황상제가 움직여 나무꾼 뒤에 선다. 나무꾼의 어머니 어깨에 손을 얹는다. 그러자 나무꾼의 어머니가 아들의 등에서 내려와 그의 뒤에 선다.

나무꾼과 나무꾼의 어머니는 편안한 얼굴이 된다.

옥황상제가 손짓으로 선녀 1, 2를 무대 위로 불러낸다.

설화의 뒤에 선녀들을 세운다.

설화, 고개를 돌려 언니들을 바라본다.

언니들은 설화가 물동이를 내려놓도록 돕는다.

굳어 있던 설화의 몸이 풀어진다.

마야가 조금씩 움직여, 나무꾼과 설화 사이로 조금씩 나간다.

설화가 나무꾼을 바라본다. 나무꾼도 설화를 바라본다.

마야, 어느덧 설화의 발아래 앉아 있다.

옥황상제는 이 모든 이들 뒤에 있다.

설화   (사랑스러운 표정으로) 내 딸 마야.

나무꾼   (자애롭게) 내 딸 마야.

설화   이제 네 자리를 찾았구나.

나무꾼   이제 그 짐을 우리에게 다오.

마야   짐이 너무 무거워요. 그냥 제가 들고 있을게요.

설화   그 짐을 내게 다오. 엄마는 강인하단다.

나무꾼   그 짐은 원래 네 것이 아니란다. 이리 다오. 이 아비는 강인하단다.

설화   그 짐은 우리가 거둬 갈게.

나무꾼   우리가 해결할게.

마야   그럼 나는 이제 뭘 지고 다니죠? 이걸 내려놓으면 내가 없어질 것 같아.

설화   딸아, 너는 그 짐을 들었을 뿐, 그 짐은 네가 아니야.

나무꾼   그걸 내려놓고 우리의 사랑과 강인함만을 받아가렴. 너는 네 인생을 살아.

설화   (손짓으로 재촉한다.) 너의 길을 걸어가.

마야   (머뭇거린다.) 그래도 될까….

옥황상제   (마야에게 다가온다. 다정하게) 마야, 그 짐을 어떻게 하고 싶으냐?

마야   이 보따리 안에 짐들이 많아요. 하나하나 풀어서 저 멀리
                  던져 버리고 싶어요.

옥황상제   오, 그게 좋겠구나. 그렇게 하자.

　　마야는 모든 이의 지지를 받으며 보따리를 풀기 시작한다. 수
없이 많은 작은 보따리들이 그 안에 있다. 마야는 짐을 하나씩 풀
어 멀리 내던진다. 손이 점점 빨라진다. (바람 소리) 보따리 천들이
춤을 추기 시작한다. 형형색색의 천들이 마야의 주변을 맴돌다가
바람에 실려 날아간다.[2] 마야, 어린아이가 되어 천들 속에서 춤
춘다.

설화   그렇게 춤추면서 너의 길을 가.

나무꾼   우리가 언제나 너의 뒤에 있다는 걸 기억해.

나무꾼의 모 돌아보지 않아도 된단다, 아가. 앞으로 그저 앞으로
                  나아가.

─────────

2) 천들의 춤을 관객들이 맡아주길 연출에게 당부하고 싶다.

옥황상제   마야, 앞으로 나아가.

경쾌한 음악이 흐르고, 마야 환한 얼굴로 춤을 춘다.

막이 내린다.

재판장으로 들어간 선녀는 그 후, 어떻게 했을까요? 또 힘을 되찾은 어머니 밑에서 마야는 어떤 삶을 살게 되었을까요? 그 장면은 여러분이 직접 써주셔야겠습니다. 존엄하신 독자들의 모든 이야기를 귀담아듣겠습니다. 새로운 희망의 이야기들이 이 땅 위에 빗방울처럼, 눈송이처럼 쏟아지길 기대하며 기쁘게 작가의 펜을 넘겨드립니다.

백
윤
영
미

글 작가

어려서부터 연극인이 되고자 했으나, 아무래도 이번 생은 희곡 쓰는 심리치료사로 살 것 같다.
'가치성장과 치유센터'를 운영하며 트라우마로 어려움을 겪는 이들의 치유와 회복의 여정을
기쁘게 돕고 있다.

2003년 10대들의 노동인권을 지지하는 희곡 <Let's 알바>로 등단한 후, 교육연극을
안내하면서 참여자를 위한 희곡들을 꾸준히 써왔다.

역서로는 『섭식장애를 위한 내면가족시스템치료(IFS)』『IFS 첫걸음_내가 왜 그랬지?』
『내 안의 가부장』『마더피스 타로』 등이 있다.

선녀와 나무꾼,
그 숨겨진 이야기

주인공은 마야입니다

선녀와 나무꾼 사이에는 세 아이가 있었습니다. 그중 맏딸로 태어난 마야가 바로 새로 쓰는 옛이야기의 주인공입니다. 마야는 필자가 심리치료 현장에서 만났던 수많은 여성을 대변하는 인물입니다. 마야의 허스토리는 여러 내담자의 합성이지만, 어떤 것은 제 삶의 노트에서 바로 가져왔습니다. 끝이 열린 구조의 재판 극 형식으로 썼으므로 지금부터 여러분은 이 희곡의 말미를 장식할 작가혹은 이 재판의 배심원이 될 수 있습니다. 여러분의 참여와 공정한평결을 위해 몇 가지 말씀을 드리고자 합니다.

첫째, 모두에게 정의로운 평결을 부탁드립니다. 필자는 지난

15년간, 십 대부터 육십 대까지 다양한 연령층을 만나 「선녀와 나무꾼」 이야기를 선녀의 관점에서 재구성하는 성인지 교육연극과 여성주의 드라마 치료를 안내해왔습니다. 참여자중에는 성폭력·가정폭력 피해자도 있었고 젠더범죄를 예방하는 강사들도 있었는데 거의 모든 현장에서 한두 분은 꼭 이런 말씀을 하셨습니다.

"선녀는 나무꾼의 순정을 짓밟고 매정하게 떠난 이기적인 여자야. 나무꾼이 너무 불쌍해. 게다가 죄 없는 아이들을 아버지로부터 떼어놓다니, 자식들 인생은 안중에도 없나 봐. 선녀는 가정파괴범이야."
"날개옷이 없어졌을 때 다른 선녀들의 도움을 받지 못한 데는 다 그럴 만한 이유가 있지 않겠어? 선녀가 왕따였거나 평소 너무 잘난 척을 해서 버림을 받은 게지."

우리는 정의의 개념을 새롭게 짚어볼 필요가 있습니다. 여기 두 개의 카드가 있다고 상상하고 이미지를 그려보세요. 둘 다 정의를 상징하는 이미지입니다.

왼쪽에 있는 카드에는 두 개의 기둥 사이, 정중앙에 돌의자가 하나 놓여 있습니다. 의자 위에 권위자가 앉아 있습니다. 머리에는 보석이 박힌 황금 왕관을 썼고, 붉은 법의를 입어 그 위에 루비가 달린 초록색 망토를 눌렀습니다. 권위자는 한 손에는 검을 들었고 또 한 손에는 천칭을 들었습니다. 그 모습에서 냉정함이 강하게 느껴지며 감성에 치우친 인간미는 찾아볼 길이 없습니다.

자, 이제 오른쪽에 있는 카드를 볼까요? 세 운명의 여신이 물푸레나무 주변에 있습니다. 여신들은 모든 생명에 귀 기울이고 응답하는 중입니다. 첫 번째 여신은 한 손은 나무뿌리 위에 놓았고 또 한 손은 가슴 앞에 수정을 들고 지구 중심에 있는 에너지와 연결되어 있습니다. 두 번째 여신은 나무에 물길을 대주면서 나무의 숨결을 느끼고 있습니다. 세 번째 여신은 손을 뻗어 사슴을 만지며 무엇이 필요한지 묻습니다. 사슴은 사람을 포함한 모든 동물을 위해 대답합니다.

이미지가 잘 그려지셨나요? 여러분의 눈에는 어떤 카드가 더 정의로워 보이세요? 왼쪽에 있는 카드는 전통타로의 이미지이고, 오른쪽에 있는 카드는 여성주의 타로, '마더피스'의 이미지입니다. '나를 포함하여 우리 중 누구라도 행복하고 건강하고 평화롭지 않으면 그것은 아직 정의가 아니다'라고 말하는 카드는 둘 중, 어느 것일까요? 정답은 마더피스 타로입니다.

밀어붙이는 자와 정의에 대해

정의를 밀어붙이는 사람들의 특징이 있습니다. 이들은 인지 복잡성이 낮아서 상황을 다각적인 관점에서 보지 못합니다. 「선녀와 나무꾼」 이야기는 우리 내면과 외부세상을 중독시킨 가부장적 시각으로만 보면 한 남자의 아름답고 슬픈 로맨스물입니다. 한 남성이 한 여성을 소유하고 통제하기 위해 수단과 방법을 가리지 않았던 사이코 스릴러물이라고 인식하는 사람은 극소수였습니다.

어떤 이들은 선녀의 입장으로 옛이야기를 낯설게 바라보려는 시도 자체를 매우 불편해했습니다. 보고 싶지 않은 뭔가가 나타날까 두려운 것입니다. 젠더 폭력이 난무한 세상에서 살아남은 민담들은 가부장제가 허용하는 최소치만 남겨두어야 했을 것입니다. 언젠가 먼 후손들이 숨겨진 행간의 의미를 발견해주길 기다리면서 말이지요.

우리가 좀 더 다각적인 관심을 둔다면, 왜 선녀가 어린 자식들을 데리고 기어이 하늘로 돌아가야만 했는지 이해할 수 있을 것입니다. 눈에 보이는 현실 외에 내적 현실에도 호기심을 갖는다면 말입니다. 개인적인 것과 정치적인 것, 의식과 무의식, 입으로 하는 말과 몸으로 하는 말까지 두루 살필 수 있을 때, 현상과 존재들을 있는 그대로 온전히 바라볼 수 있습니다.

고통을 책임지는 법… 깊은 이해

둘째, 평결에 앞서 재판장에 서서 몸을 떨며 고통을 호소하는 이에게 당신의 가슴을 열어주시길 부탁드립니다. 사회와 문화는 한 개인에게 영향을 미치고 그 개인은 다시 사회와 문화 형성에 영향을 미칩니다. 이렇게 모든 것이 연결되어 있으니 개개인이 사회이며 문화입니다. 그래서 우리는 누군가가 고통스러워할 때 함께 공명하며 책임감을 가지고 고통 해소를 위한 지원을 할 수 있습니다. 이를 위해 제가 안내하는 성인지 프로그램은 토론이 포함되어 있습니다. 주제는 이렇습니다.

'어느 날 갑자기 홀로 남겨져 타인이 원하는 대로 살아야 하는 선녀의 비극적인 삶을 누가 어떻게 책임질 것인가? 현행법을 적용해보자.'

토론이 시작되면 '왜 굳이 선녀를 피해자로 낙인찍으려 하느냐? 이미 현실이 여성에 대한 억압으로 가득한데 옛이야기까지 그래야 하냐?'는 반문이 어김없이 들려오고 '차라리 선녀를 천하무적 슈퍼우먼으로 새롭게 탄생시키자'는 제안으로 이어집니다. 이 전복적인 제안에 따라 선녀가 타고난 힘과 무술로 다져진 주먹을 휘둘러 자신을 지키고, 다른 선녀들이 자매애를 발휘하는 신나는 장면을 만들어보았습니다. 속이 시원했습니다! 하지만 참여자들이 문제해결에 골몰하는 동안 선녀의 역할을 맡았던 분은 외로웠다고 합니다. 문제해결에 급급하여 아무도 선녀가 느끼는 고통의 깊이에 관심을 둘 만한 여유가 없었으니까요.

'당장 집을 나와 더 좋은 남자를 찾으라'는 이웃집 언니의 조언
도 선녀를 외롭게 하긴 마찬가지였습니다. 다시 쓴 옛이야기 속의
선녀와 선녀의 딸 역시 자신의 고통을 이해받기 위해 재판장에 섰
을 것입니다. 인과응보에 앞서 약자의 고통에 귀 기울이는 정의가
당신의 평결에 깃들길 소망합니다.

셋째, 세대 간 대물림되는 트라우마를 이해할 필요가 있습니다.
선녀의 세 아이는 어떤 상황에서 태어나고 자랐을까요? 땅의 나무
꾼과 하늘의 선녀 사이에서 자란 아이들은 하늘과 땅 차이를 어떻
게 느끼고 받아들였을까요? 두 문화 속에서 아이들은 갈등을 겪었
을 수도 있고, 한쪽 문화가 무시되고 억압당했을 수도 있습니다.
그러면 아이의 내면에서도 같은 일이 일어납니다. 이렇게 되면 아
이는 자신의 타고난 온전성을 느끼지 못하게 됩니다. 가족이라는
공동체 안에서 한 개인이 이전 세대 혹은 다음 세대와 어떻게 상호
작용하는지 보면, 그 사람의 고통에 대한 기원을 찾을 수 있습니
다. 부디 여러분께서 마야 가족의 역동을 잘 살펴보셨으면 합니다.

우리는 모두 한때, 어머니와 한 몸이었습니다

아이들은 생존을 위해, 주된 양육자의 정서를 민감하게 느끼고

스펀지처럼 빨아늘입니다. 양육자의 체온과 표정 변화, 호흡, 심장 박동을 고스란히 온몸으로 느끼며 순간순간 자신이 할 수 있는 최선의 반응을 합니다. 우리는 모두 한때, 어머니와 한 몸이었습니다. 그때는 물론이고 어머니의 몸 밖으로 나와 유년기까지 발달과정을 거치는 동안 어디까지가 양육자의 정서이고 어디까지가 자신의 것인지 분별하지 못하는 채로 많은 정서를 공유합니다.

모든 것을 양육자에게 의존해야 하는 시기에는 양육자의 불행감이야말로 아이에게 절대적인 위협이 됩니다. 특히 양육자가 고립되어 외로움과 결핍을 느낄 때, 아기와의 애착이 매우 강해집니다. 아기들은 재빠르게 눈치를 보면서 양육자의 힘든 감정을 해소하려고 애를 씁니다. 무가치함을 느끼는 동시에 어서 빨리 자라서 양육자를 도와야겠다고 자신도 모르는 사이 의지를 굳게 세우기도 하고, 하다못해 방긋 웃어서 양육자를 위로하려고 합니다.

좀 더 자라면 양육자를 기쁘게 하는 데 전문가가 됩니다. 가사 도맡기, 동생 돌보기, 좋은 성적 거두기, 힘든 감정을 숨기고 애써 명랑한 척하기. 그럴 때마다 아이는 칭찬과 보상을 받고 더욱 자랑스러운 자녀가 되고자 애를 쓰게 됩니다. 아이는 훗날, 반사적으로 양육자의 심기를 경호하는 자신을 발견하게 됩니다. 이것이 바로 세대 간의 트라우마가 만드는 공동의존성입니다.

심리 상담에서는 자신을 필요로 하는 사람이 항상 주변에 두는 사람을 공동의존자라고 하는데, 이번 기회에 '공동의존성'에 대한 독자의 이해를 돕고자 합니다.

이 희곡 속의 마야 역시 어머니의 보호자가 되어 세상의 부조리에 맞서는 인생을 살아갑니다. 어머니를 한숨 쉬고 눈물짓게 만드는 아버지와 아버지의 원 가족들에게 적대감을 느끼며 정의감과 분노를 불태웁니다. 그리고 세상의 모든 권력을 불의로 이해하게 됩니다. 건강한 권력을 경험하지 못했으니까요.

마야처럼 이 세상의 많은 딸이 자신의 삶을 살기 위해 앞으로 나아가기보다 어머니의 과거 속에서 상황을 바로잡으려고 고군분투합니다. 차츰 딸들은 삶이 버겁게 느껴집니다. 자신이 보호해야만 하는 어머니가 가엾은 동시에 이런 고통의 짐을 물려준 것이 원망스럽기도 합니다. 현실이 답답하고 짜증이 나기 시작하지만, 그 속에서 빠져나올 수 없습니다. 지금까지 해왔던 역할을 포기하는 순간, 어머니가 무너지고 자신의 삶이 무너지는 것 같은 두려움이 엄습하기 때문입니다.

이 두려움은 의식의 자리를 차지한 내면의 어린 자아로부터 나오는 것입니다. 최근 상담실을 찾아온 한 직장인은 해외여행지에서 아버지가 어머니에게 또다시 폭력을 휘두를까 봐 불안하여 남아있는 연차를 모두 써서 부모를 따라갔다고 합니다. 마음의 짐과 불안을 극복하고자 공동의존성이 발휘되는 것입니다.

하지만 우리 내면에는 아주 다채로운 자아들이 있습니다. 그중 누군가 자꾸 말을 걸어옵니다. 바로 심리적인 독립을 원하는 자아! 사춘기에 왕성한 활동을 시작하는 이 자아는 뭔가 잘못되었다고 느끼게 해줍니다. 이제 딸들의 내면에는 서로 다른 지향의 자아들이 치열한 다툼을 벌입니다. 그러다가 타협이 일어나기도 하는데, 바로 어머니가 아닌 다른 사람을 위해 사는 것입니다. 하지만 대상이 바뀌어도 관계 안에서의 역할은 바뀌지 않습니다. 그리고 여전히 보상과 인정을 기대합니다. 대상은 친구, 연인, 배우자, 영적 지도자가 될 수도 있습니다.

필자는 심리치료 현장에서 '이 역할을 내려놓으면 내가 없어질 것 같아서 두렵다' 는 이야기를 정말 많은 내담자로부터 들어왔습니다. 하지만 우리는 세대 간에 이어져 있는 이 고통에 대해 각자가 책임져야 하는 몫이 있습니다. 부모 세대의 몫은 부모에게 되돌려주어야 합니다.

문제는 부모나 자녀 모두 자신의 몫이 어디까지인지 도통 감을 잡지 못한다는 것입니다. 악순환이 계속됩니다. 이 악순환을 끊기 위해서 저는 '가족 세우기'를 합니다. 이 희곡은 심리치료 모델 중 하나인 '가족 세우기'의 철학이 일부 담겨 있음을 밝힙니다.

거울들의 안녕을 위해…

마야의 어머니, 설화는 딸에게 대물림된 고통을 끝내기 위해 이를 악물고 재판장으로 걸어 들어갑니다. 바로 필자가 지난 20년간,

쉼터에서 만나왔던 가정폭력생존자들의 모습이기도 합니다. 이 여성들은 폭력 앞에 처참히 쓰러질 수밖에 없었지만, 자신이 그 속에서 살아남은 강한 존재였음을 깨닫고, 고통과 트라우마를 자녀에게 넘겨주지 않기 위해 두 주먹을 불끈 쥐고 일어서는 영웅들이었습니다. 저는 치유 현장에서 고통을 벗고 날개옷을 되찾아 입는 선녀들을 수없이 봐왔습니다. 그곳에 희망이 있었습니다. 선녀들은 자녀가 부모 걱정에 잠 못 들지 않도록 자신의 사랑과 강인함을 자녀들에게 확인시켜주었습니다. 끔찍한 이혼 과정을 견뎌내기, 남편이 휘둘렀던 칼에 대한 공포를 극복하기, 경제적으로 자립하기, 전문성을 갖추기. 어떤 분은 식당 사장님이 되었고 어떤 분은 가정폭력상담원이 되었습니다.

마지막으로 마야의 조건화된 내면세계에 대한 이해를 돕고자 합니다. 일부 페미니스트들이 스스로 거울이 되어 가부장적 사고의 잔혹성을 원본에 비추는 전략을 쓰고 있습니다. 많은 분들이 이런 미러링을 통쾌해하며 마초들이 이제야 좀 문제의식을 느끼겠거니 기대했습니다.

원본이 끔찍하니 미러링도 끔찍했습니다. 그러자 세간에 비상한 관심이 쏠렸습니다. 안타깝게도 사람들은 거울이 비추고 있는 원본이 아니라 거울에게 비난을 쏟아부었습니다.

"어떻게 여자들이 저토록 폭력적일 수가 있지? 남자들보다 더 무섭다. 스스로 여성혐오를 자초하는군."

이 전략은 여성에 대한 통제의 빌미가 되는 듯했습니다. 누가 뭐래도 페미니스트이자 심리치료사인 필자의 일차적 관심은 거울을 든 전사들의 안녕이었습니다. 그들은 최전선에서 거울 하나만 들고 맨몸으로 싸우는 전사들 같았습니다. 똑똑했고, 강인했으며, 재기발랄했습니다. 하지만 전사들은 늘 긴장하면서 원본을 주시해야 했고, 이 싸움을 구경하는 싸늘한 시선 따위는 가볍게 무시해야 했습니다. 전장에서는 불안, 우울과 무력감 따위는 용납될 수 없는 법입니다. 전사들 사이에서 용납되는 감정은 오직 분노뿐이었습니다. 적들에게 약한 모습을 보이거나 악플 따위에 상처받아 쓰러져서는 안 되는 일이었습니다. 이들은 분노마저 차갑게 얼려야 했습니다. 그러는 동안 전사들의 심장도 차가워져 갔습니다. 어느덧 거울 뒤편에서는 붉은 무엇이 흐르고 있었습니다. 영혼이 흘리는 피눈물이었습니다. 전사들은 젠더 전장에서 너무 많은 피를 흘리고 있었습니다. 마야의 내면세계가 이와 같습니다.

마야의 내면세계는 항상 시끄럽습니다. 파편화된 마야의 수많은 '속사람'들, 즉 자아[ego]들은 서로 충돌하고 화해하지 못합니다. 심지어 서로의 역할이나 존재 자체를 모르는 경우도 있습니다. 마야는 늘 화가 나 있지만 그 이면에는 무력감이 강하게 깔려 있습니다. 마야는 거의 모든 일에 두 가지 감정을 동시에 혹은 순차적으로 느낍니다. 자신에게 상처를 준 사람을 미워하는 마음과 그를 이해하고 싶은 마음, 타인의 문제점을 지적하고 싶은 마음과 자신에게 문제가 있다고 자책하는 마음, 일들을 완벽하게 해내고 싶은 마음과 아무것도 하고 싶지 않은 마음, 누군가를 돌보고 싶은 마음과 부담스러운 마음.

또한 마야는 남성을 혐오하는 동시에 여성으로 태어난 것에 좌절감을 느낍니다. 내면에서 대극을 이루는 쌍들은 서로를 무시하며 비난합니다. 이런 양극화는 누구나 겪을 수 있습니다. 적절한 수준의 양극화는 균형과 조화를 가져오지만, 양극화 정도가 너무 심하면 삶의 질이 떨어지고 일과 관계에 문제가 생깁니다.

곧 우리의 이야기가 시작됩니다

마야에게는 남모를 비밀이 있습니다. 하나는 폭식증이고 또 하나는 그로 인한 깊은 수치심입니다. 독립적이고 주체적인 삶을 살도록 밀어붙이는 자아는 마야를 기존의 사회질서에 저항하도록 만들지만, 깊은 무의식에 사는 '내면 가부장'은 마야의 행동이 위험천만하며 공동체에 위협이 된다고 비난합니다.

이 치열한 내면의 갈등이 고통을 일으키고, 고통에서 벗어나도 톡 또 다른 자아가 횡악을 시작합니다. 바로 고통스럽고 힘든 감정의 불을 끄는 내면의 소방관이지요. 이들은 우리의 주의를 위안거리가 있는 외부로 돌립니다. 그것이 마야에게는 음식이었습니다. 아주 어린 시절부터 마야는 어머니의 어머니로 사느라 자신을 느낄 수가 없었기에 늘 마음이 공허했습니다.

마야는 마음의 공허함과 배고픔을 구분하지 못합니다. 마야가 섭식과 몸무게에만 집중하는 한 폭식증에서 벗어나려는 모든 시도는 무참히 무너질 것입니다. 근본적인 고통의 원인이 해소되지 않는 한, 내면의 전쟁과 폭식은 계속 되돌아올 테니까요.

마야는 지금 무엇보다 자신의 자아들에 너그럽고 다정할 필요가 있습니다. 자아들의 의도, 두려움과 필요에 관심을 기울일 때입니다. 약자와 소수자의 편에 서는 숭고한 삶을 살아왔지만, 돌봄의 대상 안에 자신이 포함되지 않았다는 것을 마야는 아직 모릅니다.

배심원 여러분, 마야가 새롭게 배울 것이 있다는 점을 기억해주시길 바랍니다. 자, 그럼 여러분과 함께 새로 쓴 마야와 설화의 이야기를 시작해 볼까요? 그리고 여러분의 공정하고 지혜로운 평결을 기다리겠습니다.

"그리 멀지 않은 옛날, 선녀와 나무꾼에게는 딸이 있었습니다."

이 회곡을 세상의 모든 가정폭력 생존자와 그의 자녀에게 바칩니다.

단군신화에 나타난 한국여성의 분열
– 웅녀와 호녀 이야기

'한국 여자'라고 불리는 그 여자는 누구인가?
그들은 어떻게 한국 여자가 되었는가?
'한국 여자'에 대한 탐구는 마침내
최초의 한국 여성 '웅녀'에게로 안내했다.

이 글은 유숙열의 1991년 뉴욕시립대 대학원(CUNY Graduate Center) 여성학석사 논문 「단군신화에 나타난 한국 여성의 분열(Divided Women in the Korean Origin Myth)」 중에서 단군신화 부분만 발췌해서 편집했습니다.

시몬 드 보봐르는 기념비적인 저서, 『제2의 성$^{\text{The Second}}$ ^{Sex}』에서 "여성은 태어나는 것이 아니라 만들어진다$^{\text{One is not born but}}$ $^{\text{rather becomes a woman}}$."는 그 유명한 말을 했다. 여성은 세상의 거의 모든 사회에서 남성보다 열등한 존재로 대접받아 왔다. 한국 사회도 예외는 아니다. '여성'에 대한 나의 페미니스트적 탐구가 시작된 이래 나는 우리, 한국 여성들이 어떻게 '한국 여자'가 되었는지에 대해 매우 궁금하게 여겨왔다.

그들은 어떻게 '한국 여자'가 되었는가? 나는 누구인가?

그녀는 누구인가? '한국 여자'라고 불리는 그 여자는 누구인가? 한국 사회가 한국 여성들을 만들어내는 방법에 대해 오래 의문을 품어온 끝에 나는 '한국 여자'라는 수수께끼를 풀기 위한 단서를 얻기 위해서는 '한국 여자'의 기원으로 돌아가야 한다는 것을 깨달았다. 그래서 '한국 여자'에 대한 나의 탐구는 마침내 나를 최초의 한국 여성 '웅녀(단군신화)'에게로 안내했다.

다음은 삼국유사가 전하는 단군신화 관련 내용이다.

고기古記에 이렇게 전한다.
옛날에 환인桓因(제석帝釋을 이름)의 서자庶子 환웅桓雄이 있어
항상 천하天下에 뜻을 두고 인간 세상을 탐냈다.
아버지가 아들의 뜻을 알고 삼위태백三危太白을 내려다보매
인간을 널리 이롭게 할 만한지라 천부인天符印 세 개를 주어
내려가 세상을 다스리게 하였다.
환웅은 무리 삼천 명을 이끌고 태백산太白山(지금의 묘향산)
꼭대기 신단수神壇樹 밑에 내려와 그곳을 신시神市라 불렀다.
이분이 환웅천왕이다. 그는 풍백風伯·우사雨師·운사雲師를
거느리고 곡식, 수명, 질병, 형벌과 선악善惡 등 무릇 인간의
삼백예순여 가지 일을 맡아서, 인간 세상을 다스리고
교화하였다.
그때, 곰 한 마리와 범 한 마리가 같은 굴에 살았는데, 항상
신웅神雄에게 사람이 되고 싶다고 빌었다.

한번은 신웅이 신령스러운 쑥 한 심지(炷)와

마늘 스무 개를 주면서 말했다.

"너희들이 이것을 먹고 백일 동안 햇빛을 보지 않으면 사람이 될

것이다."

곰과 범이 이것을 받아서 먹었다. 곰은 기(忌)한 지 삼칠일(三七日) 만에

여자의 몸이 되었으나, 범은 능히 기(忌)하지 못하여 사람이 되지

못하였다.

웅녀(熊女)는 자기와 혼인할 이가 없어 항상 단수(壇樹) 아래서 아이를

배게 해달라고 축원하였다. 이에 환웅이 잠깐 사람으로 변하여

웅녀와 결혼하니, 웅녀가 임신하여 아들을 낳았다. 그 이름을

단군(壇君) 왕검(王儉)이라 하였다.

　- 『삼국유사』에서

　신화 속의 '웅녀'는 한국의 가장 오랜 역사서 2권 중의 한 권인

『삼국유사(三國遺事)』에 처음으로 나타난다. 『삼국유사』는 불교가 가

장 융성하던 시기인 고려시대 1270년경, 일연이라는 이름의 승려

에 의해 쓰였다. 『삼국유사』는 주로 지금은 전하지 않는 다양한 옛

문헌들에서 인용한 내용으로 이루어졌다. 그것은 대부분 아주 오

랜 옛날로 돌아가는 옛 한국의 민간신앙과 민속 전통을 다루고 있

다. 따라서 『삼국유사』의 가치는 엄격한 의미에서 역사적이라기보

다는 신화적인 데 있다.

역사학자 신채호는 그의 저서 『조선상고사朝鮮上古史』에서 『삼국사기三國史記』의 중국 중심적, 유교 중심적 사고를 강하게 비판하였다. 신채호가 신화의 불평등한 젠더 관계에 주목한 것은 매우 흥미롭다. 그는 다음과 같이 썼다.

삼국시대 초기 여성들이 존중받았다는 것이 잘 알려져 있는데도 불구하고 신화에서 남자는 신의 현현이며 여자는 동물이 된다.
여성에 대한 이러한 비하 때문에 삼국유사의 신화는 원래의 형태가 아니라 불교적 윤색의 산물로 보인다.

1927년에 출판된 『삼국유사해제三國遺事解題』에서 최남선은 『삼국유사』를 한국의 과거를 발견하기 위한 더없이 좋은 자료로 평가했다. 역사에 대한 최남선의 접근법은 아주 흥미롭다. 그는 1930년대에 자신의 추종자에게 다음과 같이 말한 것으로 알려졌다.

역사는 가슴이 없는 과학으로 간주될 수도 없고 되어서도 안 된다. 왜냐하면 그것은 국민을 위해 배우는 것이기 때문이다.
역사연구는 그 이면에 목적과 감정을 지녀야 한다.

거기에서 더 나아가 최남선은 한국의 샤머니즘과 단군신화를 연결시키면서 이 신화의 이해에 결정적으로 기여하게 된다. 예를 들면 그는 단군신화를 샤먼이 통치하던 고대 한국 사회와 연결 지은 후에 한국의 국조인 단군이 실제로 고대 샤먼 통치자의 이름이라고 결론지었다. 그 이래로 이 해석이 대부분의 후대 학자들에게 인정되었으며 또한 단군신화 분석의 시발점 역할을 하게 되었다.

모호한 신, 환웅

아직까지 이 '단군신화'에 대한 기존의 연구들은 주로 남성 인물들에 초점을 맞췄다. 한국 사회의 가부장적인 조건을 감안한다면 그리 이상한 현상도 아니다. 이 신화에는 3명의 남성 인물이 등장한다. 그들은 바로 환인(하늘에 있는 최고의 신), 환웅(지상으로 내려오는 환인의 아들), 그리고 단군(한민족 최초의 통치자가 되는 환웅의 아들)이다. 이 신화는 국가의 건설을 다루고 있기 때문에 통상적으로 한국의 건국신화로 불리고 있다.

최남선은 『단군급기연구檀君及其研究』에서 언어학적 분석과 민속학의 도움을 받아 이 신화에 대한 해석을 제시하였다. 그는 몽골족의 '탱그리' 개념에 가장 주목하였고 그것을 단군신화에 적용하였다. 최남선에 따르면 단군신화의 수수께끼를 풀 수 있는 열쇠는

'단군'이라는 단어에 있다. 그는 단군이라는 용어가 고대 한국어의 '태가리' 또는 '타갈'에서 유래했다고 믿었다. 한국어가 속한 알타이언어 사용그룹 중 몽골족과 흉노匈奴족 말에서 '탱그리'나 '통골'은 천국이나 샤먼을 뜻했다.

또한 '당골' 또는 '당골래'는 한국의 지방들에서 1900년대까지 여전히 샤먼(무당)을 의미했다. 현대 한국어에서 '대가리'라는 말은 머리를 의미한다. 단군이 고대 한국의 무당, 즉 통치자의 직함이라고 확신한 최남선은 단군신화가 샤머니즘이 공동체를 이끄는 데 주요한 역할을 했던 고대 한국 사회의 유산이라고 주장하였다.

신화 속 단군의 할아버지이면서 동시에 하늘에서 가장 높은 신의 이름은 환인이다. '환桓'은 '빛' 또는 '밝음'을 뜻하고 '인因'은 '시초', '기원'을 의미한다. 따라서 그 이름의 의미는 모든 것이 그를 통해, 그로부터 기인한다는 뜻이다. 환인의 아들, 환웅桓雄이 성스러운 그의 성 '환'을 아버지와 공유하지만 그의 이름 '웅雄'은 단순히 수컷, 남성을 의미할 뿐이다. 따라서 우리는 지상에 내려온 최초의 신은 남성이었다는 것을 알 수 있다.

신화 텍스트에는 환웅이 첩의 아들을 의미하는 '서자庶子'라고 기록되어 있다. 아들로서의 그의 지위를 드러내기 위해 쓰인 '서자'라는 말은 본부인이나 또는 첫째 부인의 소생이 아니라는 뜻이다. 이로 인해 혼란을 느낀 한국의 학자들은 이 문제에 대해 많은 논란을 벌였다. 이 문제에 대해 논란을 벌인 학자들은 대체로 '서자'라는 단어가 '첫째 아들'이 아니라는 아들의 순서를 표현한 것일지도 모른다는 데 동의했다. 그들의 주장은 지상의 인간관계를 천상의 신들의 관계에 적용시킬 수 없다는 것이었다. 한국 학자들이 이 논쟁을 통해 이뤄내는 것은 환웅의 지위를 첩의 아들인 '서자'의 신분에서 본부인의 아들로 격상시킨 것이었다.

가문의 첫째 아들이 누리는 특권적 지위는 지금까지도 한국 사회에 만연해 있는 아주 오랜 전통이다. 첫째 아들은 가문의 재산 중 가장 많은 분량을 물려받으며 가문의 가계를 이어간다. 2004년까지도 가문의 우두머리를 의미하는 특별한 법적 제도인 '호주제'가 존재했고, 오직 첫째 아들만이 '호주'가 되는 권리를 물려받을 수 있었다. 아들의 지위는 그가 태어난 순서만이 아니라 어머니가 누구인지에 따라서도 달라졌다. 본부인과 첩실의 구분은 다양한 첩의 아들들의 사회적 신분에 심각한 영향을 미쳤다. 한국의 마지막 왕조인 이조시대에는 모든 첩의 자손들과 재혼한 여성들의 자손들은 과거시험에 응시하는 것이 금지되었으며, 그 결과 정치적 명성을 얻을 수 있는 권력의 자리에 오르는 것이 불가능했다.

나는 '서자'에 대한 해석을 놓고, 환웅의 탄생 순서를 둘러싸고 벌어진 한국 학자들의 논란은 무의미하다고 생각한다. 내 생각에 하늘에서 지상으로 내려온 환웅의 하강은 첩의 자식인 '서자'로서의 그의 지위와 더불어 하늘과 땅의 위계질서를 분명하게 한다. 환웅은 하늘의 가장 높은 신인 그의 아버지 환인과 인간이 되기를 희망하는 동물들, 곰과 호랑이 사이에 위치해있다. 그의 지상으로의 하강은 어떤 종류의 정당화라도 필요로 하기 때문에, 그가 본부인의 아들 중의 하나이든지 아니면 첩의 아들이든지 간에, 그는 반드시 하늘에 남아 있는 다른 아들들보다 열등한 지위를 가져야만 한다.

그러나 그는 여전히 모든 인간사를 관장하고 개입하는 전지전능한 신으로 그를 다른 인간들과 구별시키는 절대권력을 소유하고 있는 존재다. 그는 '풍백'과 '우사' 그리고 '운사'를 거느리고 내려왔는데 그들은 모두 날씨와 관련된 농사에 아주 중요한 것들이다. 한국 사람들에게 바람과 물은 가장 중요한 자연환경이었다. 한국 사람들은 '풍수지리'라는 독특한 신념체계를 발전시켰다. 조상숭배와 함께 녹아들어 풍수지리는 고려 시절[918~1392] 거의 종교적인 믿음에 가까웠고 풍수지리에 대한 믿음은 지금까지도 대중들에게 아주 강하게 남아 있다.

단군신화는 원시인류의 생존방식인 수렵채취에 대해서는 다루지 않고 오직 농사에 대해서만 언급한다. 따라서 우리는 단군신화가 최초로 형성되었던 고대 한국 사회의 시대는 농경시대였다는 것을 유추할 수 있으며 또한 후대 한민족에 의해 발달된 기본적 사상체계의 요소들이 단군신화에 이미 나타나고 있음을 알 수 있다.

환웅이 하늘에서 내려오기 전 받은 3개의 천부인天符印, 부적이 무엇인지 텍스트에는 나타나 있지 않다. 그렇지만 어떤 학자들은 샤머니즘적 도구들인 '검'과 '거울' 그리고 '종'일 것이라고 유추했다. 어떤 이들은 '종' 대신에 '왕관'이나 '북'을 유추하기도 했다. 환웅이 다스리던 주요한 일들은 곡식(농업), 수명(인간사의 규제), 질병, 형벌, 선악善惡의 판단 등 다섯 가지이다. 그러나 텍스트는 그 외에도 부가적으로 환웅의 일을 "무릇 인간의 삼백예순여 가지 일"이라고 언급하고 있다. 360일은 음력으로 1년에 들어 있는 날들의 총합이므로, 결과적으로는 환웅이 "인간 세상을 다스리고 교화하기 위해" 무슨 일이든 간에 매일매일 일어나는 모든 일의 총책임자였다는 의미일 것이다.

단군신화의 구조는 환인(하늘), 환웅(신), 단군(인간) 등 하늘의 남성 3대의 이야기로 구성돼 있다. 또 다른 현대의 학자 김무조는 이들 3대의 하늘신들이 서로 이름은 다르지만 하나의 존재인 삼위일체를 이룬다고 주장한다. 김무조는 더 나아가 '삼신三神'에 대한 한국 사람들의 믿음을 거론하며 환인, 환웅, 단군의 3신을 한국 민담에 나타나는 출산신 '삼신할머니'와 동일시한다.

현대 한국에서 사용되고 있는 한영사전에 따르면 '삼신'은 두 가지 의미가 있다. 하나는 한국을 건국한 신화 속의 삼신을 의미하고 또 하나는 출산을 관장하는 삼신을 의미한다. 한국 사람들은 흔히 출산신을 '삼신할머니'라고 부른다. 그러나 김무조는 '삼신'이 한국의 출산신이라고 주장하는데, 그 이유는 '삼신'이 동음^{Homophony}이기 때문이 아니라 창조신으로서의 '삼신'의 정체성 때문이라고 설명한다.

한국에서 출산신은 그녀의 이름(삼신할머니)이 말하듯이 여성이다. 그래서 만약 우리가 환인, 환웅, 단군의 삼신을 출산신으로 받아들인다면 '삼신할머니'의 여성성은 근본적인 문제점을 제기한다. 이 문제를 해결하기 위해 김무조는 신화 속에 웅녀의 아들 단군이 죽은 다음에 산신^{山神}이 되었다는 점에 주목한다. 신화에 따르면 단군은 1908년을 통치하고 살았다가 산으로 들어가 산신이 되었다.

한국의 민담이나 설화에서 가장 보편적인 산신의 이미지는 호랑이를 동반한 백발의 긴 수염 할아버지의 모습이다. 그렇지만 역사학자들에 따르면 산신 이미지의 이러한 가부장적 형상의 변모는 중국사상의 유입 이후에 일어났다. 대모산^{大母山}, 모악산^{母嶽山}, 선녀산^{善女山}, 자모산^{慈母山}, 모후산^{母后山}, 모호산^{母護山} 등 많은 역사적 자료에서 과거 산들의 이름이 여성이었다는 것을 증명하고 있다. 또한 한국의 가장 오래된 종교인 무속에서도 산신의 성은 여성이다. 따라서 김무조의 주장은 단군이 죽은 후에 여성신인 산신이 되었다는 이유로 환인, 환웅, 단군의 삼신이 '삼신할머니'라고 불리는 출산신이라는 것이다.

나는 단군신화와 출산신을 연결시킨 김무조의 연구가 매우 통찰력이 있다고 생각한다. 그러나 나는 3대의 남성신들을 아무런 의문 없이 무조건적으로 여성인 출산신과 합병시킨 김무조의 결론은 문제가 있다고 생각한다. 페미니스트 역사학자 거다 러너[Gerda Lerner]는 이러한 여성신에서 남성신으로의 전이 현상이 갈이농업의 발달과 궤를 같이 하는 것으로 해석한다.

내 논지는 이렇다.

갈이농업의 발달과 동시에 일어난 군사주의의 발달로 인해 친족관계와 남녀관계에도 주요한 변화가 생겼다. 그래서 강력한 왕권과 고대국가가 모습을 갖추게 되었으며, 그 과정에 종교적 신념과 상징체계에도 변화가 일어났다. 관측이 가능한 패턴은 다음과 같다.

첫째, 어머니여신[Mother-Goddess]이 강등되고 대신 그녀의 남성배우자/아들의 상승에 이은 지배가 이루어진다. 그리고 그의 '폭풍의 신[Storm-god]'으로의 합병과 신전의 모든 남신과 여신들을 이끄는 남성창조신[Male Creator-God]으로의 합병이 일어난다. 이러한 변화가 일어난 곳은 어디라도 창조와 출산의 권력이 여신에서 남신에게로 옮겨갔다.

이 논문을 쓰기 위해 단군신화를 공부하는 동안 나는 이 신화가 한국의 출산신 숭배와 연관이 있다는 생각을 지울 수가 없었다. 거다 러너가 추정하듯이 웅녀의 경우에도 여신이 남신으로 합병되는 가부장적인 전이가 발생했고 이 신화가 기록된 형태는 고대 한국 사회의 가부장적 지배를 반영할지도 모른다. 그러나 『삼국유사』에 기록된 단군신화의 텍스트가 가장 오래된 기록이라는 점을 감안하면 이 신화의 원래 내용이 어떠했는지를 상상하는 것은 불가능하다.

샤머니즘에서는 우주의 구조가 하나의 중심축으로 연결된 3개의 세상—하늘, 땅, 지옥(지하세계)—으로 이루어졌다고 이해한다. 이 중심축은 '문' 또는 '구멍'을 관통하고 신들이 이곳을 통해 지상으로 내려온다. 이 믿음의 기저를 이루는 생각은 하늘과의 직접적 소통의 가능성이다. '세상의 중심^{Center of the World}'에 대해 가장 널리 퍼져 있는 신화적 이미지는 '우주산^{the Cosmic Mountain}'과 '세계수^{the World Tree}'이다.

한국의 경우, '세상의 중심'은 환웅이 내려온 '태백산^{太白山}꼭대기'에 '신단수^{神壇樹}'가 될 것이다. 곰과 호랑이가 인간이 되게 해달라고 빈 곳도 이 나무 아래였으며 웅녀가 아이를 낳게 해달라고 빈 곳도 이 나무 아래였다. 신단수^{神壇樹}는 하늘과 땅, 그리고 지하세계를 연결하고 태백산^{太白山}꼭대기는 '신시^{神市}'라고 불렸다. 웅녀의 인간으로의 변신과 단군의 출산 모두 이 장소의 신성^{神性}이 직접 작용한 결과다. 하늘의 신과 지상의 짐승이 결합하여, 마치 남자와 여자가 결합하여 아기를 탄생시키듯이, 최초의 인간을 창조한다.

아버지 환인으로부터 '신성'을, 어머니 웅녀로부터 '지상성地上性'을 물려받은 단군은 인간의 통치시대를 상징한다. 그럼에도 불구하고 인간의 모습을 한 신, 단군은 또한 남녀관계의 위계질서를 상징하기도 한다. 그는 어머니, 검은 대지를 딛고 밝은 하늘, 아버지를 떠받쳐야 한다.

곰의 여성으로의 변신

웅녀에 대한 신화는 본래 웅녀의 아들이며 동시에 한민족의 시조이기도 한 단군의 이름을 붙여 「단군신화」라고 불려왔다. 그러나 나는 이 신화가 '웅녀신화'라고 불려야 마땅하다고 생각한다. 왜냐하면 나는 단군이 아니라 웅녀가 이 신화의 주인공이라고 생각하기 때문이다. 이 신화의 중심행동은 그녀로부터 일어난다. 나는 곰이 여성으로 변신하는 과정이 '웅녀신화'의 중심 테마라고 믿는다. 지금부터 나는 웅녀의 변신이 일어나는 신화의 두 번째 부분에 집중할 것이다.

여성의 몸은 원시인류에게 '비밀'을 담고 있는 현장으로서, 답을 알 수 없는 의문을 던진다. 생명은 어디로부터 오는 것인가? 새 생명의 전달자이나 동시에 기적과도 같은 변신(임신과 출산)의 주체로서 여성의 몸은 남성에게 문제가 된다. 그래서 그들은 성인으로 입문하는 중요한 시기에 초점을 맞추고 필사적인 남성판 인간창조 이야기를 만들어낸다. 다양한 창조설에서 흔히 나타나듯이 한국판 최초 인간 창조 이야기도 여성의 출산능력을 왜곡하거나 부정했다는 측면에서 예외가 아니다.

자, 이제 신화에서 곰이 여성으로 변신하는 데 필요한 모든 요소들을 살펴보기로 하자. 하늘신 환웅은 곰과 호랑이에게 "신령스러운 쑥 한 심지^炷와 마늘 스무 개"를 주고 그것을 먹도록 지시하였다. 한국 사람들에게 '쑥'과 '마늘'은 식용 음식이기도 하고 치료용 약재이기도 하다. 민속적으로 쑥은 여성의 생리불순에 대한 치료약으로 알려져 있다. 쑥은 또한 악^惡을 몰아내는 정화효과도 있는 것으로 믿어지고 있다. 한국 사람은 단오절(음력 5월 5일)이면 악이 집 안으로 들어오는 것을 막기 위해 대문에 쑥을 걸어놓곤 했다.

한편, 마늘은 승려에게 가장 금기시되는 식품 중 하나로 알려졌다. 불교경전에 따르면 마늘은 성적인 에너지를 강화시키는 것과 연관이 있으며 그렇기 때문에 영적인 수련 과정에 있는 승려는 반드시 피해야 하는 식품이었다. 일반 대중적 차원에서도 마늘은 성적인 에너지를 강화시키는 식품으로 알려져 있다. 그렇다면 인간이 되기 위한 시련을 앞두고 있는 곰과 호랑이에게 명백하게 성적인 에너지를 강화시키는 것과 관련이 깊은 이 두 가지 특정한 식품을 먹으라고 지시한 이유는 무엇일까?

나는 그것들이 곰과 호랑이를 성적인 존재로 만들기 위해 주어졌다고 생각한다. '신령한' 약초의 도움으로 곰과 호랑이는 짐승의 상태에서 성적인 존재로 탈바꿈할 수 있는 것이다. 그러므로 곰과 호랑이가 먹은 약초는 성적 특성을 부여하는 기능을 하는 것이다. 나는 환웅이 곰과 호랑이에게 인간이 되기 전에 미리 조치한 이 방법이 매우 중요하다고 생각한다. 인간이 되려면 누구나 남자 또는 여자, 둘 중 하나의 성적인 존재가 되어야만 한다.

또 다른 현대의 신화학자 김열규는 곰의 변신 과정에서 여성 통과의례의 흔적을 찾는다. 이들 통과의례의 기본적 목적은 아동기의 죽음과 성인으로의 재탄생을 상징하는 생물학적 생애주기를 극적으로 표현하는 데 있다. 엘리아데[Mircea Eliade]에 따르면 다음과 같다.

고대 문화는 초기 단계부터 사춘기 통과의례가 일련의
의식행위들을 포함하는데, 그 의식들의 상징은 투명하도록
분명하다: 통과의례들을 통해 입문자는 배아[embryo] 상태로
변모했다가 재탄생한다. 통과의례는 제2의 탄생과 같다.
통과의례의 행위들을 통해 사춘기 입문자는 사회적으로

책임이 있는 동시에 문화적으로 깨어 있는 존재가 되는 것이다. 자궁으로의 귀환은 입문자가 오두막이나 괴물 옆에 혼자 고립되거나 또는 어머니 대지의 자궁으로 정해진 신령한 장소에 들어가는 것으로 나타난다.

그러나 남성과 여성의 사춘기 통과의례에는 중요한 차이점이 있다. 남성의 통과의례가 공동체에 대한 남성의 정체성을 강조하는 반면, 여성 통과의례는 주요한 초점이 성적, 생물학적 역할에 대한 그녀의 복종에 맞춰져 있다. 심리학자 조셉 헨더슨[Joseph Henderson]은 여성 통과의례에 대한 통찰력 있는 설명을 제시한다.

여성들의 경우, 성공적인 통과의례의 진입을 향한 기본적 태도로 복종의 테마가 분명하게 드러난다. 소녀들의 통과의례는 시작부터 그들의 기본적 수동성을 강조하고 그 수동성은 생리주기를 통해 그들에게 부여된 자율성에 대한 신체적 제재로 더욱 보강된다.
여성의 관점에서 보면 생리주기는 실제적으로 여성 통과의례의 주요한 부분이었다는 것을 암시하는 연구결과도 있다. 왜냐하면 깊은 의미에서 생리가 그녀에게 주어진 생명창조의 권력에 대한 복종을 일깨워주는 힘이 있기 때문이다. 그러므로 여성은 남성이 공동체 생활에서 그에게 주어진 역할에 자신을 바치는 것과 마찬가지로, 기꺼이 자신의 여성적 기능에 자신을 바치는 것이다.

여성의 통과의례와 신화 속에서 인간이 되기 위해 시련을 거치는 곰과 호랑이의 의례에는 확실히 유사점이 존재한다. 그러나 신화 속의 특정한 상징들은 반드시 한국적인 방식으로 이해되고 설명되어야 한다.

환웅이 곰과 호랑이에게 지시했던 애초의 은둔기간은 100일이었다. 그럼에도 불구하고, 단 21일 만에 곰은 여자의 몸을 획득한다. 여기에서 100일과 21일이라는 숫자가 의미하는 것은 무엇일까? 신화의 텍스트는 이 분명한 '불일치^{Discordance}'에 대해 어떤 설명도 제시하지 않기 때문에 우리는 다양한 통과의례의 흔적들을 통해 유추할 수 있을 뿐이다.

한국에서 100일과 21일은 둘 다 탄생의례와 관련해 아주 중요한 숫자들이다. 아들을 낳기 위한 100일 기도는 지금까지도 한국 여성들 사이에 널리 퍼져 있는 의례다. 다양한 민담이 아들을 낳기 원하는 여성들이 산에서, 절에서, 나무 아래나 또는 바위 앞에서 100일 기도를 드리는 이야기를 전하고 있다.

아이가 태어나면 삼칠일(21일)이 아이의 탄생을 축하하는 첫 번째 축일이다. 21일이 되기까지 아이는 아직 이 세상에 태어난 것으로 간주되지 않는다. 특별하게 표시된 새끼줄이 문위에 걸리면, 그것은 곧 출산신, 삼신할머니가 임하셨다는 의미이고 다른 사람들의 출입을 금지한다는 의미이다. 삼칠일이 되면 표시된 새끼줄이 거두어지고 방문자들은 처음으로 아이를 보는 것이 허락된다. 따라서 21일은 세상에 아이의 탄생을 알리는 기간이 된다.

곰과 호랑이가 먹어야 했던 "쑥 한 심지柱와 마늘 스무 개"를 합한 수 또한 스물하나이다. 또 아이의 생후 100일에 열리는 백일日日잔치 또한 아이의 첫돌과 함께 신생아를 위한 가장 중요한 의례이다. 따라서 100일과 21일 모두 한국의 탄생 의례와 밀접한 관련이 있으므로 인간이 되기 위한 곰의 시련이 여성의 출산 기능과 관련이 있다고 말할 수 있을 것이다.

그렇다면, 왜, 곰은 환웅이 애초에 지시했던 100일이 아니라 단 21일 만에 여자가 되었을까? 만약 우리가 여기에 생물학적인 설명을 적용시킨다면, 비록 여성이 아들을 갖기 위해 100일 동안 기도하도록 '지시받더라도' 그녀는 언제 임신하게 될지 결코 알지 못한다. 그리고 만약 그녀가 임신에 성공하더라도 그녀는 그것이 아들인지 딸인지 또한 결코 알지 못한다. 신화 속의 웅녀에게 임신과 태아의 성별 결정 또한 완전히 통제 불능이다.

이러한 명백한 불일치(환웅은 100일 기도를 지시할 수는 있지만, 그 또한 언제 그 일이 일어날지 알지 못한다.)는 100과 21이라는 숫자 사이의 의도된 '불일치'로 여겨진다. 왜 21일인가? 다시 생물학적으로 설명하자면, 21일은 여성이 한 달 간의 생리주기 안에서 배란 후 자신의 임신을 알아챌 수 있는 기간이다. 그런 측면에서 이 숫자의 '불일치'는 과학적으로 계산된 것이라고 할 수 있다.

한편 신화 텍스트는 곰과 호랑이가 남자가 되기를 원했는지 또는 여자가 되기를 원했는지 분명하게 밝히고 있지 않다. 여기 또 다른 불일치(곰과 호랑이는 여자가 아니라 그냥 인간이 되기를 원했다는 측면에서)가 일어나고 이 불일치는 갭Gap을 만들어낸다. 페미니스트 학자 미키 발Mieke Bal에 따르면, 갭은 텍스트에 나와 있는 정보가 불충분하기 때문에 독자에게 의문을 유발시키는 지점Spot이다.

신화 텍스트가 말하듯이 곰이 특별히 여자가 되기를 원한 것이 아닌 것은 확실하다. 그러면 왜 곰은 여자가 되었을까? 따라서 여기서 질문은 '곰이 여자가 되기를 원한 것은 누구인가' 라는 것으로 변한다. 이 질문에 대해 가능한 대답은 화자話者이다. 화자는 누구인가? 이 신화 속의 화자는 한민족의 집단적인 마음이다. 그러면 이 집단적인 한민족의 마음이 여성인지 남성인지 그 여부에 대해 살펴보기로 하자.

여성의 몸을 획득한 후에 "웅녀熊女는 자기와 혼인할 이가 없어 항상 단수壇樹 아래서 아이를 배게 해달라고 축원하였다." 여자가 된 곰이 첫 번째로 찾은 것은 결혼할 남자였다. 그러나 텍스트의 화자가 누구인지 문제가 되기 때문에 우리는 결혼하여 아이를 갖기 원하는 존재가 웅녀인지 아니면 화자인지 알지 못한다. 텍스트는 그녀의 기도를 들은 후에 "환웅이 잠깐 사람으로 변하여 웅녀와 결혼하니, 웅녀가 임신하여 아들을 낳았다."고 전하고 있다. 이제 우리는 변신을 위한 시련의 마지막 결과물을 얻는 이가 바로 환웅임을 알게 되었다.

그렇지만 하늘의 신, 환웅 또한 웅녀와 결혼하기 위해서 인간의 형상으로 자신을 변신시켜야만 했다. 그러나 그 자신 "모든 변신을 규제하는" 신이기 때문에 그는 어둠 속에 갇히는 시련의 시기를 거치지 않아도 되었다. 전체적인 변신의 총 과정—곰과 호랑이의 기도, 신령스러운 쑥과 마늘을 먹으라는 환웅의 지시, 햇빛을 보지 않고 동굴 속에 갇혀 있기 등—은 모두 환웅의 인간 남자로의 최종 변신을 겨냥한 것이었다. 따라서 텍스트의 주체인 화자는 이제 신화 속의 남성인물인 환웅과 거의 일치한다. 이런 맥락에서 이 신화를 서술하고 기록한 고대 한민족의 마음은 남성인 것으로 유추된다.

만약 우리가 현실에서 동물이 인간으로 변하는 것이 불가능하다는 사실을 감안한다면 우리는 고대 한국에서 여자로 변신한 곰은 존재하지 않았지만 피와 살을 가진 실제의 여성은 존재했으리라는 것을 알 수 있다. 같은 맥락에서 인간이 되기 위한 곰의 은둔의 시련 또한 실제로 일어나지 않았으리라고 유추할 수 있다. 그 대신 실제로 일어난 것은 햇빛을 볼 수 없는 어두운 동굴 속에서 수행되어야 하는 혼인의례였을 것이다.

하늘신, 환웅은 웅녀에게 곧 아들을 낳게 될 여자로 변신하기 위하여 100일 기도를 하라고 지시한다. 그러므로 100일간 은둔의 숨은 의미는 곰이 여자가 되기 위한 것이 아니라, 여자가 아들을 얻기 위한 것이라고 말할 수 있다. 다른 말로 하면, 고대 한민족의 원형적인 마음은 출산하는 여성을 소개하기 위한 도구로 웅녀를 만들어낸 것이다. 그런 측면에서 만약 우리가 자크 데리다^{Jacques} ^{Derrida}의 개념 '오버런^{Overrun}'을 여기에 적용시키면 전체적인 변신의 총 과정이 뒤집어진다. 곰이 여자가 된 것이 아니라, 거꾸로 여자가 곰이 된 것이다.

텍스트는 결혼 직후 "웅녀가 임신하여 아들을 낳았다."고 말한다. 아이는 왜 여자아이, 즉 딸이 아니었을까? 왜 아이는 아들이어야만 했을까? 아들 선호의 이유는 너무도 분명하다. 아이는 혈통제 가계의 대를 이어야 하기 때문에 반드시 아들이어야만 했을 것이다. 따라서 우리는 신화가 형성되었던 고대 한국 사회에 이미 혈통적 가부장제 질서가 확립되었음을 유추할 수 있다.

여성의 성숙을 첫 번째 동물의 형태(곰)에서 두 번째 인간 여자(웅녀)로의 이행으로 표현한 것은 여성이 출산하기 위한 존재로 안

진하게 사회에 결합하기를 희망하기 때문이다. 또한 곰의 인간여자로의 변신은 동시에 두 가지 재탄생 과정을 거치고 있다. 하나는 동물의 몸이 인간의 몸으로 바뀌는 것이고, 또 다른 하나는 후자가 출산하기 위한 여성의 몸으로 성숙하는 것이다. 신화 속의 남성인물인 하늘신, 환웅의 지휘로 이 동시적인 곰의 재탄생 과정이 모두이루어진다.

실패한 호랑이, 또 다른 여자

처음에는 똑같이 짐승의 상태를 공유하고 똑같이 인간이 되기를 바라는 두 마리의 동물이 있었다. 그러면 왜 하나는 곰이고 다른 하나는 호랑이였을까? 둘 중의 오직 하나, 곰만이 인간이 되는데 성공하는 반면, 다른 동물 호랑이는 실패한다. 왜 그 둘은 같은 종류가 아니었을까? 왜 두 마리의 곰 또는 두 마리의 호랑이가 아니었을까? 이 신화는 시베리아나 북부 아시아 지역의 곰 숭배 사상의 영향을 많이 받았을지도 모른다. 그렇지만 한국인들에게 호랑이는 가장 많은 숭배를 받는 동물일 뿐만 아니라 예부터 가장 흔하게 등장하는 동물이기도 하다. (한국의 88 서울올림픽의 상징동물도 호돌이였다.) 이 신화의 기록이 담겨 있는 『삼국유사』에는 곰이 8번만 나오는 데 반해 호랑이는 무려 26번이나 등장한다. 따라서 고대 한국인들에게 곰보다 호랑이가 더 친숙한 동물이라고 말할 수 있다. 그러면 곰이 아니라 왜 호랑이가 실패했을까?

호랑이에 관한 우리 민중의 사유방식은 신화적 요소인 신성성에서 점차 인간성을 강조하는 쪽으로 변모했다. 호랑이의 풍모와 행동과 성정性情 등은 인격화되어 일상적인 표현으로 나타났다. 호랑이와 관련된 언어 전승은 호랑이가 짐승의 영물이면서 그 영물의 용맹성 때문에 주변에 인간미가 투영됨으로써 미화되고 있다. 호랑이 본연의 지식보다 호랑이에 연상되는 관념에 따라 교훈 또는 주술에까지 승화된 양상을 보여주고 있다. 산의 군자로서 호랑이는 엎드려 있어도 모든 헤아림이 그 속에 있다. 엎드린 자세에서 신지神知를 받아 인간의 길흉화복을 관장하고 그에 대한 대책을 헤아리고 사려 깊은 모습을 지니고 있다. 그래서 최남선 말대로 "조선은 호담국虎談國이라 할 만큼 범 이야기의 특수한 인연을 가진 곳"이다.

우리 민족은 호랑이의 신적이며 인간적이고 동물적인 모습을 통해서 종교적 구원의 문제, 윤리성, 사회적 문제와 생과 죽음의 자연적 속성을 파악하려고 했다. 인간세계가 발전되지 못한 고대일수록 한국은 산악 중심의 국가였음이 자명하여 인지人智가 발달하지 못했음에 따라 민중은 동물에 그 의식을 투영시켰다.

산악국가일수록 국가 의식은 숭산의식崇山意識으로 나타났으며 산중 왕인 호랑이는 조국신, 조상신 등으로 숭배되어 왔다. 산과 호랑이의 관련은 '호랑이 등', '호산의 유래'에서 보듯이 산 모양은 곧 호신虎身으로 인식되었다. 산신관념은 곧 호신신앙虎神信仰으로 이어지며 호신신앙은 곧 국주신앙으로 이어진다. 전통적으로 호랑이를 우리 민족의 상징으로 쓰는 이유는 산악국가(국토의 70%가 산)인 우리나라에서 산을 숭배하는 의식은 중국, 일본보다 발달했고, 산을 숭배하는 과정에서 호랑이가 가지는 상징성이 우리 민족의 신앙의 정신으로 변모하게 되었던 것이다.

한국의 민담, 설화 등에서 호랑이는 흔히 산신령으로 나타난다. 이조 중엽 흰수염의 할아버지 모습으로 합병되기 전까지 호랑이는 산신령의 유일한 상징이었다. 그렇다면 호랑이의 '성性'이 문제가 된다. 호랑이는 남성인가, 여성인가? 산신Mountain god의 상징으로서 호랑이의 성을 연구한 김무조의 연구에 따르면, 호랑이는 여성이다. 그리고 호랑이는 흔히 '산신할머니'라고 불려왔다. 그럼에도 불구하고 단군신화를 연구하고 호랑이의 성에 대해 언급한 주요 학자들은(백남운, 이병도, 김무조 등) 이 신화 속 호랑이의 상징을 남성으로 해석하였다.

산신으로서 호랑이의 성을 여성으로 인정한 김무조도 이 신화 속 호랑이를 남성으로 간주한다. 그에 따르면, 곰과 호랑이는 남편과 부인으로 부부였으며 환웅에게 아내를 잃은 호랑이의 슬픔이 한국문학의 기원을 이루었을 거라고 유추했다. 나는 호랑이를 남자로 이해하려는 한국 학자들의 경향은 본질적으로 남녀관계가 각인된 젠더문화에 대한 그들의 무지 탓이라고 생각한다.

호랑이가 인간이 되지 못한 실패의 이유는 동굴 속에서 지시받은 대로 어둠의 은둔 기간을 지키지 못한 때문으로 설명되었다. 동굴은 곰과 호랑이 둘 다 그때까지 살던 장소이기 때문에 여기서 호랑이가 지키지 못한 것은 햇빛을 보지 말라는 어둠의 금기이다. 인간이 되기를 바란 호랑이는, 곰과 똑같이 환웅에게 빌었고, 먹으라는 약초를 먹었고, 동굴의 어둠 속에서 금기를 깨기 전까지 그의 지시를 지키고 있었다.

호랑이가 얼마 동안 환웅의 지시를 지켰는지는 확실하지 않다. 비록 곰이 21일 만에 인간의 몸을 얻는데 성공했지만 곰과 호랑이 둘 다 100일 동안 햇빛을 보지 말아야 했다. 따라서 우리는 호랑이가 지킨 금기 기간은 1일부터 20일 이내라고 유추할 수 있다. 20일 이내라는 기간은 애초에 지시되었던 100일의 5분의 1에도 못 미치는 시간이다. 그러므로 금기를 지키는 호랑이의 능력은 자신의 실현 가능성은 물론 사회의 기대치에서도 멀리 떨어져 있다. 따라서 대부분의 학자들은 호랑이의 실패 원인을 인내 부족으로 돌리고 있다. 문화적으로 권위에 대한 복종과 곤경에 대한 인내는 한국 여성들에게 가장 중요한 덕목으로 여겨져 왔다.

이제 호랑이가 실패한 것이 무엇인지 살펴보자. 호랑이는 왜 실패했을까? 호랑이가 정말로 지키지 못한 것은 무엇일까? 햇빛을 보지 말라는 것의 의미는 여기에서 무엇일까? 텍스트는 오로지 지키지 못했다는 것만 이야기할 뿐 다른 어떤 이유도 밝히지 않았다. 한국의 고대 왕들에 대한 다른 기원 신화들에는 "햇빛을 보는 것Seeing the sunlight."이 종종 하늘의 자손을 잉태하는 것으로 나타난다. 단군신화와 같이 『삼국유사』에 기록된 고구려(기원전 37~기원후 68)의 시조 고주몽(동명왕)의 탄생설화는 다음과 같이 전하고 있다.

금와가 하백河伯의 딸 유화柳花를 데려다가 방에 가두었더니

햇빛이 유화의 몸을 따라다니며 비추었다. 그로 인하여 태기가

있더니 마침내 닷되들이만 한 알을 하나 낳으니.

"햇빛을 보는 것."은 분명히 임신의 모티프와 관련이 있다. 위의 이야기가 말해주듯이 여기에서 햇빛은 환한 대낮의 열린 장소에서의 햇빛이 아니라 어둠 속의 햇빛이어야만 한다. 어두운 방은 곰과 호랑이가 있는 어두운 동굴 속과 비교될 수 있을 것이다. 더군다나 신화의 배경이 되는 농경사회의 조건들을 감안하면 곡식에 생명을 주는 햇빛의 상징은 하늘과 땅 사이의 교접을 의미하는 남자와

여자 사이의 성적인 만남에 비교할 수 있을 것이다. 그렇다면 만약 우리가 햇빛을 남자로 대체시켜 해석하게 되면 "햇빛을 보지 말라."는 금기의 의미는 여성의 처녀성이나 정절에 대한 요구로 해석될 수 있다.

호랑이는 분명하게 여성의 성과 관련이 있는 약초를 먹었고, 이성적으로 강화된 호랑이는 어두운 동굴 속에서 햇빛, 즉 남자를 보지 않고 은둔해야만 했다. 따라서 호랑이는 성적 관계의 금기를 지키는 것이 불가능했다고 결론 내리는 것이 가능할 수 있다. 호랑이는 유혹에 넘어가 실패하였고, 그녀의 금기는 깨지고 고립은 끝났으며, 그녀의 명예는 더럽혀졌다.

호랑이의 실패는 여성의 성에 대한 고대 한국 사회의 생각을 상징한다. 그것은 모성과 관련되지 않은 여성의 성을 실패로 규정한다. 곰이 여자가 되어가는 과정은 사회의 순치작업의 대상이 된 여성들을 대변한다. 여기에서 우리는 여성을 두 가지 서로 다른 종류로 나누려는 고대 한국 남성들의 시도를 읽는다. 유사한 방법으로 고대 그리스인들도 여성을 사회 질서에 위협을 가하는 규율 없는 여자와 출산하도록 통제받은 '가인Gyne'의 두 가지 종류로 분류했다.

곰이 모성을 대변하는 데 반해 호랑이는 여성의 성을 대변한다. 이 모순적인 분리—여성의 성이 없다면 모성도 존재하지 않는다—는 한국 사회를 여성의 분열로 안내하게 되고, 그 결과 한국 여성들은 성과 관련해 두 종류로 나뉘게 되었다. 고대 한국 사회는 곰의 경우를 성공으로 규정함으로써 여성들에게 모성만이 유일한 성공으로 인정받게끔 만들었다. 실패한 호랑이는 어떤 종류의 여성들(출산하지 못하는)은 '여자'(아들을 낳을 수 있는)가 되는 데 성공하지 못할 수도 있다는 두려움을 대변한다. 논리적으로 모든 호랑이가 잠재적 '여성'이기 때문에 호랑이를 완전히 무성無性적인 존재로 보는 것은 매우 어렵다.

만약 우리가 곰과 호랑이가 맨 처음 똑같은 상황에서 시작했다는 것을 감안한다면 '한국 여자'가 되어야 하는 한국 여성들의 상황을 둘 다 공유하고 있다고 말할 수 있을 것이다. 그러나 곰과 호랑이는 서로 정반대의 입장에 놓여 있다. 곰이 자신의 여성성을 주장하기 위해서 그녀는 반대편에 놓여 있는 자신의 다른 부분을 없애야만 한다. 모성은 그녀의 성을 부정한 후에야 주어진다. 따라서 호랑이는 그녀의 또 다른 반쪽이다.

결론

신화는 언제나 '창조'의 이야기다. 그것은 무엇이 어떻게 시작되고 만들어졌는지를 이야기한다. 다른 말로 하면 신화는 초자연적인 존재들의 행위를 통해 어떻게 현실이 존재하게 됐는지를 말하는 것이다. 웅녀신화를 통해 존재하게 된 한국 여성의 현실은 유쾌한 것은 아니었다. 왜냐하면 많은 사회 인류학자들이 너무나도 잘 알고 있듯이 신화는 특정한 관습과 태도를 설명하고 정당화시키는 기능이 있기 때문이다.

엘리아데가 인정했듯이 "신화는 한가한 이야기가 아니라 어렵게 쌓아올린 실제적 힘Myth is not an idle tale, but a hard-worked active force." 이다. 그렇게 "어렵게 쌓아올린 실제적 힘"의 정체를 한국의 웅녀신화의 경우에서 밝혀냄으로써 나는 여성에 대한 한국인들의 사고방식과 태도를 규정하고자 한다. 웅녀신화를 통해 각인되고 확립된 한국판 성차별주의는 다음의 세 가지로 요약될 수 있을 것이다.

첫째, 여성에 대한 남성의 우월성이 남성 3대의 타고난 신성神性으로 인정되고 정당화되었다. 그에 반해 웅녀의 기원은 지상의 동물이다. 모든 지상의 인간관계는 남녀 간의 결합에 뿌리를 두고 있다. 하늘/남자와 지상/여자 사이의 관계를 신(높은)과 동물(낮은) 사이의 관계로 암시해 놓은 신성과 동물성의 이 불평등한 양성 구조에서 한국적 구조의 성적인 이원론Sexual Dualism이 부상했다.

우주론적인 용어로 하늘(양)은 땅(음)을 지배하고 그에 상응하여 남자는 여자에 대한 지배력을 갖는다. 이러한 명백한 위계질서는 유교적 남존여비男尊女卑 전통에 잘 나타나 있다. 남자는 고귀하고 여자는 비천하다는 의미의 남존여비 전통은 한국의 역사를 통틀어 가장 강력한 사고방식이었으며 최근까지도 어디에서나 흔히 들을 수 있는 익숙한 소리였다.

둘째, 여성을 남성 3대(시아버지, 남편, 아들)의 수직적 관계 속에 위치시킴으로 인해 가부장적 혈통제에 대한 여성의 복종이 완성되었다. 여자는 그 자신의 전통이 없다. 남성의 혈통만이 보이면서 그녀는 시아버지와 남편, 그리고 아들 등 3대 남성을 향해 자신은 아무도 없이 오로지 혼자일 뿐이다. 가부장적 혈통제에 대한 여성의 복종은 그녀를 집안에 얽매이게 만들었을 뿐만 아니라 복종의 통치 또한 가능하게 만들었다.

그녀는 그녀보다 우월한 남자들에게 복종해야만 한다. 결혼하지 않았을 때는 아버지에게; 결혼했을 때는 남편에게; 남편이 죽고 난 다음에는 아들에게. 여성의 이 평생 동안의 복종은 나중에 '삼종지도三從之道'라는 유교덕목으로 요약된다. 그 뜻은 여자가 평생 동안 따라야 할 세 가지(시아버지, 남편, 아들) 도리를 가리키는 것이다.

셋째, 한 남자(환웅)와 두 여자(웅녀와 호랑이)를 수평적 관계로 위치시킴으로써 일부다처제의 전통이 자리 잡고 정당화되었다. 일부다처제의 관계는 하늘에도 역시 적용되어 환웅은 환인의 서자로 등장한다. 따라서 인간의 일부다처제 관습이 신들에 의해 정당화되고 허용된다. 게다가 이 익숙한 일부다처적 관계는 여성들 간

분열로 결과했다. 여성은 두 종류로 나뉘었다. 하나는 아들을 낳을 수 있는 여자와 또 다른 하나는 그렇지 못한 여자이다.

옹녀는 고대 한민족의 원형적인 마음이 만들어낸 '문화적 산물 Cultural product'이며 '여자'라는 '이데올로기적 형성'의 구체적 현현이다. 초자연적 충동들이 우리에게 신화를 만들어내도록 강제한다. 그러나 한번 객관화되어 밖으로 투사된 신화는 스스로 강화되고, 정당화되며 심지어 투사의 권위적인 힘을 업고 그 충동들을 형성하는 데 영향을 미치기도 한다. 외부와 내부, 개인 심리와 집단 이데올로기 사이에 끊임없는 상호작용이 이루어지며 그것은 신화에 정적인 지식의 차원을 넘어서는 역동적 생명력을 부여한다.

신화가 알려주는 뚜렷한 '논리'를 벗겨냄으로써 우리는 인간의 인식을 위한 신화와 신화 만들기의 필수불가결한 역할을 모두 인정할 수 있다. 동시에 우리는 현실을 조직하거나 또는 조작하는 신화의 작동원리를 발가벗길 수도 있다. 옹녀신화에 나타난 한국 여성들의 잃어버린 섹슈얼리티는 이러한 신화 만들기 과정 속에 내재된 의도적 장치의 전형적 산물인 것이다.

페미니즘으로 다시 쓰는 옛이야기

Four Korean Old Stories Retold in Women's Voices

초판 1쇄 인쇄 2020년 7월 10일
초판 2쇄 인쇄 2020년 8월 25일
초판 3쇄 발행 2021년 7월 25일

지은이	지현, 조박선영, 조이스박, 백윤영미, 유숙열
펴낸이	유숙열
편집	조박선영
교정	유지서
디자인	디자인멘토
일러스트	임지인
마케팅	김영란
제작출력	교보 P&B

펴낸 곳 이프북스 ifbooks
등록 2017년 4월 25일 제2018-000108
주소 서울 은평구 연서로71 살림이 5층
전화 02.387.3432
이메일 ifbooks@naver.com
페이스북페이지 https://www.facebook.com/books.if/
인스타그램 https://www.instagram.com/if_book_s/
홈페이지 http://www.ifbooks.co.kr

ISBN 979-11-90390-03-3